Ivan Bieri

Das Haus im Breitmis

Ivan Bieri

Das Haus im Breitmis

Die Wahrheit ruht im Dunkeln

Disclaimer

Dieses Werk ist ein Werk der Fiktion. Namen, Figuren, Orte und Ereignisse sind entweder Produkte der Vorstellungskraft der Autorin/des Autors oder werden fiktiv dargestellt. Ähnlichkeiten mit real existierenden Personen, lebend oder verstorben, tatsächlichen Ereignissen, Organisationen oder Orten sind rein zufällig.

Die in diesem Buch geäusserten Meinungen, Gedanken oder Haltungen spiegeln nicht notwendigerweise die Ansichten des Autors oder des Verlags wider. Jegliche Äusserungen von Charakteren dienen ausschließlich der erzählerischen Gestaltung.

Bibliografische Information der Deutschen Nationalbibliothek: Die Deutsche Nationalbibliothek verzeichnet diese Publikation in der Deutschen Nationalbibliografie; detaillierte bibliografische Daten sind im Internet über http://dnb.dnb.de abrufbar.

Die automatisierte Analyse des Werkes, um daraus Informationen insbesondere über Muster, Trends und Korrelationen gemäß §44b UrhG („Text und Data Mining") zu gewinnen, ist untersagt.

© 2025 Ivan Bieri

Verlag: BoD · Books on Demand GmbH, Überseering 33, 22297 Hamburg, bod@bod.de

Druck: Libri Plureos GmbH, Friedensallee 273, 22763 Hamburg

ISBN: 978-3-7693-8981-4

Meiner geliebten Maarit

Dieses Buch – mein Erstlingswerk – widme ich dir, meinem stetigen Quell der Inspiration und Stärke. Deine bedingungslose Liebe, dein Vertrauen und deine unerschütterliche Unterstützung haben mich auf jedem Schritt dieses Weges begleitet. Ohne dich wären viele Zeilen des Lebens unausgesprochen geblieben und manche Traume unerfüllt.

Danke, dass du immer an mich glaubst und mir mit deinem warmen Herzen den richtigen Weg zeigst.

In tiefer Dankbarkeit

Ivan

PROLOG

DIE GESCHICHTE DES BREITMIS

VERGANGENHEIT UND GEIST EINES ORTES

Das Breitmis, eine malerische Hochfläche oberhalb des schweizerischen Dorfes Erlinsbach, ist weit mehr als nur eine idyllische Landschaft. Es ist ein Ort voller Geschichten, Geheimnisse und Widersprüche, dessen Bedeutung sich tief in die kollektive Erinnerung der Bewohner eingeschrieben hat. Schon seit Jahrhunderten spielt das Breitmis eine zentrale Rolle in der lokalen Kultur – nicht nur als physischer Ort, sondern auch als Schauplatz von Mythen, Ängsten und Hoffnungen.

Ein Blick in die Geschichte: Zwischen Handel, Bergbau und Zuflucht

Die ersten archäologischen Funde deuten darauf hin, dass das Breitmis bereits in der prähistorischen Zeit von Menschen genutzt wurde. Ob als Weidefläche für wandernde Viehhirten oder als Kultstätte, ist nicht vollständig geklärt. Einige Forscher vermuten, dass die exponierte Lage und die umgebenden Wälder dem Breitmis eine rituelle Bedeutung verliehen. Später, im Mittelalter, entwickelte sich das Breitmis zu einem wichtigen Knotenpunkt im Netz der Handels- und Pilgerrouten, die durch die Region führten. Händler und Reisende machten dort Halt, oft angelockt von den kleinen Höfen und Schenken, die entlang des Pfades entstanden.

Doch das Breitmis zog nicht nur Reisende an. In Zeiten von politischen und sozialen Unruhen wurde es auch zu einem Zufluchtsort für jene, die sich der Kontrolle der Städte und der Obrigkeit entziehen wollten. Einsiedler, Abenteurer und Verfolgte fanden hier zeitweilig Schutz vor den Augen der Aussenwelt. Einige dieser Menschen hinterliessen Spuren in den Geschichten der Dorfbewohner – Spuren, die sich im Laufe der Jahrhunderte zu Legenden verdichteten.

Die Bohnerzgrube in Erlinsbach zeugt weiter von der industriellen Vergangenheit der Region. Im 18. und 19. Jahrhundert wurde hier intensiv Bohnerz abgebaut, ein erzhaltiges Gestein, das für die Eisenproduktion genutzt wurde. Der Abbau prägte die lokale Wirtschaft und führte zur Errichtung von Verhüttungsanlagen in der Umgebung. Heute erinnern noch einige Relikte und Flurnamen an diese bedeutende Epoche der Bergbaugeschichte in Erlinsbach.

Der Ort der Legenden und Mythen

Die Geschichten, die sich um das Breitmis ranken, sind so alt wie das Dorf selbst. Bereits im 18. Jahrhundert sprachen die Bewohner von seltsamen Ereignissen, die sich in der Nähe der alten Höfe und Wälder abspielten. Man erzählte von Wanderern, die im Nebel verschwanden und nie wieder auftauchten, und von geheimnisvollen Lichtern, die nachts zwischen den Bäumen tanzten. Eine besonders bekannte Geschichte berichtet von einem alten Einsiedler, der angeblich im Besitz eines magischen Steins gewesen sein soll, der ihm die Fähigkeit verlieh, mit den Geistern des Waldes zu kommunizieren. Viele hielten diese Geschichten für Aberglauben, doch sie wurden von Generation zu Generation weitergegeben und prägten das Bild des Breitmis in der lokalen Vorstellung.

Mit der Zeit wurden die Mythen von realen Ereignissen überlagert. Im Jahr 1958 verschwand Kaspar Blatter spurlos im Breitmis, und dieser Vorfall hinterliess tiefe Narben in der Dorfgemeinschaft. Sein Verschwinden wurde nie vollständig aufgeklärt, doch es trug dazu bei, die Legenden um das Breitmis zu verstärken. Manche Dorfbewohner glauben bis heute, dass Kaspars Geist noch immer dort umhergeht, gefangen zwischen den Schatten der Bäume.

Die Landschaft als Spiegel der Psyche

Das Breitmis hat nicht nur eine historische, sondern auch eine psychologische Dimension. Seine geographischen Merkmale – die offene Weite der Wiesen und die dichten, fast undurchdringlichen Wälder – üben auf die Menschen eine ambivalente Wirkung aus. Während die weiten Felder ein Gefühl von Freiheit und Unbegrenztheit vermitteln, symbolisieren die Wälder das Unbekannte, das Verborgene und möglicherweise Bedrohliche.

Der Psychologe Carl Gustav Jung, der selbst häufig in der Nähe solcher abgelegenen Orte recherchierte, hätte das Breitmis vielleicht als „Projektionsfläche" beschrieben – einen Ort, an dem Menschen ihre innersten Ängste und Hoffnungen projizieren. Wer sich allein in die Wälder des Breitmis begibt, spürt oft eine eigentümliche Mischung aus Ehrfurcht und Beklommenheit, als ob der Ort selbst etwas verbergen würde.

Psychologische Studien zur Naturerfahrung zeigen, dass solche Landschaften einen tiefgreifenden Einfluss auf die menschliche Psyche haben können. Die sogenannte „mentale Klarheit", die Menschen an entlegenen Orten erfahren, ist laut der Umweltpsychologie auf die Fähigkeit der Natur zurückzuführen, Stress abzubauen und die Konzentration zu fördern. Doch diese Klarheit kann auch dazu führen, dass verdrängte Erinnerungen oder unbewusste Ängste an die Oberfläche treten. Viele Besucher des Breitmis berichten von intensiven

Träumen und einer starken inneren Reflexion nach Aufenthalten in der Gegend.

Die unheimliche Präsenz des Waldes

Besonders der Wald, der das Breitmis umgibt, wird von den Dorfbewohnern als eine Art Grenze zwischen den Welten betrachtet – zwischen der Welt der Menschen und einer tieferen, ungreifbaren Wirklichkeit. Äste, die wie knochige Finger in den Himmel ragen, und dichte Baumreihen, die kein Licht durchlassen, erzeugen eine Atmosphäre, die sowohl schützend als auch bedrohlich wirkt. In den Sagen des Dorfes heisst es, dass dieser Wald niemals vollständig kartographiert werden konnte. Es soll Stellen geben, an denen sich Pfade plötzlich ändern oder im Kreis führen.

Ein alter Landwirt namens Hans Sommer – ja, derselbe Sommer, der später in die düstere Geschichte des Breitmis verwickelt wurde – hatte einmal gesagt: „Der Wald lebt. Er beobachtet uns. Und manchmal entscheidet er, wen er hereinlässt und wen er behält." Diese Aussage wurde damals als eine poetische Übertreibung abgetan, doch sie spiegelt das tiefe Misstrauen wider, das viele Dorfbewohner dem Breitmis und seinen Geheimnissen entgegenbrachten.

Ein Ort der Transformation

Für Matthias Sager, der nach Jahrzehnten wieder zum Breitmis zurückkehrte, war dieser Ort nicht nur ein Schauplatz vergangener Tragödien. Es war auch ein Ort, der ihn auf eine Reise in die eigene Vergangenheit schickte. Die dichten Wälder und die karge Landschaft hatten sich kaum verändert, doch die Atmosphäre schien dichter, geladener. Mit jedem Schritt, den er durch die Lichtung ging, spürte er die Erinnerungen an jene Geschichten, die ihm sein Vater erzählt hatte – Geschichten, die er nun mit ganz anderen Augen sah.

Sager erkannte, dass das Breitmis nicht nur ein Ort physischer Geheimnisse war, sondern auch eine Metapher für die menschliche Seele. Hier verbanden sich die Themen Schuld, Sühne und Wahrheit zu einem dichten Geflecht, das die Zeit überdauerte. Und während er vor dem alten Haus stand, das im Mondlicht wie ein stiller Wächter wirkte, wurde ihm klar: Die Antworten, die er suchte, lagen nicht allein in den Fakten, sondern auch in den Schatten der Vergangenheit, die das Breitmis so lange bewahrt hatte.

DER SCHATTEN VOM BREITMIS

15. OKTOBER 1959

Die Nacht senkte sich schwer und undurchdringlich über das Breitmis. Kein einziger Stern funkelte durch die dichten Wolken, die sich wie eine erstickende Decke über das Dorf legten. Der Wald, ein stiller und unermüdlicher Wächter, schien dichter und unheimlicher als je zuvor. Kein Geräusch durchbrach die Stille, nicht einmal das Flüstern des Windes. Es war eine dieser Nächte, in denen die Zeit selbst den Atem anhält. Es schien, als würde sie spüren, dass etwas Dunkles und Unabwendbares bevorstand.

Kaspar Blatter war elf Jahre alt – ein schmächtiger Junge mit wachen, viel zu ernsten Augen. Augen die oft Dinge sahen, die anderen verborgen blieben. An diesem Abend war er allein draußen, viel zu spät und weit entfernt von der Sicherheit seines Zuhauses. Sein Vater, Karl Blatter, hatte ihn erneut in die Nacht hinausgeschickt. Karl war ein harter Mann, unberechenbar in seinen Launen. „Du sollst etwas lernen", hatte er mit einer eisigen Stimme gesagt, die keinen Widerspruch duldete. „Der Wald wird dich stark machen. Du wirst ihn verstehen, so wie ich es tue."

Mit blossen Füssen lief Kaspar den kalten, steinigen Pfad entlang. Die Erde war hart gefroren, und jeder Schritt schmerzte. Aber er wagte nicht zurückzugehen. Die Konsequenzen dafür wären schlimmer als jede Kälte. Sein Vater hatte ihm oft genug gezeigt, was Ungehorsam bedeutete. Der Weg führte ihn tiefer in den Wald, hinauf zum

Haus im Breitmis – einem Ort, der in seinen Träumen wie ein atmender Organismus erschien, der ihn mit unsichtbaren Augen beobachtete und seine Schritte lenkte.

Das Haus. Es war mehr als nur eine Ruine. Für Kaspar war es ein Wesen, das still und lauernd in den Schatten des Waldes lebte. Seit seiner Kindheit hatte sein Vater ihm Geschichten darüber erzählt. Geschichten, die in seiner Fantasie Wurzeln geschlagen hatten. „Das Haus hat seinen eigenen Willen", hatte Karl einmal gesagt. „Es war da, bevor wir kamen, und es wird da sein, wenn wir längst verrottet sind."

Als Kaspar die Lichtung vor dem Breitmis erreichte, schlug sein Herz schneller. Das Haus erhob sich vor ihm wie ein riesiges, schlafendes Tier, das im Halbschlaf dennoch wachsam blieb. Fenster, die wie blinde Augen wirkten, glotzten ins Dunkel der Nacht. Die Tür war wie immer einen Spalt geöffnet - ein stilles, aber unheilvolles Willkommen.

Kaspar zögerte. Die Stille war unnatürlich, bedrückend. Kein Rascheln der Blätter, kein Knacken von Ästen. Es war, als ob der Wald selbst den Atem anhielt. Langsam trat er auf das Grundstück. Der Kies knirschte unter seinen Füssen, jeder Schritt klang in seinen Ohren ohrenbetäubend laut. Sein Atem bildete weisse Wölkchen in der eiskalten Luft. Sein Blick wanderte nervös zu den Fenstern, die wie unergründliche Spiegel wirkten.

Plötzlich schien ihm, als hörte er ein Flüstern, sanft und doch eindringlich. Es kam nicht von aussen – es war, als ob es in seinen Knochen widerhallte. „Komm näher..." Kaspar erstarrte. Das war keine echte Stimme. Es war ein Befehl, der sich wie ein kalter Schauer durch seinen Körper zog. Gegen seinen Willen bewegten sich seine Beine. Er trat näher an die Tür, die sich langsam, lautlos ein Stück weiter öffnete.

Er überschritt die Schwelle. Die Tür schloss sich hinter ihm, lautlos wie ein Atemzug. Drinnen war es eiskalt, kälter als draussen. Die Luft war dick und muffig, als wäre sie seit Jahrzehnten nicht mehr bewegt worden. Kaspar hielt den Atem an. Das Haus lebte – er spürte es mit jeder Faser seines Körpers. Es war nicht nur die Dunkelheit, die ihn umgab - es war die Präsenz, das pulsierende, lauernde Etwas, das ihn beobachtete.

„Was willst du von mir?" flüsterte er heiser. Seine Stimme verklang im Nichts, verschluckt von den Wänden, die aus Finsternis bestanden.

In der Ecke des Raumes bewegte sich etwas. Es war eine Silhouette, geformt aus Schatten, die dichter und dunkler waren als die umgebende Schwärze. Keine wirkliche Gestalt – und doch unheimlich real. Sie schien auf Kaspar zuzuschweben, ohne einen Laut von sich zu geben. Kaspar spürte, wie seine Knie nachgaben. Er wollte schreien, aber seine Stimme war wie eingefroren.

„Du gehörst mir..." Die Stimme war tief und eindringlich. Sie kam nicht aus einem Mund. Sie kam von überallher – aus dem Holz, dem Boden, den Wänden. Kaspars Augen weiteten sich, und seine Sicht verschwamm. Das letzte, was er sah, war eine alte Puppe, die mitten im Raum auf dem Boden sass. Ihr Porzellangesicht war rissig, die Augen leuchteten unnatürlich in der Finsternis.

Am nächsten Morgen fand Karl Blatter die Tür des Hauses weit geöffnet. Kaspar war fort. Die Polizei suchte wochenlang – sie durchkämmten den Wald, das Dorf und die Ruine selbst. Doch sie fanden keine Spur des Jungen. Für die Dorfbewohner wurde Kaspar zu einer Legende. Ein weiteres Opfer des Breitmis, gefangen in den Schatten seiner dunklen Geschichte.

Karl Blatter jedoch wusste es besser. Das Haus hatte seinen Sohn verschluckt und Kaspar war jetzt ein Teil davon. Er verbarg sich in den Wänden, in den stillen Räumen sowie in den Schatten, die nie ganz verschwanden.

DIE ANKUNFT IM BREITMIS

18. NOVEMBER 1988

Erlinsbach war ein Dorf im Kanton Solothurn, das sich von der Welt zurückgezogen hatte. Selbst in seiner Kindheit hatte Wachtmeister Matthias Sager das Gefühl gehabt, als stünde es abseits der Zeit, verloren zwischen den Hügeln und Wäldern, die es umgaben. Nun, viele Jahre später, kehrte er zurück, und dieses Gefühl war stärker denn je. Es war nicht Nostalgie, die ihn ergriff, als er das Ortsschild passierte. Es war eine seltsame Beklemmung, als ob das Dorf selbst ihn erkannt hätte und sich nun vor ihm verschloss.

Die Nacht hatte sich über Erlinsbach gelegt wie ein schweres Tuch, durch das selbst das Licht der Laternen nur mühsam drang. Wachtmeister Sager fuhr langsam die schmale Strasse hinauf, die zum Breitmis führte. Nur das gedämpfte Brummen seines Motors begleitete ihn. Es war eine Strecke, die er einst so gut gekannt hatte, dass er sie mit geschlossenen Augen hätte gehen können. Doch heute erschien ihm jeder Baum, jeder Fels, jede Kurve fremd. Es schien, als sei das Dorf seiner Kindheit nicht mehr das, was es einmal war.

Die Hauptstrasse führte ihn an der Brauerei vorbei, einem Gasthof, dessen Fenster dunkel und blind waren. Vor vielen Jahren hatte hier das Leben stattgefunden – Hochzeiten, Taufen, Versammlungen des Dorfes. Jetzt war der Frohsinn ein Schatten seiner selbst, der verwitterte Schriftzug über der Eingangstür von Moos bedeckt. Auf der anderen Strassenseite stand das Haus der Familie Moser, das einst für seine gepflegten Geranienkästen bekannt gewesen war. Jetzt hing der

Holzbalkon schief, und die Fensterläden waren nur noch von einer einzigen rostigen Klammer gehalten.

Sager fuhr langsam weiter, vorbei an der alten Schule, deren Fassade von der Witterung verunstaltet war. Er erinnerte sich an seine Lehrerin, Frau Schmid, die mit eiserner Disziplin unterrichtet hatte. Damals hätte er nicht gedacht, dass dieses Gebäude eines Tages so verwahrlosen würde. Das Dorf wirkte alt und müde. Verlassen. Die wenigen Lichter in den Häusern flackerten schwach, unsicher. Es schien, als fehlte ihnen die Kraft, das Zwielicht zu vertreiben.

Am Ortsausgang, wo die Strasse geradewegs aus dem Dorf hinausführte, begann ein Abschnitt, der von Feldern und Wiesen flankiert war. Das Dorf Erlinsbach lag hinter ihm, und vor ihm zog sich die Straße wie ein endloser Faden in den Nebel – als würde sie sich in der Leere auflösen. Der Asphalt war uneben, von Rissen durchzogen, in denen das Wasser des letzten Regens kleine, spiegelnde Pfützen gebildet hatte.

Die Landschaft wirkte karg und trostlos, eine weite Ebene, die unter der schweren, grauen Wolkendecke beinahe farblos erschien. Linkerhand standen einzelne Bäume, verkrüppelt und vom Wind gezeichnet, als wollten sie das Land bewachen. Rechterhand, hinter einem verwitterten Stacheldrahtzaun, dehnten sich feuchte Wiesen aus, auf denen das Gras unordentlich wuchs, als wäre es lange nicht gemäht worden.

Die Strasse zog sich endlos hin, schnurgerade, bis sie irgendwann, kaum sichtbar im Dunst, an einen Punkt gelangte, wo der Wald begann. Dieser Wald war kein gewöhnlicher Forst, sondern eine Ansammlung von Bäumen, die so eng beieinanderstanden, dass sie wie eine undurchdringliche Mauer wirkten. Die gerade Strasse mündete in diesen düsteren Eingang, wo die Äste der Bäume sich über der Fahrbahn vereinten und einen unheimlichen, tunnelartigen Schatten warfen.

Als Sager sich dem Waldrand näherte, spürte er, wie die Luft kälter wurde, fast feucht. Ein leichter Wind bewegte die Zweige, sodass sie einander streiften und ein unheilvolles Rascheln erzeugten. Die ersten Äste ragten in den Weg hinein, und Sager musste das Steuer festhalten, als ein besonders tiefhängender Ast mit einem kreischenden Geräusch über die Windschutzscheibe strich.

Er dachte an das Haus im Breitmis, das Ziel seiner Fahrt. Schon als Kind hatte es ihn fasziniert und zugleich geängstigt. Es war kein schönes Haus, nie gewesen. Doch es hatte etwas, das ihn in seinen Träumen verfolgte: eine Präsenz, die man nicht benennen konnte. Es war, als würde das Haus selbst ein Eigenleben führen, unabhängig von seinen Bewohnern.

Die Strasse führte weiter geradeaus, entlang des Waldrands, ohne jedoch selbst in den düsteren Forst einzutauchen. Der dichte Wald stand rechts wie eine undurchdringliche Mauer aus Schatten, seine Bäume so eng beieinander, dass kein Licht hindurchdrang. Die Wipfel ragten hoch auf, und ihre Spitzen schienen sich im Wind zu wiegen, als wollten sie Geheimnisse bewahren, die der Wald tief in seinem Inneren verbarg. Ein leises Rascheln durchbrach die Stille, gefolgt von einem kaum hörbaren Knacken. Sager erstarrte für einen Moment, bevor er sich zwang, den Blick wieder auf die Straße zu richten.

Links hingegen öffnete sich das Land, und die Wiesen erstreckten sich in sanften Hügeln, die von der grauen Nebeldecke verschluckt wurden. Vereinzelt standen alte Obstbäume, ihre knorrigen Äste wie ausgestreckte Finger, die in den feuchten Dunst griffen. Die offene Weite und die erdrückende Schwärze des Waldes wirkten wie zwei Gegenspieler, doch zusammen formten sie eine ungreifbare Bedrohung – eine Schwere, die auf Sagers Schultern lastete.

Auf dem Beifahrersitz lag ein alter Karton, gefüllt mit den Akten zum Fall Marie Vogel. Lose Blätter und zerknickte Dokumente ragten über den Rand, als hätten sie es eilig, den Karton zu verlassen. Obenauf, nur halb verdeckt von Papieren, ruhte eine Puppe – klein, mit zerzaustem Haar und einem verblassten Gesicht, das von einem spöttischen Lächeln gezeichnet war. Ihre Augen, einst leuchtend blau, wirkten nun stumpf und leblos. Und doch haftete ihnen etwas Unausweichliches an – ein Blick, der zu sehen schien, ohne wirklich zu sehen. Sager spürte ein unangenehmes Kribbeln im Nacken, als ob die Puppe ihn heimlich musterte.

Die Puppe war alt und ramponiert, die Farbe der Augen war abgewetzt, und das Haar bestand aus verfilzten Garnsträngen. Sie war im Breitmis gefunden worden, wenige Meter von dem Haus entfernt. Sager musterte sie mit düsterem Blick – nicht, weil er glaubte, dass sie etwas preisgeben würde, sondern weil ihre Erscheinung in ihm eine längst vergessene Erinnerung wachrief. Irgendwo in seinem Gedächtnis, tief verborgen unter Jahrzehnten des Vergessens, glaubte er, eine ähnliche Puppe schon einmal gesehen zu haben.

Die Strasse verlief weiterhin schnurgerade, gelegentlich von Rissen durchzogen, in denen das Regenwasser funkelte. Links am Horizont konnte er die Umrisse der ersten Gebäude vom Breitmis erkennen, eine Ansammlung von Häusern, die wie Schatten aus dem Nebel auftauchten. Es waren keine klaren Formen, nur verschwommene Silhouetten, doch sie wirkten unnahbar und fremd. Etwas lag in der Luft – schwer, unausweichlich, wie ein drohender Sturm. War es eine Warnung oder nur der letzte Widerstand eines Ortes, der seine Geheimnisse bewahren wollte?

Nach einer engen Kurve tauchte es schliesslich vor ihm auf – das Haus im Breitmis. Es stand auf einer kleinen Anhöhe, die von wucherndem Gestrüpp und hohem Gras überwuchert war. Ein Zaun, der einst das Grundstück umrundet hatte, war fast vollständig eingestürzt, nur einzelne Pfosten ragten noch in die Luft, wie mahnende Finger. Die Fenster waren blind, die Fassade verwittert, und das Dach schien sich unter der Last der Jahre zu biegen. Dennoch hatte das Haus etwas Unübersehbares, beinahe Aufdringliches – als hätte es auf ihn gewartet.

Sager hielt das Auto am Rand der Strasse an und schaltete den Motor ab. Für einen Moment war alles still. Kein Laut drang aus dem Wald, kein Rascheln, kein Knacken. Selbst der Wind schien verstummt zu sein. Der Mond, der kurz hinter den Wolken hervorkam, warf ein fahles Licht auf die Szenerie. Das Holz des Hauses glänzte feucht, als hätte es geschwitzt. Die flackernden Schatten der Äste tanzten über die Fassade, als bewegten sie sich aus eigenem Willen. Sager konnte sich des Gefühls nicht erwehren, dass ihn etwas beobachtete. Es war, als hätten die Schatten der Fenster ihn längst bemerkt und sich hinter den Vorhängen zusammengezogen.

Sager griff nach der Puppe und stieg aus dem Wagen. Die kalte Nachtluft schlug ihm entgegen. Sie war durchdrungen von dem erdigen Duft des Waldbodens und einem Hauch von Moder, der vom Haus selbst auszugehen schien. Die Puppe in seiner Hand fühlte sich unerwartet schwer an, als trüge sie eine eigene Präsenz. Ihre abgewetzten Augen schienen seinen Blick zu erwidern, und für einen flüchtigen Moment meinte Sager, ein leises Flüstern zu hören, das aus den Tiefen des Hauses zu kommen schien.

Das Gebäude vor ihm wirkte nicht nur alt, sondern beinahe beseelt. Die Fenster schienen wie Augen, die ihn beobachteten, und die Tür ein Mund, der stumm blieb, aber dennoch Geschichten von längst vergangenen Zeiten erzählte. Sager spürte eine Gänsehaut auf seinen Armen, als er sich dem Haus näherte, das in der Dunkelheit lauerte wie ein lebendiges Wesen, das seine Ankunft erwartet hatte.

„Das Haus hat dich gerufen", hörte er die Worte seines Vaters in Gedanken. Es war eine jener Redewendungen, die in Erlinsbach oft gebraucht wurden, halb scherzhaft, halb ernst gemeint. Damals hatte er gelacht, wenn sein Vater so sprach. Doch jetzt, mit der Puppe in der Hand und dem Haus vor Augen, fühlte er einen leisen Schauer, der ihm den Rücken hinablief.

Langsam ging er die Auffahrt hinauf, wobei der Kies unter seinen Schritten knackte. Ein Geräusch, das ihm in dieser Stille übertrieben laut vorkam. Links und rechts standen dornige Sträucher, die so dicht waren, dass sie wie eine Barriere wirkten. Ein alter Apfelbaum, dessen Äste kahl waren, ragte wie ein Knochengerüst neben der Auffahrt empor. Die Dunkelheit schien dichter zu werden, als er die wenigen Schritte zum Haus hinaufging. Die Schatten der Bäume schienen sich zu bewegen, formten Gestalten, die in den Ecken seines Blickfelds tanzten und dann wieder verschwanden. Sager blieb stehen, lauschte in die Stille, doch ausser dem leisen Pochen seines eigenen Herzens war nichts zu hören. Das Haus war nicht mehr nur ein Gebäude. Es war eine Präsenz. Es atmete die Geschichten, die es über Jahrzehnte verschluckt hatte, und spuckte sie in einem ungreifbaren Flüstern wieder aus.

Er stand nun direkt vor der Tür, die aus schwerem, verwittertem Holz bestand. Er konnte sich nicht erinnern, dass sie jemals geschlossen gewesen war. Auch jetzt war sie nur angelehnt, und ein Spalt gab den Blick auf die Schwärze im Inneren frei. Eine kühle Brise strich über sein Gesicht, und für einen Moment glaubte er, einen Hauch von Atem auf seiner Haut zu spüren, als würde das Haus selbst leben und atmen. Sager hob die Hand, zögerte kurz, bevor er an die Tür klopfte. Das Geräusch hallte dumpf wider, als würde es in den Eingeweiden des Hauses widerhallen. Keine Antwort. Nur die unheimliche Stille, die ihn umgab. Seine Hand zögerte, bevor sie die rostige Klinke berührte. Noch bevor er sie herunterdrückte, hatte er das Gefühl, dass sich hinter der Tür bereits etwas bewegte. Die Tür öffnete sich mit einem langgezogenen Quietschen. Ein kalter Luftzug strömte ihm entgegen, und im Inneren des Hauses lag eine Dunkelheit, die tiefer und dichter war als die Nacht draußen. Das Haus schien ihn einzuladen, doch zugleich warnte es ihn.

„Das Breitmis," murmelte er leise zu sich selbst, „hat nie einen wirklich losgelassen."

Die Worte seines Vaters drangen zurück in sein Gedächtnis. „Das Haus nimmt, was es will. Es vergisst nichts und niemanden."

Mit klopfendem Herzen trat Sager über die Schwelle, die Puppe fest in der Hand haltend. Das Gefühl, beobachtet zu werden, verstärkte sich, als würde das Haus seine Anwesenheit spüren und auf ihn reagieren. Die Dielen unter seinen Füßen ächzten, und irgendwo tief im Inneren des Hauses meinte er, ein leises Flüstern zu hören, kaum mehr als ein Hauch, der seinen Namen zu rufen schien. Die Luft, die ihm entgegenschlug, war schwer und kalt, erfüllt von einem eigenartigen Geruch – eine Mischung aus altem Holz, Staub und etwas, das an feuchtes, verwesendes Laub erinnerte. Er trat einen Schritt zurück, die Puppe in der einen Hand, seine andere Hand suchte nach der Taschenlampe an seinem Gürtel. Doch das Licht zu aktivieren, schien ihm plötzlich wie eine Geste der Kapitulation vor der endlosen Schwärze, die das Haus zu beherrschen schien. Für einen Moment blieb er stehen, gefangen zwischen Vergangenheit und Gegenwart, zwischen Verstand und einem ungreifbaren Grauen. Als er die Taschenlampe endlich einschaltete und den Lichtstrahl über den staubigen Boden und die kahlen Wände gleiten liess, fiel sein Blick auf etwas, das ihm den Atem stocken liess. Da, in der Mitte des Raumes, lag eine zweite Puppe. Sie war identisch mit der, die er in der Hand hielt – abgewetzt, mit blassen Augen und verfilztem Garnhaar. Sager erstarrte. Sein Atem war laut in der Stille, die sich um ihn herum gelegt hatte. Plötzlich war er sich sicher: Das Haus hatte ihn nicht nur erwartet. Es hatte ihn gerufen.

SCHATTEN DER KINDHEIT

15. AUGUST 1960

Die Luft war schwer und feucht an jenem Sommertag, als der junge Matthias Sager zum ersten Mal wirklich die Macht des Hauses im Breitmis spürte. Er war zwölf Jahre alt, ein magerer Junge mit wirren, sandfarbenen Haaren und wachsamen Augen, die die Welt mit einer Mischung aus Neugier und Vorsicht beobachteten.

Das Breitmis war damals noch nicht verlassen, zumindest nicht ganz. Aber die Dorfbewohner hielten stets etwas Abstand. Das unbewohnte Haus selber hatte schon immer einen Ruf gehabt, der mehr flüsternd als offen ausgesprochen wurde. Es hiess, das Haus sei „nicht gesund", was in Erlinsbach bedeutete, dass man es besser mied.

Matthias hatte die Warnungen gehört, natürlich. Sein Vater war besonders streng gewesen, was das Haus anging. „Du gehst nicht da hoch, hörst du?" hatte er ihm immer wieder eingeschärft, während er pingelig genau seine Dienstwaffe reinigte. Die Worte kamen scharf und präzise, wie der Schlag eines Hammers, begleitet vom gleichmässigen, fast meditativen Rhythmus seiner Hände, die mit dem ölgetränkten Tuch über das kalte Metall glitten.

Alois Sager war ein Polizist der alten Schule, ein Mann, der seine Arbeit über alles stellte und für den die Familie oft zweitrangig war. Sein Auftreten war stets diszipliniert, fast militärisch, mit einem harten Blick, der scheinbar jedes Versteckspiel durchdrang. Gross und schlank, strahlte er eine autoritäre Präsenz aus, die jeden Raum einnahm, den er betrat. Seine scharfen Gesichtszüge verliehen ihm eine beinahe statuenhafte Strenge, während sein graues Haar, stets akkurat gekämmt, eine würdige, aber auch kalte Ausstrahlung unterstrich.

Alois war ein penibler Mann, detailversessen und kompromisslos, wenn es um die Suche nach der Wahrheit ging. Er liess sich niemals mit Vermutungen abspeisen, sondern bestand auf Fakten, und wehe dem, der ihm Halbherzigkeiten anbot. Seine Strenge wurde von vielen seiner Kollegen bewundert – sie sahen in ihm ein Vorbild, einen Mann, der seinem Beruf mit unerschütterlicher Hingabe nachging. Für Matthias jedoch war diese Strenge oft schwer zu ertragen.

Sein Vater erwartete von ihm absolute Ehrlichkeit, egal wie schmerzhaft die Wahrheit war. „Eine Lüge“, hatte Alois einmal gesagt, „ist wie ein Riss in der Mauer. Zuerst unbedeutend, dann allumfassend.“ Matthias wusste, dass es keinen Sinn hatte, sich zu widersetzen. Die Strafe für Unehrlichkeit war bei Alois nicht laut, sondern leise – eine Enttäuschung, die in seinen Augen lag, schwerer als jede Ohrfeige.

Das Verhältnis zwischen Vater und Sohn war geprägt von Respekt und Furcht, doch es war die Schweigsamkeit seines Vaters, die Matthias am meisten verstörte. Zu Hause sprach Alois wenig, als ob etwas ihn zum Schweigen brachte. Es war, als laste ein unausgesprochenes Gewicht auf ihm, besonders wenn er von der Arbeit kam und sich im Wohnzimmer niederliess. Die Wände schienen ihn zu umschliessen, und sein Blick wanderte oft ziellos, als suchte er etwas, das nur er sehen konnte.

Matthias konnte nicht sagen, was der Grund für diese Stille war oder ob es etwas war, das sein Vater in sich trug. Doch er spürte, dass Alois eine seltsame Beziehung zu dem Haus hatte – eine Mischung aus Verpflichtung und Abneigung. Es war, als ob sein Vater dort etwas hinterlassen hatte, das ihn nie ganz losliess. Matthias wusste nur, dass er sich in diesen Momenten besonders klein fühlte, wie ein Störenfried, der in eine Geschichte geraten war, die nicht für ihn bestimmt war.

„Dort oben sind Dinge, die uns nichts angehen", wiederholte Alois, ohne Matthias direkt anzusehen. Seine Hände arbeiteten konzentriert weiter, seine Stimme blieb ruhig, doch sie hatte diesen Unterton, der jede Diskussion im Keim erstickte. Matthias wusste, dass es keinen Sinn hatte zu fragen, was genau sein Vater meinte. Doch als Alois für einen Moment innehielt, der Lappen still in seiner Hand, bemerkte Matthias eine Falte auf seiner Stirn, eine Andeutung von Zweifel oder Reue. Es war, als ob auch Alois etwas zu fürchten hatte, etwas, das selbst ein Mann wie er nicht in Worte fassen konnte.

Aber Verbotenes übte eine eigene Anziehungskraft aus, besonders auf einen Jungen wie Matthias, der die Sommerferien oft allein verbrachte, während andere Kinder mit ihren Eltern ins Schwimmbad oder in den Urlaub fuhren. Sein Vater war kaum zu Hause, ein schweigsamer Mann, der tagsüber pflichtbewusst als Polizist arbeitete und abends lieber ins Gasthaus ging, als sich um seinen Sohn zu kümmern.

An jenem Tag hatte Matthias mit drei anderen Jungen aus dem Dorf eine Mutprobe gewagt. Es war Pascal Wittmer, damals sein bester Freund, der die Idee hatte. „Keiner traut sich ins Haus im Breitmis," hatte er gesagt, während sie im Schatten der alten Kastanie am Dorfplatz sassen. „Nicht mal die Erwachsenen. Aber wenn wir reingehen, dann sind wir die Mutigsten im ganzen Dorf." Die anderen hatten sofort zugestimmt, obwohl ihre Stimmen vor Aufregung bebten. Matthias hatte gezögert. Etwas in ihm sagte, dass dies ein Fehler war, aber der Gedanke, als Feigling abgestempelt zu werden, war schlimmer.

Am späten Nachmittag schlichen sie durch die Felder und den schmalen Waldpfad hinauf zum Breitmis. Die Sonne stand tief und warf lange, verzerrte Schatten über die Hänge. Als das Haus in Sicht kam, spürte Matthias, wie sein Herz schneller schlug.

Das Haus war grösser, als er es in Erinnerung hatte. Es stand da wie ein wachendes Tier, mit einem Dach, das sich in den Himmel reckte, und Fenstern, die wie schwarze Augen wirkten. Die Fassade war fleckig und verwittert, und der Garten war ein einziges Chaos aus überwucherten Sträuchern und knorrigen Bäumen.

„Los, geh schon!" flüsterte Pascal und schubste Matthias leicht. „Du zuerst!"

Matthias wollte protestieren, aber etwas in Pascals Stimme liess ihn gehorchen. Er trat durch das rostige Gartentor, das unter seinem Gewicht ächzte, und näherte sich dem Haus.

Der Eingang war offen. Die Tür hing schief in den Angeln, und dahinter war nur Dunkelheit. Matthias atmete tief ein und setzte einen Fuss auf die Schwelle. Die Luft war kühler hier, fast kalt, und ein eigenartiger Geruch stieg ihm in die Nase – ein Gemisch aus Moder, Asche und etwas Metallischem.

Er war kaum drei Schritte gegangen, als er das Geräusch hörte. Es war ein leises Kratzen, als würde etwas mit langen Fingernägeln über Holz fahren. Matthias blieb stehen, seine Kehle war trocken.

„Hörst du das?" flüsterte er über die Schulter, aber die anderen Jungen waren verschwunden.

Panik kroch in ihm hoch. Er wollte umdrehen, zurückrennen, doch seine Füsse gehorchten ihm nicht. Etwas zog ihn weiter, ein unsichtbarer Faden, der ihn tiefer ins Haus lockte.

Im nächsten Raum blieb er stehen. Es war ein Wohnzimmer, und obwohl die Möbel alt und staubig waren, wirkte es, als hätte hier bis vor kurzem jemand gelebt. Auf dem Tisch lag eine Puppe.

Matthias starrte sie an. Es war keine gewöhnliche Puppe – sie war alt, mit einem Gesicht aus porösem Porzellan und Haaren, die wie echte wirkten. Ihre Augen waren geschlossen, als ob sie schlief.

Dann öffneten sich die Augen…

Matthias schrie und rannte, stolperte über die Türschwelle und fiel hart auf den Kies vor dem Haus. Die anderen Jungen warteten am Waldrand, ihre Gesichter blass vor Angst.

„Was ist passiert?" fragte Pascal, doch Matthias konnte nicht sprechen. Sein Herz raste, und die Puppe mit den lebendigen Augen brannte sich in seine Gedanken ein.

Er erzählte niemandem von der Puppe. Nicht seinen Freunden, nicht seiner Mutter, nicht einmal sich selbst in stillen Momenten. Doch das Bild blieb. Immer, wenn er die Augen schloss, sah er das blasse Porzellangesicht und die toten Augen, die plötzlich Leben annahmen.

In den Wochen danach veränderte sich Matthias. Er wurde stiller, nachdenklicher, mied das Haus und alles, was daran erinnerte. Doch das Dorf vergass nicht. Immer wieder hörte er die Geschichten über das Breitmis, über das Verschwinden von Kaspar Blatter und andere seltsame Ereignisse.

DIE RÜCKKEHR

18. NOVEMBER 1988

Wachtmeister Sager stand vor dem Haus im Breitmis, seine Silhouette zeichnete sich scharf gegen den fahlen Schein seiner Taschenlampe ab. Die Luft war so still, dass er das leise Knistern der Glühbirne hören konnte. Vor ihm lag die alte Puppe, und obwohl sie nur ein Objekt war, schien sie mehr Leben zu besitzen als der verfallene Bau, der sich vor ihm auftürmte.

Sager hob die Puppe auf, fast widerwillig. Der Stoff fühlte sich klamm an, wie von einem unsichtbaren Film bedeckt, der sich in seine Haut zu fressen schien. Sie war identisch mit der, die er in seinem Wagen zurückgelassen hatte. Das Haar aus Garnsträngen war in der gleichen Weise verfilzt, die Augen starrten ihn mit der gleichen unbarmherzigen Leere an.

„Zufall," murmelte er zu sich selbst, obwohl er wusste, dass dies keine Erklärung war, die ihm Frieden geben würde. Er steckte die Puppe in die Tasche seines Mantels und liess den Lichtkegel seiner Taschenlampe durch den Raum gleiten.

Der Eingangsbereich des Hauses war von Staub und Spinnweben bedeckt. Die Möbel – ein schiefer Tisch, ein umgekippter Stuhl – waren von einer feinen Schicht aus Moder überzogen, als hätte das Haus sich langsam, aber sicher selbst verschluckt. Die Wände waren fleckig, und in einer Ecke wucherte Schimmel in seltsam geformten Mustern, die wie verzerrte Gesichter wirkten.

Die Tür hinter ihm knarrte leise, obwohl kein Wind wehte. Sager drehte sich um, sein Herz raste. Doch da war nichts. Nur die Schwärze der Nacht, die durch den Türspalt drang.

„Ein alter, verlassener Bau," sagte er laut, als ob die Worte ihm Mut machen könnten. „Nichts weiter."

Doch die Stille, die darauffolgte, schien ihn zu verspotten. Es war nicht die Art von Stille, die man in verlassenen Orten findet. Es war die Art von Stille, die etwas versteckte, die sich an ihn heranschlich und ihn umklammerte.

Er erinnerte sich an das letzte Mal, als er hier gewesen war. Es war Jahre her, Jahrzehnte vielleicht. Damals war er noch ein Junge, nicht viel älter als Kaspar Blatter, der Junge, dessen Verschwinden man sich im Dorf immer noch erzählte. Sager hatte das Haus immer gemieden, doch an jenem Tag hatte er sich hineingewagt – aus einer törichten Mutprobe heraus oder weil das Haus ihn gerufen hatte, konnte er nicht mehr sagen.

„Du wirst es nicht aushalten," hatte ein anderer Junge gesagt, einer aus dem Dorf. „Keiner hält es lange im Breitmis aus. Du wirst rausrennen, genauso wie die anderen."

Doch Sager war nicht gerannt. Er war hineingegangen. Was er dort gesehen hatte, war in seinen Erinnerungen verschwommen, doch es hatte etwas mit einer Puppe zu tun gehabt, einer genau wie der, die er jetzt in der Tasche trug.

„Warum bin ich hier?" fragte er sich leise. Es war keine Frage des Schicksals, sondern des Pragmatismus. Der Fall Marie Vogel hatte ihn zurückgeführt, doch tief in seinem Inneren wusste er, dass es mehr war. Das Haus hatte ihn gerufen, genau wie damals.

Er drückte die Tür zum nächsten Raum auf. Sie klemmte, als würde etwas Schweres sie von der anderen Seite blockieren. Mit einem Ruck gab sie nach, und ein kalter Luftzug schlug ihm entgegen, der den Geruch von Erde und Verfall mit sich brachte.

Der Raum war ein Wohnzimmer gewesen, einst. Jetzt war er ein Chaos aus umgestürzten Möbeln, zerbrochenem Glas und herabhängenden Tapeten. Der Kamin, einst der Mittelpunkt des Raumes, war schwarz vor Russ, und auf dem Sims standen seltsam geformte Kerzen, deren Wachs sich in dunklen Bahnen über das Holz ergossen hatte.

„Kerzen?" Sager trat näher und leuchtete sie genauer an. Sie waren nicht alt, wie der Rest des Hauses. Das Wachs war frisch, die Dochte kaum abgebrannt.

Jemand war hier gewesen.

Ein leises Geräusch liess ihn herumfahren. Es war wie ein Flüstern, kaum wahrnehmbar, und doch fühlte es sich an, als wäre es direkt neben ihm. Sager richtete den Strahl seiner Taschenlampe auf die Ecke des Raumes, aus der das Geräusch gekommen war. Da war nichts.

„Wachtmeister Sager?" Eine Stimme, dieses Mal klar und laut.
Sager fuhr zusammen und drehte sich um. Ein Mann stand im Türrahmen, eine silberne Taschenlampe in der Hand, die ihm ins Gesicht leuchtete. Sager erkannte ihn sofort: Es war Korporal Michel, ein junger Kollege, den er nur widerwillig in den Fall eingeweiht hatte.

„Was tun sie hier?" fragte Sager, seine Stimme schärfer, als er beabsichtigt hatte.

Michel senkte die Taschenlampe. „Ich habe mir Sorgen gemacht. Sie haben sich seit Stunden nicht gemeldet."

Sager nickte langsam. Es war gut, dass Michel hier war. Und doch schien seine Anwesenheit das Haus nur noch bedrohlicher zu machen.

„Kommen sie rein," sagte er schliesslich. „Ich habe etwas gefunden. Kerzen. Jemand war hier."

Michel trat vorsichtig über die Schwelle. „Wer auch immer es war, hat sich nicht gemeldet. Das Dorf ist wie ausgestorben."

Sager wandte sich wieder dem Raum zu. Die Kerzen schienen ihn anzustarren, genau wie die Puppe. Der Fall Marie Vogel hatte ihn hierhergeführt, doch jetzt war er sich nicht mehr sicher, ob es wirklich um das Mädchen ging – oder ob das Haus selbst der wahre Grund war.

In der Ecke, dort wo er nichts gesehen hatte, begann die Dunkelheit zu flüstern.

Wachtmeister Sager und Korporal Michel standen in der gespenstischen Stille des Raumes, die nur durch das leise Summen der Taschenlampen unterbrochen wurde. Der Geruch von feuchtem Holz und modrigem Staub lag schwer in der Luft, doch etwas anderes schien sich darunter zu mischen – ein flüchtiger Hauch von Asche und kaltem Eisen, der Sager unangenehm vertraut vorkam.

„Wachtmeister?" Michels Stimme zitterte, ob vor Kälte oder Unbehagen, konnte Sager nicht sagen. „Was ist das hier? Warum fühlt es sich an, als ob…"

Michel verstummte.

„Als ob das Haus lebt?" beendete Sager den Satz, ohne ihn anzusehen. Es war eine Aussage, keine Frage. Er hatte das Gefühl, als würde der Raum auf seine Worte reagieren, als ob die Finsternis um sie herum für einen Moment dichter wurde.

„Das Haus hat eine Geschichte," fügte Sager hinzu, mehr zu sich selbst als zu Michel. „Und ich bin ein Teil davon."

Er liess den Strahl seiner Taschenlampe über die Wände gleiten. An manchen Stellen war die Tapete heruntergerissen, und darunter kamen alte Holzbretter zum Vorschein. Doch dann bemerkte er etwas Merkwürdiges: Ein feiner, fast unsichtbarer Schriftzug, der sich in das Holz eingegraben hatte.

„Halten sie mal," sagte er und gab Michel seine Taschenlampe. Mit den Fingern fuhr er über die eingeritzten Buchstaben, die tief in das Holz geschnitten waren. Es war ein Name: Kaspar.

Sagers Finger zitterten. Er erinnerte sich an die Geschichten, die man sich über Kaspar Blatter erzählt hatte. Der Junge, der vor Jahrzehnten verschwunden war. Die Suche, die nie ein Ende fand.

„Er war hier," flüsterte Sager.

„Wer?" Michel trat näher, und seine Taschenlampe beleuchtete den Namen, sodass er jetzt deutlich sichtbar war.

„Kaspar Blatter. Der Junge, der vor so vielen Jahren verschwand. Ich… ich war ein Kind, als es passierte." Sager richtete sich auf und sah Michel an. „Die Leute sagten, das Haus hätte ihn genommen. Natürlich hat niemand daran geglaubt. Aber jetzt…"

Er brach ab. Der Name, so einfach und doch so schwer mit Bedeutung beladen, schien ihn wie eine Hand an der Kehle zu packen.

„Das ist doch nur Zufall," sagte Michel, obwohl seine Stimme unsicher klang.

Doch Sager schüttelte den Kopf. Zufall hatte hier keinen Platz. Nicht in diesem Haus.

Während Michel die Kerzen untersuchte, stand Sager vor dem Kamin und starrte in die Asche, die seit Jahrzehnten kalt war. Doch dann fiel ihm etwas auf. Ein kleiner Gegenstand ragte halb unter den verkohlten Holzstücken hervor.

Vorsichtig beugte er sich hinunter und griff danach. Es war ein Schlüssel, alt und von Rost überzogen. Er hielt ihn hoch, und das Licht der Taschenlampe liess ihn in einem düsteren Glanz erstrahlen.

„Ein Schlüssel," murmelte Sager.

Michel kam herüber. „Wo führt der wohl hin?"

„Keine Ahnung. Aber das werden wir noch herausfinden."

Sager steckte den Schlüssel in die Jackentasche, und seine Finger berührten dabei die kühle, abgenutzte Oberfläche der Puppe. Einen Moment lang hielt er inne, fast unmerklich, doch das Gefühl, das ihn durchströmte, war seltsam vertraut und gleichzeitig beunruhigend. Das Spielzeug war klein und unauffällig, aus verblasstem Stoff, dessen Nähte an einigen Stellen aufzugehen drohten. Ein Knopfauge fehlte, und der andere Knopf war so locker, dass er nur noch an einem dünnen Faden hing.

Die Berührung löste einen ungewollten Gedanken aus, ein Bild, das in seiner Erinnerung auftauchte wie ein längst vergessener Geist. Es war Kaspar, der als kleiner Junge am Rand des Zugbrunnens sass, die Beine baumelnd, mit einer ähnlichen Puppe in der Hand. Sager blinzelte, und das Bild verflüchtigte sich wieder.

Er zog die Hand aus der Tasche und schüttelte den Kopf, als wollte er die Erinnerung abschütteln.

Seine Gedanken wanderten zurück in die Zeit, als er selbst ein Junge war und das Haus seine tiefsten Ängste genährt hatte. Damals hatte er von einem versteckten Raum gehört – einem Keller, der tiefer lag als die übrigen Fundamente. „Die ehemaligen Besitzer haben ihn angeblich zugemauert," hatte man sich erzählt, „weil dort etwas Böses passiert ist."

Sein Vater hatte damals abgewunken, als er ihn danach gefragt hatte. „Das sind Märchen, wie die Kinder sie sich ausdenken," hatte er gesagt. Aber Sager erinnerte sich an die seltsame Anspannung in seiner Stimme, an das Flackern seiner Augen.

„Kommen sie," sagte Sager zu Michel und hielt den alten Schlüssel zwischen Daumen und Zeigefinger, als wäre er ein Relikt aus einer längst vergangenen Zeit. „Wir müssen herausfinden, wohin dieser Schlüssel gehört."

Die beiden Männer traten zurück ins Innere des Hauses, das in einem fahlen, gedämpften Licht lag, als ob die Wände selbst das Tageslicht verschluckten. Sager führte den Weg an, den Blick aufmerksam suchend, während Michel hinter ihm ging, schweigsam, die Hände tief in den Taschen seiner Jacke vergraben.

Sie prüften jede Tür, jede Schublade, jeden verborgenen Winkel, aber nirgendwo schien der Schlüssel zu passen. Türen knarrten, wenn sie geöffnet wurden, als ob sie gegen das Eindringen protestierten, und hinter jeder verbarg sich nur ein weiterer leerer Raum, staubbedeckte Möbel oder Wände, die ihre Geheimnisse eisern bewahrten.

„Nichts," murmelte Michel schliesslich und klopfte mit der Hand gegen eine massive Holztür, die sich als verschlossen erwies, aber keinen Schlüssel benötigte – sie war schlichtweg zu verzogen, um sich zu bewegen. „Vielleicht gehört der Schlüssel gar nicht zu diesem Haus?"

Sager schüttelte den Kopf, seine Stirn in Falten gelegt. „Er gehört hierher. Irgendwohin muss er passen."

Sager hielt den Schlüssel noch eine Weile in der Hand, drehte ihn zwischen den Fingern, als würde die Bewegung eine Eingebung herbeiführen. Doch nichts kam. Er sah sich um, liess seinen Blick durch den langen Flur schweifen, dessen Wände mit verblassten Tapeten bedeckt waren. Die Muster – ein altes, blumiges Design – wirkten wie Schatten aus einer anderen Zeit.

„Vielleicht," begann Michel zögernd, „gehört der Schlüssel zu etwas, das nicht mehr hier ist. Eine Truhe, ein Schuppen… irgendetwas, das abgebaut oder entfernt wurde."

Sager zog die Stirn noch tiefer in Falten. Er wollte die Möglichkeit nicht einräumen, aber die Realität sprach gegen ihn. Sie hatten jede Tür, jeden Raum, jede Ecke untersucht, und der Schlüssel hatte zu nichts gepasst.

„Verdammt," flüsterte er und liess den Schlüssel schliesslich in seine Jackentasche gleiten. „Vielleicht hast du recht. Aber es ergibt keinen Sinn, dass er einfach… bedeutungslos ist."

„Vielleicht hat er seine Bedeutung verloren," sagte Michel leise. Er wirkte fast erleichtert, dass Sager bereit war, die Suche abzubrechen.

Die beiden Männer standen für einen Moment schweigend da. Der Flur schien sie zu umhüllen, als würde das Haus selbst ihnen zusehen, unbemerkt, doch spürbar.

„Meinen sie, das Mädchen ist hier?" fragte Michel leise.

„Marie Vogel?" Sager nickte langsam. „Das Haus hat etwas mit ihrem Verschwinden zu tun. Ich weiss es."

„Wir kommen morgen bei Tageslicht zurück," sagte Sager schliesslich und wandte sich zur Tür. „Jetzt bringt das hier nichts."

„Einverstanden," erwiderte Michel und ging ihm nach.

Als sie das Haus verliessen und die Tür hinter sich schlossen, fühlte sich die Luft draussen überraschend klar und frisch an, fast wie eine Befreiung aus einem unsichtbaren Griff. Sager blieb einen Moment stehen und sah zurück zum Haus. Die Fassade wirkte jetzt noch trüber, als würde das Gebäude die Schwärze in seinem Inneren nach aussen tragen.

„Irgendwann," murmelte er leise, mehr zu sich selbst, bevor er den Blick abwandte und mit Michel zum Auto zurückging.

Hinter ihnen verharrte das Haus stumm, die Geheimnisse in seinen Mauern fest verschlossen – vorerst.

DER LETZTE NACHMITTAG

17. NOVEMBER 1988

Marie war ein aufgewecktes, neugieriges Mädchen, das von allen im Dorf für ihren fröhlichen und unbeschwerten Charakter geschätzt wurde. Sie hatte diese besondere Art, mit einem Lächeln die Herzen der Menschen zu erobern. Doch an jenem Tag, an dem sie verschwand, schien etwas anders zu sein, etwas, das im Rückblick jeder hätte bemerken können, aber niemand tat.

Sie lief den vertrauten Weg von der Schule nach Hause. Ihr Rucksack wippte bei jedem Schritt auf ihrem Rücken, der Reissverschluss halb geöffnet, sodass ein Buch und ihr Pausenbrotbeutel herausschauten. Die Strasse war gesäumt von niedrigen Steinmauern, hinter denen kleine Gärten lagen. In manchen wuchsen verblühende Sonnenblumen, in anderen summten die letzten Bienen des Spätsommers um Lavendelbüsche.

Marie mochte diesen Weg, besonders wenn sie allein war. Sie konnte träumen, ohne dass jemand sie unterbrach. Heute jedoch war etwas anders. Sie konnte es nicht benennen, aber eine seltsame Stille lag in der Luft. Kein Hund bellte, keine Kinder spielten in den Gärten. Selbst die wenigen Menschen, die sie normalerweise grüssten, schienen verschwunden.

Als sie das Haus ihrer Familie erreichte, blieb sie einen Moment stehen. Es war ein schlichtes Gebäude mit roten Fensterläden und einer Eingangstür, die vor Jahren von ihrem Vater grün gestrichen worden war. Marie liebte das Haus. Es war klein, aber gemütlich, und es fühlte sich sicher an – ein Ort, an dem sie sich immer willkommen wusste.

Sie öffnete die Tür und trat in den schmalen Flur, wo der Geruch nach frisch gebackenem Apfelkuchen in der Luft lag. Ihre Mutter hatte offenbar wieder einen ihrer Backtage eingelegt.

„Marie? Bist du das?" rief ihre Mutter aus der Küche. Ihre Stimme klang gedämpft, als ob sie mit etwas beschäftigt wäre.

„Ja, Mama!" rief Marie zurück, liess ihren Rucksack auf den Boden fallen und zog ihre Schuhe aus. Sie bemerkte, dass die Wand am Eingang einen neuen Fleck hatte, wo sie oft mit schmutzigen Fingern dagegen lehnte.

Sie ging in die Küche, wo ihre Mutter am Tisch sass und Kartoffeln schälte. Auf dem Herd köchelte ein Topf, und das Radio spielte leise eine Melodie, die Marie nicht kannte. Ihre Mutter, eine schlanke Frau mit kurzem, dunklem Haar, sah auf und lächelte.

„Wie war die Schule?" fragte sie, ihre Stimme warm, aber müde. Marie zuckte mit den Schultern und zog einen Stuhl heran. „Gut. Frau Meier hat gesagt, dass ich meine Matheaufgaben richtig gemacht habe."

„Das ist schön," sagte ihre Mutter und legte das Messer zur Seite, um Marie über den Kopf zu streichen. „Aber du solltest dich trotzdem mehr auf Mathe konzentrieren. Du weisst, wie wichtig das ist." Marie verdrehte die Augen, aber sie lächelte dabei. Es war ein vertrauter Austausch, fast wie ein Ritual zwischen ihnen.

„Mama," begann sie zögernd und fingerte an einer lose hängenden Naht ihres Pullovers herum.

„Ja?"

„Warum darf ich nicht allein in den Wald gehen? Die anderen Kinder dürfen das doch auch."

Ihre Mutter hielt inne, das Messer in der Hand, und sah Marie mit ernster Miene an. „Weil der Wald gefährlich ist, Marie. Es gibt Wege, die sicher sind, aber abseits davon kann man sich leicht verlaufen. Und manchmal…" Sie hielt kurz inne, als würde sie überlegen, wie viel sie ihrer Tochter sagen sollte. „Manchmal gibt es Menschen, die nicht wollen, dass man dort ist."

„Welche Menschen?" fragte Marie, ihre Neugier geweckt.

„Das ist nicht wichtig," sagte ihre Mutter schnell und nahm das Messer wieder auf. „Versprich mir einfach, dass du dort nicht allein hingehst."

Marie nickte langsam, auch wenn sie die Antwort unbefriedigend fand.

„Ich geh nach draussen," sagte sie, stand auf und schnappte sich ein Stück Apfelkuchen vom Teller. Ihre Mutter wollte protestieren, liess es aber bleiben.

„Bleib in der Nähe, Marie," rief sie noch, als ihre Tochter bereits durch die Tür in den Garten lief.

„Ja, Mama," antwortete Marie. Der Wind ergriff die Tür, liess sie heftig zuschlagen, und für einen Moment erfüllte ein widerhallender Knall die Stille des Hauses.

Frau Vogel dachte sich nichts dabei, doch später sollte dieses Geräusch immer wieder in ihrem Kopf widerhallen, begleitet von dem Gefühl, dass sie Marie hätte aufhalten sollen.

Marie blieb kurz stehen, den Kuchen in der Hand, und schaute auf die alte Schaukel, die an einem Baum im Garten hing. Die Seile waren längst ausgefranst, und das Holz hatte Moos angesetzt. Sie mochte diese Schaukel nicht mehr. Sie erinnerte sie an früher, an eine Zeit, als sie noch klein genug war, um von ihrem Vater angeschoben zu werden.

Heute zog es sie weiter, hinaus in das Feld hinter dem Garten, wo der schmale Weg begann, der zum Wald führte. Die Worte ihrer

Mutter hallten in ihrem Kopf wider, doch mit jedem Schritt wurde ihre Neugier grösser.

Marie wurde später von den Nachbarn gesehen, als sie den Weg hinauf zum kleinen Wäldchen am Rande des Breitmis nahm. Sie trug ihre rote Jacke, deren leuchtende Farbe sich wie ein Kontrast gegen das Grau des trüben Himmels abhob. Ihr weisser Stoffhase baumelte lose in ihrer rechten Hand, das abgewetzte Fell des Spielzeugs erzählte von Jahren treuer Begleitung.

Eine Nachbarin, Frau Wenger, sah sie vom Küchenfenster aus. „Marie!" hatte sie noch gerufen, doch das Mädchen drehte sich nur flüchtig um, hob die Hand zum Gruss und ging weiter, den Kopf leicht gesenkt.

Der Wind spielte mit ihrem Haar, und als sie den Rand des Waldes erreichte, fühlte sie sich plötzlich frei – aber auch ein wenig beobachtet. Der Wald war ein Geheimnis, das sie schon lange erkunden wollte. Heute würde sie es tun.

Marie trat vom offenen Feld in den schmalen Pfad, der in den Wald führte. Der Wechsel war sofort spürbar: Die Luft, eben noch frisch und von einem leichten Wind durchzogen, wurde schwerer, kühler. Der Wald schien die Geräusche der Aussenwelt zu verschlucken. Kein Vogel sang hier, kein Rascheln in den Zweigen war zu hören. Es war, als ob die Natur den Atem anhielt.

Der schmale Pfad war mit einer dichten Schicht feuchter Blätter bedeckt, die Maries Schritte dämpften. Ihre roten Gummistiefel hinterliessen kaum eine Spur, und der Stoffhase, den sie in ihrer rechten Hand hielt, baumelte leise hin und her. Seine Ohren hatten sich längst gelöst und hingen traurig herab, während der Rest seines Körpers von zahllosen Spielen und Abenteuern gezeichnet war.

Marie summte leise vor sich hin, eine kleine Melodie, die sie immer sang, wenn sie allein war. Es war ein einfacher Trost, eine Gewohnheit, die ihr half, die Stille zu überbrücken. Doch heute schien selbst ihr Summen gegen die beklemmende Atmosphäre des Waldes anzukämpfen.

Plötzlich blieb sie stehen. Vor ihr lag ein grosser umgestürzter Baum, dessen Wurzeln wie ein schwarzes Maul aus dem Boden ragten. Sie starrte auf die wulstigen Knollen und das Netz aus Erde und Steinen, das daran klebte. Es wirkte wie eine groteske Statue, die etwas bewachen wollte.

Marie machte einen Schritt zur Seite, um den Baum zu umgehen, und hielt inne, als ein Geräusch ihre Aufmerksamkeit erregte. Es war ein leises Knistern, wie das Brechen eines Zweiges unter einem Fuss. Sie drehte sich um, langsam, den Kopf leicht geneigt, ihre Augen suchend.

„Hallo?" rief sie mit zögerlicher Stimme. Ihre Stimme klang klein und zerbrechlich in der überwältigenden Stille. Doch keine Antwort kam.

Ein leises Rauschen ging durch die Bäume, als der Wind aufkam und die Äste bewegte. Doch es fühlte sich nicht wie ein natürlicher Wind an. Es war, als ob der Wald selbst atmete, ein tiefes, fast unmerkliches Ein- und Ausatmen. Marie spürte, wie sich eine Gänsehaut auf ihren Armen ausbreitete.

„Da ist doch niemand," flüsterte sie zu sich selbst und schüttelte den Kopf. Ihre Schritte wurden schneller, sie wollte den vertrauten Pfad erreichen, der weiter in den Wald führte, doch sie hatte das Gefühl, dass sie nicht mehr allein war.

Hinter ihr knackte es erneut, diesmal deutlicher. Sie blieb abrupt stehen, drehte sich um und sah in die Richtung, aus der das Geräusch gekommen war. Die Bäume standen dicht an dicht, ihre Schatten verschmolzen zu einer undurchdringlichen Wand.

„Wer ist da?" fragte sie nun, ihre Stimme zitterte leicht.

Keine Antwort. Doch dann, ein leises, kaum hörbares Flüstern, das nicht von den Blättern kam. Es war kein Wort, nur ein Laut, der sich an ihre Sinne schmiegte wie etwas, das nicht dort sein sollte.

Marie machte einen Schritt zurück, ihr Herz begann schneller zu schlagen. Sie hielt den Stoffhasen fester, als ob er sie beschützen könnte, und begann wieder zu laufen. Dieses Mal verliess sie den Pfad, ihre Schritte führten sie tiefer in den Wald, weg von dem Geräusch, das sie verfolgte – oder vielleicht auf etwas anderes zu.

Die Bäume wurden dichter, die Äste griffen nach ihr wie knorrige Finger, und sie musste sich immer wieder bücken oder zur Seite treten, um voranzukommen. Doch der Boden unter ihren Füssen wurde weicher, schlammiger, und ihre Stiefel sanken ein, was sie verlangsamte.

„Mama…" flüsterte sie leise, fast flehend, doch sie wusste, dass niemand sie hören konnte.

Dann sah sie es. Eine Gestalt, vielleicht fünfzig Meter vor ihr, nur ein Umriss, kaum mehr als ein Schatten zwischen den Stämmen. Es war unmöglich zu sagen, ob es ein Mensch oder etwas anderes war. Die Gestalt stand regungslos, die Schultern leicht nach vorne geneigt, als ob sie sie beobachtete.

Marie wich zurück, trat auf einen Ast, der laut knackte. Die Gestalt bewegte sich nicht, aber Marie spürte, wie ihre Kehle trocken wurde. Ihre Hände zitterten, und der Stoffhase rutschte ihr fast aus der Hand.

„Bitte… lass mich in Ruhe," flüsterte sie, doch die Gestalt blieb, stumm und unbeweglich.

Dann, ohne Vorwarnung, schien sie zu verschwinden. Ein Wimpernschlag, und da war nichts mehr. Marie starrte in die Leere, ihre Augen suchten verzweifelt nach einem Anhaltspunkt, doch der Wald war wieder still, die Schatten unverändert.

Ein kalter Luftzug strich über ihre Wangen, und plötzlich fühlte sie eine erdrückende Müdigkeit. Sie liess den Stoffhasen fallen, ohne es zu merken, und setzte sich auf einen Felsen. Ihre Gedanken wurden schwer, als ob etwas sie hinunterzog, etwas, das sie nicht sehen konnte.

Dann hörte sie wieder das Flüstern, näher jetzt, um sie herum. Sie schloss die Augen, drückte die Hände gegen ihre Ohren, doch es war zwecklos. Es war überall.

Das Letzte, was man später von ihr finden würde, waren Fetzen des Stoffhasen, der mit einer dünnen Schicht Schlamm bedeckt neben einem Baumstumpf lag. Von Marie selbst fehlte jede Spur, als ob der Wald sie verschluckt hätte.

DIE BEGEGNUNG MIT FRAU WYSS

19. NOVEMBER 1988

Die ersten Sonnenstrahlen schoben sich zögerlich durch den dichten Nebel, der das Dorf Erlinsbach wie eine schützende Decke umhüllte. Es war eine trügerische Ruhe, die Sager spürte, als er in seinem Wagen sass und auf das kleine Café am Dorfplatz starrte. Vom Breitmis her wehte ein kühler Wind ins Tal, ein Hauch von Feuchtigkeit und Verfall, der die Erinnerung an den gestrigen Tag in Sagers Gedanken hielt.

Das „Wyss-Stübli" war eine Institution in Erlinsbach, geführt von Johanna Wyss, einer Frau, die so eng mit der Geschichte des Breitmis verbunden war wie das Haus selbst. Er stieg aus dem Wagen, zog seinen Mantel enger um sich und ging über den Kiesweg zum Café. Das „Wyss-Stübli", ein kleines, in die Jahre gekommenes Café am Rand des Dorfplatzes, schien der einzige Ort, der Leben zeigte. Eine warme gelbliche Beleuchtung durchbrach den Nebel, und das Klirren von Tassen und Tellern war selbst draussen zu hören. Sager zögerte kurz, bevor er die Tür öffnete.

Sager war nicht sicher, warum er sich an diesem Morgen entschieden hatte, sie zu treffen. Vielleicht war es der Drang, mehr über die Vergangenheit zu erfahren, oder vielleicht nur die Hoffnung, dass Frau Wyss Antworten auf Fragen hatte, die er selbst nicht formulieren konnte.

Die Glocke über dem Eingang bimmelte, und das leise Gespräch der wenigen Gäste verstummte. Die Augen der Anwesenden – meist ältere Dorfbewohner – wanderten zu ihm und verweilten einen Moment, bevor sie wieder in ihre Tassen sahen. Das Innere des Cafés war gemütlich, aber altmodisch, mit Spitzengardinen an den Fenstern und schweren Holztischen, die schon bessere Tage gesehen hatten. Der Duft von frisch gebackenem Brot und starkem Kaffee hing in der Luft. Hinter der Theke stand Johanna Wyss, eine Frau in den späten Sechzigern, mit scharf geschnittenen Gesichtszügen und einem Blick, der durch Menschen hindurchzusehen schien.

„Herr Sager," sagte sie, ohne ihn direkt anzusehen, während sie einen Löffel in einer Kaffeetasse drehte. „Sie haben sich Zeit gelassen."

Sager hob überrascht die Augenbrauen. Er war sich sicher, dass niemand wusste, dass er hierherkommen würde. „Sie haben mich erwartet?" fragte er, die Tür hinter sich schliessend.

Frau Wyss lächelte dünn. „Man merkt so etwas, wenn man alt wird. Setzen sie sich, ich bring ihnen einen Kaffee."

Er nahm an einem der Tische Platz, von dem aus er die gesamte Stube überblicken konnte. Die Polster der Stühle waren durchgesessen, und die Tischdecke hatte leichte Brandflecken, als ob hier einst unzählige Kerzen heruntergebrannt wären.

Das Innere des Cafés wirkte wie ein Ort, der aus der Zeit gefallen war. Alte Fotografien von Erlinsbach und dem Breitmis hingen an den Wänden, einige vergilbt, die Bilder darauf kaum noch erkennbar. Eine Aufnahme zeigte den Wiler des Breitmis aus der Ferne: eine Handvoll Höfe und Häuser, umringt von dichten Wäldern und offenen Wiesen.

„Ein guter Platz für Geheimnisse," dachte Sager, als er sich setzte.

Johanna Wyss brachte ihm eine dampfende Tasse Kaffee. Ihr Blick war ruhig, aber ihr Auftreten hatte etwas Unnachgiebiges, als wäre sie gewohnt, ihren Willen durchzusetzen. Sie setzte sich ihm gegen-über und verschränkte die Hände auf der Tischplatte.

„Sie waren oben im Breitmis," begann sie, ohne jede Einleitung.

Sager nickte und griff nach der Tasse, obwohl der Kaffee noch zu heiss war, um ihn zu trinken. „Wir haben Spuren gefunden, die da-rauf hindeuten, dass das vermisste Mädchen, Marie Vogel, dort ge-wesen sein könnte. Ich brauche Informationen über das Haus – seine Geschichte, seine Besitzer."

„Marie Vogel." Sie sprach den Namen langsam aus, als koste sie ihn aus. „Ein hübsches Kind. Sie war oft hier mit ihrer Mutter. Sie mochte die Himbeertörtchen."

Sager schwieg einen Moment, beobachtete, wie Frau Wyss mit ihren Fingern am Rand des Tisches entlangfuhr. „Frau Wyss, was wissen sie über das Breitmis?"

Ihre Augen, grau wie ein aufziehender Sturm, fixierten ihn. „Sie wissen, dass ich dort aufgewachsen bin, oder? Meine Familie hat das Breitmis vor Generationen besiedelt. Mein Urgrossvater hat unser Haus selber aufgebaut. Ein harter Mann, der die Natur bezwungen hat. Oder zumindest dachte, er hätte es getan. Damals war es ein stol-zes Haus, ein Zuhause für eine wachsende Familie. Aber etwas hat sich verändert. Meine Grossmutter sprach nie darüber, aber sie hatte Angst vor dem alten Haus. Sie sagte, es höre zu. Es sehe Dinge. Sie wissen, welches Haus ich meine?"

„Ja, das weiss ich. Warum sind sie fortgegangen?" fragte Sager, ob-wohl er die Antwort ahnte.

„Fortgegangen? Nein." Sie schüttelte den Kopf. „Mein Vater war der letzte Wyss, der dort lebte, und als er starb, ging unser Haus an Fremde. Wir haben es nie wirklich verstanden, aber niemand wollte es behalten. Es war, als ob…"

Sie verstummte, ihre Worte hingen schwer in der Luft.

„Als ob was?" drängte Sager.

„Als ob das Haus selbst entscheidet, wer darin wohnen darf." Sie lächelte, doch es war ein bitteres, kaltes Lächeln. „Das Breitmis lässt niemanden wirklich gehen. Es bleibt in ihnen, Herr Sager. Es wächst in ihnen wie ein Pilz, unsichtbar, aber unauslöschlich."

Sager spürte, wie ihm die Geduld entglitt. „Frau Wyss, ich suche ein vermisstes Kind, kein Geisterhaus. Können sie mir sagen, wer in letzter Zeit Zugang zu dem alten Haus hatte? Gab es jemanden, der dort ein- und ausging?"

Sie lehnte sich zurück, legte die Hände in den Schoss und musterte ihn. „Ungewöhnlich ist das Breitmis immer. Doch wenn sie etwas Greifbares wollen: Erst vor kurzem kam ein Mann ins Dorf. Gross, hager, mit einem Gesicht, das man sofort wieder vergisst. Ich habe ihn ein paar Mal gesehen, wie er den Weg zum Breitmis nahm. Und dann war er verschwunden."

Sager griff nach seinem Notizbuch. „Hatte er einen Namen? Hat er mit jemandem gesprochen?"

„Wenn er es tat, dann nicht mit mir," sagte sie ruhig. „Aber ich weiss, dass er etwas suchte. Menschen, die nach oben gehen, suchen immer etwas. Die Ruhe. Oder die Einsamkeit. Oder sich selbst."

„Frau Wyss, das hilft mir nicht weiter," entgegnete Sager mit wachsendem Unmut. „Wir suchen ein Kind. Ein lebendes Kind."

„Und doch kommen sie hierher, zu mir." Ihre Stimme wurde schärfer, ein kalter Tonfall, der Sager innehalten liess. „Warum, Herr Sager? Weil sie wissen, dass die Vergangenheit des Breitmis niemals ruht. Sie sind in Erlinsbach aufgewachsen. Sie wissen, dass es hier Dinge gibt, die in keinem Polizeibericht stehen."

Sager atmete tief durch. „Das ist es, oder? Sie denken, das Breitmis hat etwas zu tun mit dem, was geschieht. Aber glauben sie mir, Frau Wyss: Es gibt keine Flüche, keine Geister, nur Menschen. Menschen, die Fehler machen. Menschen, die verletzen."

Sie lächelte wieder, dieses Mal fast mitleidig. „Vielleicht. Vielleicht nicht. Aber ich weiss, dass das Breitmis ein Ort ist, der Menschen verändert. Es nimmt sie, wie sie sind, und gibt sie zurück… anders."

Sager wollte widersprechen, doch in diesem Moment holte Frau Wyss ein kleines, in braunes Papier gewickeltes Päckchen hervor und legte es vor ihn auf den Tisch.

„Was ist das?" fragte er.

„Etwas, das der Fremde hiergelassen hat. Er sagte, ich solle es aufbewahren, falls jemand nach ihm sucht."

Sager packte das kleine Päckchen aus, seine Finger zitterten leicht, als er das grobe Papier aufriss. Darin lag ein altes, vergilbtes Foto, seine Ränder ausgefranst, als wäre es unzählige Male in die Hände genommen und wieder verstaut worden. Er hob es vorsichtig ins Licht.

Die Aufnahme zeigte eine Gruppe von Männern, dicht gedrängt, mit ernsten Gesichtern. Im Hintergrund ragten die vertrauten Umrisse des Breitmis auf – doch es war nicht das Dorf, wie er es kannte. Die Strassen waren schmaler, die Häuser wirkten unberührt von der Zeit. Sagers Blick wanderte über die Gesichter der Erwachsenen. Einige erkannte er sofort: Alois Sager, sein Vater, mit verschränkten Armen und einer Miene, die keinen Widerspruch duldete. Neben ihm stand Hans Sommer, dessen Züge damals noch schärfer, aber nicht weniger verbissen wirkten. Etwas abseits hielt Walter Bänziger den Blick gesenkt, als wollte er nicht auf diesem Bild sein. Und hinter ihnen, fast aus dem Rahmen gedrängt, stand Johanna Wyss, damals noch eine junge Frau, mit verschränkten Händen vor der Brust.

Sager drehte das Foto um. Auf der Rückseite stand mit krakeliger Schrift nur ein einziges Wort:

„Vergessen?"

Er schluckte. Dann bemerkte er ein weiteres Stück Papier in dem Päckchen. Ein gefalteter Zeitungsausschnitt, vergilbt und brüchig, aus den 1950er-Jahren. Er glättete ihn vorsichtig auf dem Tisch und begann zu lesen:

Junge spurlos verschwunden – Suchaktion ohne Erfolg
Breitmis – Seit Tagen fehlt von dem elfjährigen Kaspar Blatter jede Spur.
Der Junge wurde zuletzt am Rande des Waldes gesehen, doch trotz intensi-
ver Suchmassnahmen bleibt sein Verbleib ungeklärt. Die Dorfgemeinschaft
zeigt sich bestürzt über das Verschwinden, doch es gibt Gerüchte, dass
Kaspar in den Tagen zuvor von seltsamen Ängsten geplagt war. Ein Augen-
zeuge will ihn gesehen haben, kurz bevor er in Richtung des alten Bärghofs
lief. Die Ermittlungen dauern an.

Die letzten Zeilen waren unterstrichen: *Manche Wahrheiten überleben den Tod.*

Sager spürte, wie sein Herzschlag schneller wurde.

„Was ist das?" murmelte er, mehr zu sich selbst als zu Frau Wyss.

„Ein Foto," sagte sie ruhig. „Und eine Erinnerung, die sie nicht mehr ignorieren können."

Er hob den Zeitungsausschnitt erneut an, las die Zeilen noch einmal. Dann richtete er den Blick auf Frau Wyss.

„Wer ist der Unbekannte?" fragte er, doch die Antwort kannte er bereits.

Frau Wyss legte die Hände auf die Theke, ihre Fingerknöchel waren weiss vor Anspannung. „Jemand, der möchte, dass sie die Wahrheit sehen."

Sager stand auf, das Foto und den Zeitungsausschnitt fest in der Hand.

„Vielen Dank, Frau Wyss," sagte er leise. „Sie haben mir geholfen."

„Haben sie das Gefühl?" fragte sie, ohne ihre Position zu ändern. „Oder haben sie nur mehr Fragen als zuvor?"

Er zögerte, bevor er antwortete. „Beides."

Sie nickte langsam. „Das ist der Weg des Breitmis. Es gibt ihnen nie eine Antwort, ohne dass es dafür einen Preis verlangt."

Sager verliess das Café, das Gefühl von Kälte und Düsternis im Rücken. Er wusste nicht, ob er sich Frau Wyss gegenüber im Vorteil fühlte – oder ob sie ihn durchschaut hatte, wie eine Katze, die mit ihrer Beute spielt. Aber eines wusste er sicher: Der Inhalt des Päckchens würde ihn zurück ins Breitmis führen. Und das, was er dort finden würde, war nicht nur Maries Geschichte. Es war auch seine eigene.

Sager trat aus dem „Wyss-Stübli" hinaus in den kühlen Morgen. Der Nebel hatte sich kaum gelichtet, und die Strassen von Erlinsbach lagen still. Das Päckchen, das er eben von Frau Wyss erhalten hatte, schien in seiner Manteltasche schwerer zu wiegen, als es eigentlich sollte. Der Gedanke an das Breitmis liess ihn nicht los. Der alte Wiler mit seinen verstreuten Höfen und der umgebenden Wildnis hatte etwas Unerbittliches, etwas, das nicht bereit war, seine Geheimnisse preiszugeben. Er konnte das Gefühl nicht abschütteln, dass er nicht nur ein vermisstes Mädchen suchte. Er suchte nach etwas Grösserem – etwas, das ihn selbst bereits viel zu lange verfolgt hatte.

Er wusste, dass er zurückmusste. Das Päckchen war nicht einfach ein Fundstück, sondern eine Aufforderung, eine Einladung oder – wie Frau Wyss es angedeutet hatte – eine Herausforderung. Doch bevor er zum Breitmis aufbrechen konnte, brauchte er mehr Informationen.

DIE GESCHICHTE DES KASPAR BLATTER

15. OKTOBER 1959

Die Geschichte von Kaspar Blatter war eine jener Erzählungen, die in den Dörfern um das Breitmis herum noch leise weiterlebten, wie ein alter Geist, der sich nicht ganz vertreiben liess. Manche erinnerten sich an den Namen, wenige an die Einzelheiten, aber alle sprachen von ihm mit einer seltsamen Mischung aus Mitgefühl und Unbehagen. Kaspar war nicht einfach ein Junge, sondern ein Rätsel, ein Schatten, der durch die Zeit kroch und die Vergangenheit des Breitmis mit einer unheilvollen Aura umhüllte.

Kaspar wurde in den Jahren nach dem 2. Weltkrieg geboren, ein spätes Kind der Familie Blatter, die zu den wenigen gehörte, die damals noch im Breitmis lebten. Seine Eltern, Karl und Elise, waren Bauern, die ein karges Leben führten. Ihr Hof lag am Rand des kleinen Wilers, gleich neben dem Wald, der das Breitmis von der restlichen Welt trennte. Es war ein harter Ort, von steilen Hängen und steinigem Boden geprägt, wo die Winter lang und die Sommer kurz waren.

Kaspar war von Geburt an anders. Schon als Kleinkind fiel er aus dem Raster dessen, was die Dorfbewohner als „normal" betrachteten. In einer Umgebung, die von Einfachheit, Arbeit und klaren Regeln geprägt war, war ein Kind wie Kaspar eine Herausforderung – und eine Quelle ständigen Flüsterns.

Er sprach spät. Während andere Kinder mit zwei oder drei Jahren Worte formten, blieb er stumm. Es war kein dumpfes Schweigen, sondern ein Schweigen, das von einer seltsamen Intensität begleitet wurde. Er sass oft allein, betrachtete Dinge lange und aus einer Nähe, die andere irritierte – eine Schnecke auf einem Blatt, die Struktur des Holzes im Stall, das Muster der Wolken am Himmel. Als er schliesslich sprach, war es, als ob er nicht zu den Menschen um ihn herumsprach, sondern zu einer anderen Welt, die nur er sehen konnte. Elise nannte ihn oft „mein Träumerli", während Karl, ein schweigsamer Mann, in ihm wenig mehr als eine Bürde sah. Kaspar spielte selten mit den anderen Kindern aus dem Breitmis – nicht, dass es viele gegeben hätte. Er zog es vor, allein zu sein, oft in der Nähe des Waldes, wo er stundenlang stillsitzen und in die Bäume starren konnte.

„Die Kühe flüstern, wenn sie schlafen," hatte er einmal gesagt, während er auf dem Boden des Stalls sass und den Atem der Tiere beobachtete. Seine Mutter Elise, eine gutmütige, aber erschöpfte Frau, hatte nur den Kopf geschüttelt. „Kaspar, du bist ein Träumerli," sagte sie liebevoll. Doch sein Vater Karl, ein harter Mann, der in den steinigen Böden des Breitmis seine Existenz zusammenkratzen musste, war weniger geduldig.

„Der Junge muss lernen, den Kopf bei der Arbeit zu haben," sagte er, wenn Kaspar wieder einmal mitten im Heu sass, während die anderen schufteten.

Doch es war nicht Faulheit. Kaspar hatte seine eigene Ordnung, eine Welt, die für die anderen unsichtbar blieb. Er konnte Stunden damit verbringen, kleine Muster in den Steinmauern des Hofes zu verfolgen, sie mit seinen Fingern nachzuziehen, als ob sie eine geheime Geschichte erzählten. Er sammelte Federn und legte sie in symmetrischen Reihen aus, jedes Detail genau bedacht. Niemand verstand, warum er das tat, und niemand fragte.

Kaspar war aufmerksam auf eine Weise, die andere irritierte. Er konnte Geräusche hören, die für andere kaum wahrnehmbar waren: das ferne Klopfen eines Spechts, das leise Knarren eines Baumes im

Wind. Er bemerkte Dinge, die den Erwachsenen entgingen, wie das feine Spinnennetz in der Ecke der Scheune oder die Art, wie das Licht durch die Fenster fiel und dabei Muster auf den Boden malte.

Seine Mutter liebte ihn trotz – oder vielleicht gerade wegen – dieser Andersartigkeit. Doch sie machte sich Sorgen. Kaspar hatte kaum Freunde. Die anderen Kinder des Breitmis mieden ihn, weil er „komisch" war. Er spielte nicht mit ihnen, zumindest nicht auf die Weise, wie sie es gewohnt waren. Stattdessen beobachtete er, sprach selten, und wenn er etwas sagte, waren es oft rätselhafte Bemerkungen, die niemand verstand.

Zudem zog es Kaspar zum Wald. Während die anderen Kinder das Breitmis als ihre Heimat betrachteten, schien der Wald für ihn ein Zufluchtsort zu sein, ein Reich, das nur ihm gehörte. Er kannte jeden Pfad, jede Lichtung, jeden Bach. Oft verschwand er stundenlang, und wenn Elise ihn suchte, fand sie ihn am Waldrand, wo er auf einem Baumstamm sass und still vor sich hinblickte.

„Mit wem redest du?" fragte sie einmal, als sie ihn leise murmelnd vorfand.

„Mit dem Mann im Wald," antwortete Kaspar, ohne sie anzusehen. Elise fröstelte. „Welcher Mann?"

„Der mit den langen Beinen," sagte er nur.

Sie erzählte Karl nichts davon. Er hätte es als weiteren Beweis für Kaspars „Seltsamkeit" gesehen. Doch für Elise war es ein Geheimnis, eines von vielen, die ihr Junge zu bergen schien.

Die Menschen im Breitmis begannen bald zu tuscheln. Es hiess, Kaspar sei nicht wie die anderen Kinder. Er habe „Augen, die zu tief sehen", wie es eine alte Nachbarin ausdrückte. Die Leute hatten schon immer an seltsame Dinge geglaubt, und Kaspar passte in diese Erzählungen wie ein Puzzlestück. Es gab Gerüchte, dass er Dinge wusste, die er nicht wissen konnte. Einmal, so erzählte man sich, habe er vorausgesagt, dass eine Kuh auf dem Hof eines Nachbarn sterben würde – und tatsächlich, am nächsten Morgen lag das Tier reglos im Stall.

Es war im Herbst 1958, kurz vor der Ernte, als Kaspar verschwand. Die Nacht war kalt gewesen, und ein dichter Nebel hatte sich über das Breitmis gelegt. Der Herbst hatte das Breitmis in seine klammen Finger genommen, und die Bäume warfen ihre Blätter wie stille Botschaften in den Wind. Elise erinnerte sich später, dass Kaspar an diesem Abend ungewöhnlich still gewesen war – selbst für seine Verhältnisse. Er hatte sein Essen kaum angerührt, nur in die Kartoffeln gestarrt, als sähe er darin etwas, das niemand sonst sehen konnte.

„Ich gehe noch mal raus," sagte er nach dem Abendessen plötzlich, stand auf und zog seine Jacke über.

„Es ist spät, Kaspar," hatte Elise geantwortet, aber Karl, der keine Geduld für Kaspars Eigenarten hatte, winkte ab. „Lass ihn gehen. Vielleicht wird er endlich müde." Elise wollte widersprechen, aber etwas in Kaspars Gesicht hielt sie zurück. Es war eine Mischung aus Entschlossenheit und Traurigkeit, die sie nicht verstand.

Kaspar zog seine Jacke über und verschwand in die Dunkelheit. Das war das letzte Mal, dass jemand ihn sah.

Am nächsten Morgen bemerkte Elise, dass sein Bett leer war. Anfangs dachte sie, er sei vielleicht früh aufgestanden, aber als die Stunden vergingen, wurde ihre Sorge grösser. Sie rief nach ihm, suchte das Haus und die Umgebung ab, doch von Kaspar fehlte jede Spur.

Karl war zuerst verärgert, dann besorgt. Er glaubte zuerst, Kaspar habe sich einfach verlaufen, rief die Nachbarn zusammen, und bald suchte das ganze Breitmis nach dem Jungen. Sie durchkämmten den Wald, gingen die Felder ab, suchten in den verlassenen Höfen – doch Kaspar blieb verschwunden.

Die Suche dauerte Tage, dann Wochen. Schliesslich gaben sie auf. Einige behaupteten, er sei gestürzt, vielleicht in einen Bach, und von der Strömung fortgetragen worden. Andere sagten, er sei tiefer in den

Wald gegangen, als es ein Mensch wagen sollte, und dort von wilden Tieren geholt worden.

Doch Elise glaubte etwas anderes. „Er ist nicht tot," sagte sie oft. „Er hat nur einen anderen Weg gefunden."

Es dauerte nicht lange, bis die Gerüchte begannen. Einige behaupteten, Kaspar sei von etwas aus dem Wald geholt worden – von einem Wesen, das nur im Breitmis existiere. Andere meinten, er sei einfach davongelaufen, um der Härte seines Lebens zu entkommen. Doch es gab auch jene, die dunklere Theorien hatten: Dass Kaspar einem der alten Geheimnisse des Breitmis zu nahe gekommen sei.

Kaspars Verschwinden hinterliess eine Wunde im Breitmis, die nie ganz verheilte. Elise verfiel in eine tiefe Trauer. Sie starb an einem Wintermorgen, allein in ihrem Bett, gezeichnet von dem Verlust. Karl zog weg und kehrte nie mehr zurück. Der Hof der Familie Blatter verfiel und wurde schliesslich von der Natur zurückerobert.

Doch die Geschichte von Kaspar blieb. Sie wurde geflüstert, wenn der Nebel über das Breitmis zog, wenn die Nacht still war und die Bäume zu atmen schienen. Es hiess, dass sein Geist noch immer dort sei, ein Kind, das nie erwachsen wurde und nie gefunden werden konnte.

Niemand wusste, was wirklich mit Kaspar geschehen war. Doch als Sager Jahrzehnte später in das Breitmis zurückkehrte und die Ermittlungen im Fall des verschwundenen Mädchens aufnahm, würde er die Wahrheit erfahren – eine Wahrheit, die mit Knochen begann, die unter der Erde ruhten, und mit einem Schatten, der über dem Breitmis lag.

DAS ARCHIV VON ERLINSBACH

19. NOVEMBER 1988

Sager wusste, dass Erlinsbach ein kleines Gemeindearchiv besass, geführt vom ehemaligen Landwirt namens Hans Sommer, der die Geschichte des Dorfes und der umliegenden Höfe besser kannte als jeder andere. Sagers Schritte hallten durch die stillen Flure des Rathauses von Erlinsbach. Es war ein nüchternes Gebäude, schlicht und zweckmässig, mit grauem Linoleumboden und weissen Wänden, die von den Jahren stumpf geworden waren. Die Tür zum Archiv war nicht zu übersehen: eine schwere Holztür, die schon bessere Tage gesehen hatte. Das Schild darauf war verblichen, doch man konnte noch „Gemeindearchiv" erkennen, darunter in kleinerer Schrift: „Betreten nur mit Genehmigung."

Sager klopfte an. Keine Antwort. Er klopfte erneut, kräftiger, und diesmal hörte er drinnen das Kratzen eines Stuhls, gefolgt von leisen Schritten. Die Tür öffnete sich, und Herr Sommer erschien.

Sommer war kleiner, als Sager ihn in Erinnerung hatte, vielleicht durch die gebeugte Haltung, die ihn wie einen Baum wirken liess, der sich dem Alter beugt. Sein Gesicht war zerfurcht, die Haare weiss und dünn, doch seine Augen waren wachsam, fast fordernd. Er musterte Sager, als wäre er ein Schüler, der unangekündigt in den Unterricht platzte.

Als er eintrat, roch es nach altem Papier und Tinte.

„Sager," sagte er schliesslich, mit einem Hauch von Missbilligung in der Stimme. „Was verschafft mir die Ehre? Ich nehme an, sie sind nicht hier, um die Gemeindegeschichte zu bewundern."

Sager liess sich von dem Ton nicht beeindrucken. „Herr Sommer, ich brauche Ihre Hilfe. Es geht um das Breitmis und die Leute, die dort lebten."

„Das Breitmis," wiederholte Sommer, als koste er das Wort aus. Er trat zur Seite und liess Sager eintreten. „Ein Ort voller Geschichten. Aber ich habe den Eindruck, dass sie nicht wegen Geschichten hier sind, oder?". „Was führt sie zu mir?"

„Ich brauche Informationen über das Breitmis. Alte Pläne, Aufzeichnungen über die Besitzer und die Geschichte des Wilers.", erläuterte Sager.

Sommer legte die Brille ab und rieb sich die Augen. „Das Breitmis… ein unruhiger Ort, wenn sie mich fragen. Aber ja, wir haben Unterlagen darüber. Es wird eine Weile dauern, sie zu finden."

Während Sommer die Regale durchsuchte, liess Sager den Blick durch den Raum schweifen. Das Archiv war winzig, kaum grösser als ein Wohnzimmer. Die Regale waren vollgestopft mit Ordnern, Büchern und Schachteln, einige von ihnen beschriftet, andere nicht. Ein massiver Holzschreibtisch dominierte den Raum, darauf stapelten sich Papiere in chaotischer Ordnung. An den Wänden hingen Karten und Fotos von Erlinsbach, einige davon Jahrzehnte alt. Auf einer der Karten entdeckte er das Breitmis, eine winzige Ansammlung von Gebäuden, umgeben von einem Meer aus Bäumen.

„Hier," sagte Sommer schliesslich. Er zog einen schweren Ordner heraus und legte ihn auf den Schreibtisch. „Hier sind die alten Aufzeichnungen über die Höfe im Breitmis. Die ersten Ansiedlungen gehen auf das 18. Jahrhundert zurück. Die Wyss-Familie, sie kennen sie vielleicht – Johanna Wyss gehört zu dieser Linie – hat das Gebiet urbar gemacht. Aber es gab immer wieder Probleme. Krankheiten, Missernten, Konflikte mit anderen Dorfbewohnern."

„Konflikte?" fragte Sager und trat näher.

„Die Leute aus dem Breitmis waren… anders," sagte Sommer zögernd. „Sie lebten abseits, hielten sich fern von den anderen. Einige sagen, sie hätten sich an dunklen Praktiken versucht. Aber das ist natürlich Aberglaube."

Sommer setzte sich hinter den Schreibtisch, zog eine Brille aus der Tasche und setzte sie auf. „Setzen sie sich, wenn sie möchten," bot er an, ohne viel Überzeugung.

Sager lehnte das Angebot ab. Er wollte stehen, die Distanz halten. „Ich suche Informationen über die Geschichte des Breitmis. Die Besitzer, die Höfe, alles, was ihnen dazu vorliegt."

Sommer lehnte sich zurück und verschränkte die Arme vor der Brust. „Das Breitmis also. Ein interessanter Ort, wenn man an alte Geschichten glaubt. Aber sie, Wachtmeister Sager, sind nicht hier, weil sie an Märchen interessiert sind."

Sager nickte knapp. „Ein Mädchen ist verschwunden. Marie Vogel. Wir haben Hinweise, dass sie zuletzt in der Nähe des Breitmis gesehen wurde."

Sommer zog die Brille von der Nase und tippte mit dem Bügel darauf. „Ah, die Vermisste. Ich habe davon gehört. Ein tragisches Schicksal, wenn sie mich fragen. Aber das Breitmis…" Er hielt inne und schien kurz zu überlegen, ob er weitersprechen sollte.

„Was ist mit dem Breitmis?" drängte Sager.

„Es ist ein Ort, der Menschen verändert," sagte Sommer schliesslich. „Es zieht die Menschen an, manchmal auf seltsame Weise. Die, die dort leben, kommen selten zurück, wenn sie einmal gehen."

Sager blätterte durch die Papiere. Alte Zeichnungen der Höfe, handschriftliche Notizen, Berichte über Verkäufe und Eigentumsübertragungen. Die frühen Dokumente waren kaum lesbar, doch weiter hinten fand er Berichte über Besitzerwechsel, einige davon merkwürdig abrupt. Immer wieder schienen die Bewohner das Breitmis überstürzt verlassen zu haben. Manche Höfe standen jahrelang leer, bevor sie von neuen Familien übernommen wurden.

„Hier," murmelte Sommer und zeigte auf eine Notiz. „Das ist interessant. Um 1920 wurde berichtet, dass mehrere Kinder aus dem Wiler spurlos verschwanden. Die Polizei untersuchte den Fall, konnte aber nichts beweisen. Die Bewohner sprachen von ‚etwas, das in den Wäldern lebt'."

Sager schnaubte. „Das klingt wie eine Legende."

„Vielleicht," sagte Sommer. „Aber es ist nicht die einzige Geschichte dieser Art. Es gibt auch Berichte aus den 1960ern, als eine junge Frau verschwand. Man fand sie später, völlig verstört, im Wald. Sie sprach von Stimmen, die sie ins Breitmis gerufen hätten."

„Was ist mit den letzten Bewohnern? Wer lebt heute dort?" erkundigte sich Sager.

Sommer zog ein weiteres Dokument hervor. „Die meisten Höfe sind verlassen. Einige wurden verkauft, aber die neuen Besitzer kamen nie richtig an. Und dann gab es kurzum diesen Mann…"

„Welchen Mann?" fragte Sager scharf.

Sommer schien zu zögern, als wolle er sich nicht zu weit aus dem Fenster lehnen. „Er war gross, schlank, hatte etwas Rastloses an sich. Er sagte, er sei ein Künstler, auf der Suche nach Inspiration. Aber ich habe nie geglaubt, dass er die Wahrheit sagte. Er schien mehr zu wissen, als er preisgab."

Sager nahm die Beschreibung auf und machte sich eine mentale Notiz. „Haben sie einen Namen?"

„Nein. Er war genauso schnell verschwunden, wie er aufgetaucht war. Aber bevor er ging, fragte er nach dem Bärghof – dem Hof der Steiners."

Sager hielt inne. Der Bärghof – ein Name, der ihm vage bekannt vorkam. „Was ist mit dem Bärghof?"

Sommer sah ihn direkt an, zum ersten Mal ohne seine spöttische Zurückhaltung. „Der Bärghof hat eine Geschichte, die sie interessieren könnte. Man sagt, dort geschahen Dinge, die das Dorf lieber vergessen würde. Aber das sollten sie selbst herausfinden. "

Er lehnte sich zurück, sein Blick durchdringend. „Hören sie, Sager. Sie sind ein Mann der Logik, der Beweise. Sie wollen klare Antworten, aber ich fürchte, das Breitmis wird ihnen keine geben. Sie werden nur mehr Fragen finden. Vielleicht sollten sie vorsichtig sein, wohin diese Fragen sie führen."

Sager trat näher an den Schreibtisch. „Haben sie Angst, Herr Sommer?"

„Ich?" Sommer lachte trocken. „Ich bin nur ein alter Mann, der Bücher ordnet. Aber ich habe genug Geschichten gehört, um zu wissen, dass das Breitmis nicht einfach ein Ort ist. Es ist ein Zustand, Sager. Ein Schatten, der Menschen verfolgt. Seien sie vorsichtig, dass er sie nicht einholt."

Sommer schob den Ordner mit den Dokumenten über den Tisch. „Nehmen sie das. Aber denken sie daran: Manchmal ist es klüger, nicht alles wissen zu wollen."

Sager nahm den Ordner, seinen Blick fest auf Sommer gerichtet. „Danke für Ihre Hilfe. Aber ich habe keine Wahl. Ich muss wissen, was das Breitmis verbirgt."

Sommer zuckte mit den Schultern und setzte seine Brille wieder auf. „Dann wünsche ich ihnen viel Glück. Sie werden es brauchen."

Als Sager das Archiv verliess, fühlte er sich schwerer als zuvor. Herr Sommer hatte ihn mit Informationen versorgt, aber auch mit Zweifeln. Es war, als ob der alte Archivar ihm einen Spiegel vorgehalten hätte, einen Spiegel, der zeigte, wie tief das Breitmis in seine eigene Vergangenheit reichte. Die Geschichten des Breitmis schienen alt und unwahrscheinlich, doch sie legten einen düsteren Schatten über den Ort. Es war, als ob das Breitmis nicht nur ein Wiler war, sondern ein Ort, der seine eigene Präsenz hatte – und diese Präsenz war alles andere als freundlich.

IM SCHATTEN DER HOFFNUNGSLOSIGKEIT

19. NOVEMBER 1988

Die Kälte des Morgens biss Sager ins Gesicht, als er das Gemeindehaus hinter sich liess. Die herbstliche Stille hatte sich wie ein dicker Nebelschleier über Erlinsbach gelegt, doch die ersten zaghaften Strahlen der Sonne kämpften sich durch die schwere Wolkendecke und verliehen dem Ort einen Hauch von mattgrauem Licht. Der Nebel, der sich durch die engen Gassen und Strassen schlängelte, begann sich langsam zu lichten, als wolle er nach Jahren des Schweigens endlich die Geheimnisse freigeben, die er umhüllte. Doch für Sager schien das Dorf weiterhin wie ein stummer Zeuge – wachsam und misstrauisch.

Er steuerte auf den Rand des Dorfes zu, dorthin, wo das Haus der Familie Vogel stand. Es war ein schlichtes, modernes Gebäude, dessen blassgelbe Fassade unter dem Nebel fast farblos wirkte. Der Gartenzaun, nicht höher als seine Hüfte, zog eine klare Grenze um das Grundstück. Alles war ordentlich und doch distanziert, als würde das Haus selbst die Trauer und Unsicherheit seiner Bewohner ausstrahlen. Sager hielt kurz inne und liess seinen Blick schweifen. Der Ort hatte etwas Steriles, Künstliches, als sei das Leben hier schon vor Maries Verschwinden erloschen.

Er atmete tief durch und drückte auf die Klingel. Der Ton hallte gedämpft durch den Morgen und verschwand in der winterlichen Stille. Für einige Momente geschah nichts. Sager hörte nur das entfernte

Krächzen eines Vogels und das leise Tropfen von Regenwasser, das sich von den Zweigen des kahlen Apfelbaums im Vorgarten löste. Schliesslich jedoch drangen Schritte aus dem Inneren des Hauses an seine Ohren. Sie waren langsam, zögerlich, als ob jede Bewegung von unsichtbarer Last beschwert wäre.

Die Haustür öffnete sich einen Spaltbreit, und eine Frau erschien im Türrahmen. Sager erkannte sofort, dass er vor Frau Vogel stand. Ihr Gesicht war blass, die Haut fahl und gespannt. Ihre Augen waren rot gerändert, als hätte sie seit Tagen nicht geschlafen. Unter ihren Augen zeichneten sich tiefe Schatten ab, die von schlaflosen Nächten und nagender Sorge erzählten. Ihr Haar hing unordentlich über die Schultern, als hätte sie es vergessen, zu kämmen.

Sager richtete sich auf, nahm den Hut vom Kopf und sprach mit ruhiger, sanfter Stimme: „Guten Morgen, Frau Vogel. Matthias Sager, Kantonspolizei. Ich leite die Ermittlungen im Fall Ihrer Tochter."

Die Frau blinzelte kurz, als müsse sie sich vergewissern, dass er tatsächlich vor ihr stand. Ihre Hände, die sich am Türrahmen festhielten, zitterten leicht. Für einen Moment schien sie die Worte nicht ganz zu begreifen. Dann nickte sie schwach. „Herr Sager," murmelte sie mit brüchiger Stimme. Sie machte eine einladende Geste, trat jedoch nicht ganz zur Seite. „Bitte... kommen sie rein."

„Vielen Dank." Sager trat über die Schwelle und blieb kurz im Flur stehen, um die Atmosphäre des Hauses auf sich wirken zu lassen. Eine erdrückende Stille herrschte dort, eine, die mit unausgesprochenen Ängsten und Schmerz geladen war. Es war, als ob die Wände selbst die Trauer der Familie aufgenommen und verstärkt hätten. Jeder Schritt, den Sager machte, wurde von einem dumpfen Echo begleitet, das wie ein leiser Vorwurf in der Luft hing.

Frau Vogel schloss hinter ihm die Tür und zog die Strickjacke enger um ihren Körper, als wolle sie sich gegen eine unsichtbare Kälte schützen. Sie fuhr fahrig mit den Händen über die Ärmel und versuchte, ihre Nervosität zu verbergen. „Mein Mann ist im Wohnzimmer," sagte sie leise. „Ich... ich hole ihn."

Sager nickte. „Natürlich."

Während sie durch den schmalen Flur ging, folgte er ihr in gemessenem Tempo und liess seinen Blick unauffällig über die Umgebung schweifen. An den Wänden hingen mehrere Kinderzeichnungen – bunte, fröhliche Bilder, die eine kindliche Welt aus Blumen, Tieren und Sonnenstrahlen darstellten. Er blieb kurz vor einer Zeichnung stehen, die eine Gruppe von Menschen zeigte, offenbar die Familie. In der Mitte des Bildes war ein kleines Mädchen mit blonden Haaren gemalt. Unter dem Bild stand in krakeliger Schrift: *Ich und Mama und Papa*".

Neben der Garderobe standen ein paar winzige Kinderschuhe, sauber und ordentlich nebeneinander aufgereiht. Sager spürte einen stechenden Schmerz in der Brust. Es waren die kleinen Details, die die schmerzhafte Abwesenheit von Marie noch greifbarer machten.

Kurz vor der Tür zum Wohnzimmer drehte sich Frau Vogel zu ihm um. Ihre Augen glänzten vor unterdrückten Tränen. „Herr Sager," flüsterte sie fast flehend, „bitte sagen sie mir, dass sie etwas gefunden haben."

Sager hielt inne und sah ihr direkt in die Augen. Er wusste, dass es keinen Trost in seinen Worten geben würde, doch er musste ehrlich bleiben. „Ich arbeite daran, Frau Vogel," sagte er ruhig und eindringlich. „Ich bin hier, um alles Mögliche herauszufinden. Aber ich brauche Ihre Unterstützung."

Sie nickte zögernd und wischte sich rasch über die Augen. „Natürlich," murmelte sie und führte ihn ins Wohnzimmer. Dort sass Herr Vogel auf einem Sessel. Sein Körper war vorgebeugt, die Hände fest ineinander verschränkt. Sein Blick war leer, als ob er durch die Wände hindurch in eine ferne, unerreichbare Welt starrte. Er sah erst auf, als Sager den Raum betrat, und nickte ihm schwach zu.

„Guten Morgen," sagte Sager leise und setzte sich auf die Couch gegenüber. Er legte die Hände auf seine Knie und liess seinen Blick kurz durch das Zimmer wandern. Es war ein einfach eingerichteter Raum mit einem Bücherregal an der Wand und einem niedrigen Tisch, auf dem noch unberührte Frühstücksutensilien standen. Vor Herrn Vogel stand eine Tasse, der Kaffee darin war längst kalt geworden.

Die Spannung im Raum war beinahe greifbar. Frau Vogel setzte sich neben ihren Mann und verschränkte die Hände fest auf ihrem Schoss. „Was können sie uns sagen?" fragte sie plötzlich, ihre Stimme drängend, fast verzweifelt.

Sager atmete tief durch und wählte seine Worte mit Bedacht. „Wir untersuchen weiterhin alle Spuren. Ich war gestern im Breitmis und habe auch dort mit einigen Dorfbewohnern gesprochen. Es gibt Hinweise, aber noch nichts Konkretes."

Herr Vogel hob den Kopf, seine Augen funkelten vor einer Hoffnung, die er nur schwer zuzulassen schien. „Hinweise?" wiederholte er. „Was für Hinweise?"

Sager zögerte kurz, bevor er antwortete. „Es gab Berichte über eine fremde Person, die sich in der Gegend aufgehalten haben soll. Wir versuchen, diesen Hinweisen nachzugehen. Ausserdem überprüfe ich Verbindungen zu früheren Ereignissen in der Gegend."

Frau Vogel schnappte hörbar nach Luft. „Frühere Ereignisse? Was hat das mit Marie zu tun?"

„Das wissen wir noch nicht," gab Sager offen zu. „Aber es ist wichtig, nichts auszuschliessen. Manchmal liegt die Wahrheit in den kleinsten Details."

Sager zögerte einen Moment, bevor er fortfuhr. Er wusste, dass die Eheleute Vogel noch nicht bereit waren, ihn gehen zu lassen. Die Hoffnung, die in ihren Augen aufflackerte, war zu stark. Herr Vogel lehnte sich leicht nach vorne, seine Finger spielten nervös miteinander.

„Herr Sager, was meinten sie vorhin mit den früheren Ereignissen?" fragte er langsam, die Stimme angespannt. „Hat das etwas mit dem Breitmis zu tun? Mit den Leuten dort?"

Sager legte die Hände ineinander und dachte kurz nach, wie viel er preisgeben konnte, ohne falsche Hoffnungen zu wecken. „Es gibt Hinweise darauf, dass es im Breitmis vor vielen Jahren ähnliche Vorfälle gegeben hat. Ein Junge namens Kaspar Blatter verschwand dort spurlos. Das war 1959."

Herr Vogel zog die Stirn in Falten. „Und sie glauben, das könnte irgendwie mit Marie zusammenhängen?"

„Ich weiss es nicht genau," antwortete Sager ehrlich. „Aber in beiden Fällen scheint das alte Haus im Breitmis eine Rolle zu spielen. Es ist wichtig, dass wir jedes Detail untersuchen. Es gibt manchmal Muster, die sich wiederholen."

Frau Vogel schüttelte den Kopf, ihre Augen wurden feucht. „Aber das ist doch schon Jahrzehnte her. Was soll das mit unserer Marie zu tun haben? Sie ist ein Kind unserer Zeit, Herr Sager. Nicht irgendeine Figur aus den alten Geschichten dieses Dorfes."

„Ich verstehe Ihre Zweifel," sagte Sager sanft. „Aber oft sind es gerade diese alten Geschichten, die Hinweise darauf geben, was Menschen verbergen. Manchmal leben Geheimnisse viel länger, als wir denken."

Herr Vogel schluckte und presste die Lippen zusammen. Dann lehnte er sich in den Sessel zurück und starrte zur Decke. „Sie denken also, jemand aus dem Dorf könnte etwas mit Maries Verschwinden zu tun haben?"

„Das ist eine Möglichkeit," gab Sager zu. „Wir verfolgen verschiedene Spuren. Ich habe meine Kollegen angewiesen, mit den Dorfbewohnern zu sprechen und bestimmte Orte nochmals zu durchsuchen. Aber ich brauche auch Ihre Mithilfe. Erinnern sie sich an etwas, das in den Tagen vor ihrem Verschwinden ungewöhnlich war? Hatte

Marie Angst vor jemandem? Oder hat sie etwas gesagt, das ihnen seltsam vorkam?"

Die Eheleute tauschten einen Blick. Frau Vogel wischte sich eine Träne von der Wange und sprach dann stockend: „Nein... zumindest nicht direkt. Aber... sie war in letzter Zeit oft unruhig. Nachdenklich. Sie wollte nicht mehr allein draussen spielen, was eigentlich untypisch für sie war. Ich dachte, es sei nur eine Phase."

Herr Vogel nickte zustimmend. „Ja, und sie hat diesen Traum gehabt... diesen Albtraum. Einmal ist sie mitten in der Nacht aufgewacht und hat geschrien. Sie sagte, jemand hätte sie im Wald beobachtet."

Sager horchte auf. „Im Wald? Wissen sie, ob sie vor kurzem in der Nähe des Breitmis gewesen ist?"

„Das glaube ich nicht," antwortete Herr Vogel nachdenklich. „Wir haben ihr immer gesagt, dass sie sich von diesem Ort fernhalten soll. Aber Kinder..." Er schüttelte den Kopf. „Manchmal tun sie das Gegenteil von dem, was man ihnen sagt."

Frau Vogel legte die Hand auf den Arm ihres Mannes. „Sie hatte diesen weissen Stoffhasen dabei. Immer. Selbst beim Schlafen hat sie ihn nie losgelassen. Und jetzt ist er auch verschwunden. Wenn sie ihn finden würden... vielleicht würde das helfen."

Sager nickte und machte sich eine mentale Notiz. „Ich werde darauf achten. Stofftiere können für Kinder ein Anker sein – etwas, das ihnen Sicherheit gibt. Vielleicht hat Marie den Hasen absichtlich irgendwo gelassen oder versteckt. Das könnte uns einen Hinweis geben."

Für einen Moment herrschte erneut Stille. Die Eheleute wirkten erschöpft und resigniert. Frau Vogel brach schliesslich die Stille und sagte mit brüchiger Stimme: „Herr Sager... bitte finden sie unsere Tochter. Wir können nicht noch länger in dieser Ungewissheit leben."

Sager sah ihr fest in die Augen. „Das verspreche ich ihnen. Ich werde nicht aufgeben, bis wir wissen, was mit Marie geschehen ist."

Mit diesen Worten stand er auf. Die Eheleute erhoben sich ebenfalls, als ob sie ihm zumindest diesen symbolischen Respekt erweisen wollten. Herr Vogel streckte ihm die Hand entgegen, die Sager fest drückte. „Vielen Dank, dass sie sich die Zeit genommen haben, mit uns zu sprechen."

„Es ist meine Pflicht," antwortete Sager schlicht. „Und jetzt werde ich mich wieder an die Arbeit machen. Ich halte sie auf dem Laufenden."

Frau Vogel begleitete ihn zurück zur Haustür. Als Sager auf die Veranda trat, legte sie ihm für einen kurzen Moment die Hand auf den Arm. „Sie wirken wie jemand, der auch mit seiner eigenen Vergangenheit kämpft," sagte sie leise. „Vielleicht können sie uns deswegen besser verstehen."

Sager hielt inne und sah sie an. Für einen Augenblick erwog er, etwas Persönliches zu sagen, doch er liess es bleiben. Stattdessen nickte er nur und sagte ruhig: „Manchmal sind die Schatten der Vergangenheit stärker als wir glauben."

Mit diesen Worten verabschiedete er sich und machte sich wieder auf den Weg. Der Nebel hatte sich weiter gelichtet, und die Sonne durchbrach die grauen Wolken. Doch trotz des aufkeimenden Lichts blieb die Last der Dunkelheit, die über der Familie Vogel lag, noch immer spürbar. Sager schob die Hände in die Taschen seines Mantels und ging mit festen Schritten die Strasse hinunter. Das Bild des weissen Stoffhasen und Maries verzweifeltes Gesicht waren tief in seinem Gedächtnis verankert.

DER REGEN IM BREITMIS

14. OKTOBER 1959

Der Regen war wie eine endlose Schleierwand, die sich über das Breitmis gelegt hatte. Dicke Tropfen prasselten auf die Dächer der verstreuten Häuser, verwandelten den lehmigen Boden in eine zähe Masse und liessen die schmalen Wege glänzen wie schwarze Flüsse. In diesem Sommer schien es, als wolle der Himmel die kleine Ansammlung von Höfen, Feldern und Waldstücken in einen Ort der Dunkelheit verwandeln.

Matthias Sager, zehn Jahre alt, schob seine kleinen Stiefel in den tiefen Matsch, während er seinem Vater, Alois, folgte. Der Polizist war eine markante Gestalt, breitschultrig und mit einer gewissen Autorität, die auch unter den Dorfbewohnern nicht angezweifelt wurde. In seiner Uniform wirkte er wie eine Erscheinung aus einer anderen Welt – jemand, der Ordnung in das Chaos bringen konnte.

Matthias kämpfte sich mit seinem Vater Alois durch den aufgeweichten Boden. Sein kleiner Körper zitterte in der feuchten Luft, doch die Spannung in seinem Inneren wärmte ihn. Es war nicht oft, dass sein Vater ihn zu einer seiner Ermittlungen mitnahm, und obwohl Alois' Miene ernst war, wusste Matthias, dass dies ein wichtiger Tag war. Doch Matthias spürte auch, dass etwas an diesem Tag anders war. Sein Vater war stiller als sonst, seine Stirn in Falten gelegt, die Miene verschlossen.

Der Sommerhof lag am Rand des Breitmis, ein massiver, dunkler Bau mit dicken Holzbalken, die das Gewicht der Geschichte trugen. Er lag am höchsten Punkt des Breitmis, wo der Wald bereits seine Schatten auf die Felder warf. Regenwasser tropfte von den Dachschindeln, und der Hof selbst war eine schlammige Ebene, übersät mit Spuren von Kühen und Hühnern. Der bellende Hund, der an einer Kette angebunden war, sprang aggressiv auf, als Alois und Matthias das Gelände betraten.

Hans Sommer öffnete nach einem längeren Klopfen die Tür. Er war ein stämmiger Mann mit wettergegerbtem Gesicht, dessen Augen Misstrauen und Müdigkeit gleichermassen ausdrückten. Hinter ihm drang der Geruch von feuchtem Heu und Stallmist hervor.

„Herr Sager," sagte er grimmig. „Haben sie nichts Besseres zu tun, als die Leute hier bei diesem Sauwetter zu belästigen?"

Alois nahm seinen Hut ab und schüttelte ihn, sodass Wassertropfen auf den Boden spritzten. „Es geht um die verschwundenen Hühner von Frau Wyss. Sie sagt, Ihre Söhne wären gestern Nacht in der Nähe ihres Stalls gewesen."

Sommer zog die Brauen zusammen, seine Lippen wurden zu einem schmalen Strich. „ Frau Wyss redet immer viel, wenn der Tag lang ist. Sie sollte ihre Zunge besser im Zaum halten. Meine Jungs haben damit nichts zu tun. Wenn sie 's nicht glauben, fragen sie sie selbst."

Alois nickte langsam und ohne eine Einladung abzuwarten, trat Alois über die Schwelle. Matthias folgte ihm mit schnellen Schritten, neugierig und ein wenig eingeschüchtert von der düsteren Atmosphäre des Hauses. Der Flur war dunkel, die Dielen knarrten unter jedem Schritt und der Geruch von feuchtem Holz und Tabak hing in der Luft.

Sommer führte sie in den hinteren Teil des Hauses, wo ein kleiner Stallraum lag. Dort standen seine beiden Söhne, schlaksige Jungen mit dreckverschmierten Händen und zerschlissenen Hosen. Sie schauten Matthias und Alois mit einer Mischung aus Trotz und Angst an."

„Sagt's ihnen," forderte Sommer die Jungen auf, die nicht älter als vierzehn und zwölf waren. „Sagt, dass ihr gestern Nacht hier wart."

Die Jungen nickten stumm, ihre Augen starrten zu Boden. Alois musterte sie einen Moment lang schweigend, dann trat er näher und liess seinen Blick durch den Raum schweifen.

„ Matthias," sagte er schliesslich, „schau dich ein bisschen um. Vielleicht findest du was Interessantes."

Matthias, stolz darauf, eine Aufgabe zu haben, begann mit wachsamen Augen den Raum zu durchsuchen. Es war dunkel, doch auf dem Boden entdeckte er eine Feder. Sie war leuchtend weiss, ungewöhnlich rein in dieser schmutzigen Umgebung.

„Papa, schau mal!" rief er und hielt die Feder hoch.
Alois nahm sie, drehte sie zwischen den Fingern und hielt sie Sommer vor die Nase. „Wie erklären sie sich das?"

Sommer runzelte die Stirn, doch Matthias bemerkte, wie seine Hand unwillkürlich zuckte. „Das beweist gar nichts," knurrte er. „Vielleicht hat ein Vogel sie hier reingebracht."

„Vielleicht," sagte Alois kühl. „Aber das ist eine ziemlich grosse Feder für einen gewöhnlichen Vogel."

Alois Sager wandte sich wieder den beiden Jungen zu: „Habt ihr irgendetwas Ungewöhnliches bemerkt?" fragte Alois.

Die Jungen schüttelten den Kopf. Doch Matthias bemerkte, dass der jüngere der beiden unruhig mit den Füssen scharrte. Als sein Vater kurz wegsah, flüsterte er hastig: „Wir haben was gehört. Schritte draussen."

„Halt den Mund!" schnauzte Sommer sofort. „Keiner war hier! Die Frau spinnt sich was zusammen."

Alois blieb ruhig, doch sein Blick durchbohrte Sommer wie ein Messer. „Schritte, sagst du? Hast du noch etwas gehört oder gesehen?"

„Vielleicht... Gelächter," stammelte der Junge.

„Das reicht jetzt!" brüllte Sommer, seine Stimme hallte durch den Stall. „Meine Jungs haben nichts damit zu tun. Wenn sie noch Fragen haben, reden sie mit Ihrem eigenen Sohn. Er hat schliesslich diese blöde Feder gefunden."

Matthias hielt die Feder in der Hand. Sie war sauber und frisch, ein seltsamer Kontrast zu der schmutzigen Umgebung.

„Das ist ein Beweisstück," sagte Alois kühl und steckte die Feder in seine Tasche. „Wir sind noch nicht fertig, Sommer."

Das nächste Ziel war das Haus von Johanna Wyss. Es war ein kleiner, makellos gepflegter Bau, der trotz des Regens einen seltsamen Eindruck von Strenge vermittelte. Das Haus stand etwas abgelegen, eingekreist von einem Garten, der auch im Regen seine penible Pflege zeigte. Die Hecken waren akkurat gestutzt, die Beete sauber und ordentlich, doch die Blüten waren vom Regen zerzaust. Das Haus selbst wirkte altmodisch, mit weissen Fensterläden und einem Dach, das schien, als hätte es schon Hunderte solcher Regensommer überstanden.

Frau Wyss öffnete, kaum dass Alois klopfte. Ihre kleinen Augen blitzten hinter einer dicken Brille hervor. Sie war eine kleine, etwas beleibte Frau mit scharfem Blick und einer Ausstrahlung, die Matthias sofort in Unbehagen versetzte. Ihre Augen musterten Alois und Matthias wie ein Falkenpaar, und sie hielt die Tür nur einen Spalt breit offen.

„Herr Sager," sagte sie, ohne ihn hereinzubitten, „haben sie die Diebe gefunden?"

„Wir klären die Sache noch," antwortete Alois ruhig. „Frau Wyss, haben sie irgendetwas gesehen oder gehört?"

„Nicht gesehen," erwiderte sie scharf. „aber gehört: Schritte, Gelächter, direkt vor meinem Stall Aber das reicht doch, oder?"

„Und sie sind sicher, dass es die Sommer-Jungen waren?"

„Natürlich! Die treiben sich doch immer hier rum, wenn's dunkel wird."

Alois schritt zum Stall, Matthias folgte ihm dichtauf. Der Boden war schlammig, doch klar waren kleine Fussspuren zu erkennen, die direkt auf den Stall zuliefen. Alois kniete sich hin, zog eine kleine Taschenlampe aus seiner Jacke und beleuchtete die Abdrücke.

„Die Spuren sind seltsam," murmelte er. „Zu klein für Hans Sommer, aber sie passen auch nicht zu seinen Söhnen."

Matthias, der sich in der Nähe umsah, deutete auf die Tür. „Papa, hier sind Spuren, aber sie hören genau hier auf."

Alois blickte auf, seine Stirn runzelte sich. „Matthias hat recht. Es gibt keine Spuren im Stall selbst."

Frau Wyss zuckte zusammen, doch sie versuchte, ihre Fassung zu wahren. „Vielleicht haben sie ihre Schuhe ausgezogen, um keine Spuren zu hinterlassen."

Alois richtete sich auf, sein Blick war scharf. „Vielleicht. „Oder jemand hat absichtlich falsche Spuren gelegt," erwiderte Alois leise.

Matthias beobachtete, wie Frau Wyss ihre Hände in den Schürzenstoff krallte. Es war, als wolle sie etwas sagen, hielt sich aber zurück.

Als sie das Grundstück verliessen, trafen Alois und Matthias zuerst auf Kaspar Blatter. Kaspar, damals ein junger Mann mit magerer Gestalt und unruhigen Bewegungen, schien wie aus dem Regen selbst aufzutauchen.

„Herr Sager," begann er mit einer nervösen Stimme. „Suchen sie was?"

„Die Hühner von Frau Wyss," antwortete Alois.

Kaspar lachte nervös, ein seltsames Geräusch, das Matthias einen Schauer über den Rücken jagte. „Vielleicht hat sie sie selbst verloren. Oder sie sind einfach weggelaufen."

„Hast du gestern Nacht etwas gehört oder gesehen?" fragte Alois direkt.

„Ich?" Kaspar kratzte sich am Kopf. „Nein. Ich war... ich war drinnen. Ganz sicher."

Alois liess Kaspar nicht aus den Augen, seine Miene blieb unbewegt, während sich der Regen in dunklen Tropfen auf seinem Mantel sammelte. Matthias spürte die Anspannung in der Luft – sie lag schwer zwischen den dreien, ein unsichtbares Band aus unausgesprochenen Worten.

Kaspar trat einen Schritt zurück, sein Blick huschte unruhig zwischen Alois und Matthias hin und her. „Warum fragen sie mich das?" murmelte er.

Alois' Stimme blieb ruhig, doch in seinem Ton lag eine unmissverständliche Schärfe. „Weil du oft nachts draussen bist, Kaspar. Weil du Dinge siehst, die andere übersehen."

Kaspar blinzelte, dann wandte er den Kopf zur Seite, als lausche er auf etwas, das nur er hören konnte. Der Regen prasselte schwer auf den nassen Boden.

„Ich sehe vieles, Herr Sager," flüsterte er schliesslich. „Aber nicht alles, was man sieht, will gesehen werden."

Alois' Augen verengten sich, doch bevor er weiter fragen konnte, machte Kaspar einen hastigen Schritt zurück. „Ich muss gehen. Frau Wyss wartet auf mich."

„Kaspar," rief Alois ihm hinterher, doch der junge Mann hatte sich bereits umgedreht, seine schlaksige Gestalt verschwand in der Dunkelheit des Waldrands, als sei er nie da gewesen.

Matthias blickte seinem Vater an. „Er hat gelogen."

Alois wischte sich den Regen aus dem Gesicht. „Das hat er."

Einen Moment standen sie einfach nur da, der Wind trug Kaspars letzte Worte durch die Bäume, bis nur noch das Tropfen des Wassers auf die feuchte Erde zu hören war.

Kurz darauf begegneten sie Bänziger. Der damalige Gemeindeschreiber, ein Mann von Anfang dreissig, mit zurückgekämmtem

Haar hielt einen Schirm, der ihn kaum vor dem Regen schützte, und lächelte höflich. Er trug eine Aktenmappe unter dem Arm, und sein Lächeln war so höflich wie distanziert.

„Herr Sager," sagte er mit einem leichten Nicken, „ich sehe, sie arbeiten wieder einmal für das Wohl des Breitmis. Haben sie dabei Erfolg?"

„Noch nicht," antwortete Alois knapp. „die Hühner von Frau Wyss sind verschwunden. Kennen sie die Geschichte?"

Bänziger zog eine Augenbraue hoch. „Natürlich. In einem kleinen Wiler entgeht einem nichts. Aber ich fürchte, die Wahrheit ist nie so einfach, wie sie scheint."

„Was meinen sie damit?" fragte Alois.

„Nun," sagte Bänziger langsam, „im Breitmis gibt es immer wieder Dinge, die sich nicht mit Logik erklären lassen. Aber ich bin sicher, sie wissen das bereits."

Alois' Blick verengte sich. „Wenn sie etwas wissen, dann sagen sie es."

„Ich weiss nur," erwiderte Bänziger mit einem kühlen Lächeln, „dass manche Geschichten besser unaufgeklärt bleiben. Nicht wahr, Herr Sager?"

Mit diesen Worten liess er sie stehen und ging den Weg hinunter. Matthias schaute ihm nach, spürte eine merkwürdige Kälte, die von dem Mann ausging, und fragte leise: „Papa, was hat er gemeint?"

„Ich weiss es nicht, Matthias," antwortete Alois. Doch in seiner Stimme lag ein Zweifel, der sich nicht verdrängen liess.

Am Ende des Tages kehrten Alois und Matthias nach Hause zurück, ohne eine klare Antwort gefunden zu haben. Die Hühner blieben verschwunden, und Sommer, Frau Wyss und Bänziger hatten alle ihre Geheimnisse bewahrt. Doch Matthias konnte die Eindrücke nicht vergessen: die Feder im Stall der Sommers, die abrupt endenden

Fussspuren bei Frau Wyss, und die rätselhaften Worte des jungen Bänziger.

Für den kleinen Matthias war es ein aufregender Tag gewesen, aber Alois war schweigsam. Irgendetwas beschäftigte ihn, und als er schliesslich zu Bett ging, murmelte er leise zu sich selbst: „Im Breitmis stimmt etwas nicht."

Matthias hörte diese Worte, ohne sie zu verstehen. Doch sie blieben in seinem Gedächtnis – wie ein ferner, drohender Schatten, der sich erst viele Jahre später lüften würde.

DIE RÜCKKEHR INS BREITMIS

19. NOVEMBER 1988

Sager sass in seinem Wagen, den Ordner mit den Unterlagen auf dem Beifahrersitz. Der Motor lief, doch er zögerte, loszufahren. Die Beschreibung des Unbekannten liess ihn nicht los: gross, schlank, rastlos. Ein Künstler, der angeblich nach Inspiration suchte, aber in Wahrheit etwas anderes im Sinn gehabt haben musste. Was wollte er im Breitmis? Warum hatte er nach dem Bärghof gefragt?

Er dachte an Sommer und dessen warnende Worte. Doch Sager war kein Mann, der sich von Geschichten einschüchtern liess. Er wusste, dass die Wahrheit nicht in den Schatten lag, sondern im Handeln. Es war an der Zeit, diese Spur aufzunehmen.

Der Weg ins Breitmis führte über eine steile, gewundene Strasse, die sich durch den Wald zog. Sager fuhr langsam, seine Gedanken bei dem Schlüssel in seiner Tasche. Er versuchte, die Informationen aus dem Archiv mit den Beobachtungen von Frau Wyss zu verknüpfen. Wer war der Fremde, der das Päckchen zurückgelassen hatte? Und warum schien Frau Wyss mehr über das Breitmis zu wissen, als sie bereit war zu sagen?

Als er den Wiler erreichte, hatte sich der Nebel wieder verdichtet. Die Höfe, verstreut wie verlassene Schachfiguren, wirkten wie aus der Zeit gefallen. Einige Dächer waren eingefallen, andere Häuser schienen noch bewohnt, doch kein Licht war zu sehen.

Sager parkte den Wagen am Rand eines schmalen Weges. Der Schlüssel aus dem Kamin des alten Hauses lag nun schwer in seiner Hand. Er wusste, dass er die Türe finden musste, zu dem dieser gehörte. Ein Haus, welches vielleicht Hinweise auf das Schicksal von Marie Vogel und auf die dunkle Geschichte des Breitmis barg.

Als er die Tür seines Wagens zuschlug, schien der Laut in der Stille des Waldes zu verhallen. Sager blickte sich um. Es war, als ob der Wiler ihn beobachtete, als ob die verlassenen Höfe ihn heimlich musterten.

Als Sager den Schlüssel in der Hand wog, spürte er die Schwere seiner Bedeutung. Doch so stark die Versuchung war, sofort das Geheimnis des Schlüssels zu lüften, so laut war auch die Pflicht, sich zuerst um das Verschwinden von Marie Vogel zu kümmern. Der Gedanke an das Mädchen, das irgendwo da draussen in der Kälte und Dunkelheit sein könnte, liess ihn den Schlüssel zurück in seine Manteltasche gleiten.

Sager liess den Blick in das Dunkel des Waldes gleiten, der wie eine Grenze zwischen zwei Welten wirkte. Der Ort, an dem Marie zuletzt gesehen worden war, lag vor ihm, bedrückend und still, als hätte der Wald selbst beschlossen, jedes Geräusch zu ersticken. Kein Vogel sang, kein Tier regte sich, und nicht einmal der Wind schien es zu wagen, durch die Baumkronen zu streifen. Es war, als ob die Natur selbst die Luft anhielt, um das Geheimnis des verschwundenen Mädchens zu bewahren.

Er machte den ersten Schritt auf den unebenen Boden, der mit feuchtem Moos und verwelktem Laub bedeckt war. Mit jedem weiteren Schritt drang er tiefer in die bedrückende Stille ein, die fast greifbar schien. Die Schatten der Bäume wirkten lebendig, ihre dunklen Silhouetten ragten hoch auf und schienen sich zu bewegen, als ob unsichtbare Augen ihn beobachteten.

Sager schaltete die Taschenlampe ein, deren Strahl schwach gegen die Finsternis ankämpfte. Er spürte, wie sich die Kälte des Waldes durch seinen Mantel frass, und ein unbestimmtes Unbehagen kroch in ihm hoch. Der Wald wirkte nicht nur still, sondern feindselig, als wolle er keine Eindringlinge dulden.

Sein Blick wanderte über den Boden, suchte nach Hinweisen. Die Erde war feucht und matschig, und an einigen Stellen sah er Abdrücke von Schuhen. Die kleineren Abdrücke könnten von Marie stammen, während die grösseren Spuren daneben ihm Rätsel aufgaben. War sie allein gewesen? Oder war jemand mit ihr hier?

Er folgte den Spuren, die tiefer in den Wald führten, aber schon nach wenigen Metern verloren sie sich auf dem weichen, unregelmässigen Boden. Frustriert blieb Sager stehen und richtete die Taschenlampe auf die Umgebung. Der Wald gab nichts preis, als wäre er ein Komplize in einem Verbrechen, das niemand aufdecken sollte.

Dann bemerkte er das Stück Stoff im Busch. Es bewegte sich leicht, als ob es ihn rufen wollte, obwohl kein Wind wehte. Als er näher trat, erkannte er, dass es ein Fetzen aus weissem Material war – der gleiche Farbton wie Maries Stoffhase. Vorsichtig zog er den Stoff aus dem Geäst. Seine Finger, geschützt durch Handschuhe, spürten die Feuchtigkeit, und an einer Ecke war eine dunkle Substanz zu sehen, die verdächtig nach getrocknetem Blut aussah.

Sager verstaute das Stück Stoff sorgfältig in einem Beweisbeutel und leuchtete den Bereich weiter ab. Er entdeckte eine abgebrochene Haarspange, die auf dem feuchten Boden lag, halb von Laub bedeckt. Die kleine Spange war schlicht, silbern, aber unverkennbar ein Stück, das zu einem Mädchen wie Marie passen könnte.

Er richtete sich auf und atmete tief durch. Der Fund des Stoffs und der Haarspange bestätigten, dass Marie hier gewesen war. Aber was war dann passiert? Und wo war sie jetzt?

Die bedrückende Stille des Waldes schien sich noch zu verstärken. Sager konnte sich des Gefühls nicht erwehren, dass der Wald nicht nur Zeuge, sondern auch Hüter dieses dunklen Geheimnisses war. Es fühlte sich an, als ob die Bäume, die Erde und die Schatten ein unausgesprochenes Abkommen geschlossen hätten, die Wahrheit niemals preiszugeben.

Sager setzte seinen Weg fort, wobei die Taschenlampe immer wieder unregelmässige Muster auf die Baumstämme und den Boden warf. Plötzlich bemerkte er eine Veränderung – ein kleiner Fleck im Laub, an dem die Erde tiefer ausgetreten war. Er kniete sich hin und untersuchte die Stelle genauer. Es war, als hätte hier jemand gezögert oder innegehalten, bevor er weiterging.

Sein Herz schlug schneller, als er weiterging, tiefer in den Wald hinein. Ein unbestimmtes Flüstern lag in der Luft, welches er dem Wind zuschrieb – oder wollte er das nur glauben?

Dann entdeckte er es: Ein weiteres Stück Stoff, diesmal stärker zerfetzt, halb verdeckt von Laub. Es war ein weiteres Teil von Maries Stoffhase, daran hatte er keinen Zweifel. Er hob es vorsichtig auf und spürte, wie die Kälte des Stoffes in seine Handschuhe drang. Es war, als ob der Gegenstand selbst von der Düsternis des Waldes durchdrungen war.

Die Schatten um ihn herum wirkten dichter, und der Wald schien seine Präsenz mit jeder Minute stärker zu behaupten. Sager hatte das Gefühl, beobachtet zu werden, doch er sah niemanden – nur die stillen Bäume, die wie stumme Zeugen dastanden.

Er stand auf und drehte sich langsam um. Die Spuren, die er gefunden hatte, führten in den Wald hinein, aber sie endeten abrupt, als ob das Mädchen vom Boden verschluckt worden wäre. Sager wusste, dass er Hilfe brauchen würde – die Spurensicherung, Suchhunde. Doch etwas hielt ihn zurück. Dieser Ort hatte etwas, das ihn nicht losliess, als ob die Dunkelheit selbst noch eine Geschichte zu erzählen hatte.

Er griff in seine Manteltasche und berührte den alten Schlüssel, der schwer in seiner Hand lag. Der Schlüssel und die Spuren schienen miteinander verbunden zu sein, doch er konnte noch nicht erkennen, wie. Mit einem tiefen Atemzug entschied er, dass es Zeit war, sich aus der beklemmenden Umarmung des Waldes zu lösen.

Sager zog den Mantel enger um sich, als er aus dem Wald trat und sich wieder auf den Weg ins Dorf machte. Die Kälte hatte an Intensität zugenommen, und sein Atem bildete kleine Wölkchen vor seinem Gesicht. Die Stille des Waldes wich langsam den Geräuschen des Dorflebens, doch die beklemmende Atmosphäre liess ihn nicht los. Seine Gedanken waren fest bei den Spuren, die er gefunden hatte: die Stofffetzen, die Haarspange, die tief getretene Stelle im Laub.

Als er am späten Nachmittag wieder die ersten Häuser von Erlinsbach erreichte, hing der Nebel wieder wie ein trügerisches Band über Erlinsbach, die Dämmerung drückte die wenigen Farben des Dorfes ins Grau. Er richtete sich sein Ziel auf das Café von Frau Wyss. Das Café war der inoffizielle Mittelpunkt des Dorfes, ein Ort, an dem Gerüchte und Neuigkeiten schneller zirkulierten als der Kaffee serviert wurde. Sager wusste, dass Frau Wyss nicht nur eine gute Beobachterin war, sondern auch ein Sprachrohr für die Dorfbewohner – und manchmal eine wertvolle Informationsquelle.

Die Glocke über der Tür klingelte leise, als Sager das Café betrat. Der warme Duft von frisch gebrühtem Kaffee und Gebäck schlug ihm entgegen, ein wohltuender Kontrast zur klammen Kälte draussen.

Frau Wyss stand hinter dem Tresen. Ihre wachsamen Augen richteten sich sofort auf Sager, und sie nickte ihm zu, während sie eine Tasse Kaffee für einen der wenigen Gäste einschenkte.

„Herr Sager," begrüsste sie ihn mit ihrer tiefen, rauchigen Stimme, die nach Jahren des Kaffeeservierens und Zigarettenrauchens klang. „Was kann ich ihnen bringen?"

„Vielleicht eine Tasse Kaffee. Zudem brauche ich Ihre Hilfe, Frau Wyss," sagte Sager und setzte sich an einen der Tische in der Nähe des Tresens. „Ich muss die Kriminaltechniker vor Ort aufbieten. Haben sie ein Telefon?"

Frau Wyss runzelte die Stirn, griff aber ohne zu zögern nach dem Telefon hinter der Theke. „Natürlich. Was ist los? Haben sie etwas herausgefunden?" Ihre Stimme war neugierig, aber nicht drängend.

„Spuren im Wald," antwortete Sager knapp, während er die Nummer der Kriminaltechnik in Solothurn wählte. „Und ich brauche Unterstützung, um sicherzustellen, dass nichts übersehen wird."

Während Sager ins Telefon sprach und den Einsatz für kommenden Tag koordinierte, schenkte Frau Wyss ihm eine Tasse Kaffee ein und stellte sie vor ihm ab, ohne ein Wort zu sagen. Sie hörte seinem Gespräch aufmerksam zu, während sie die Theke abwischte, und ihr Gesicht zeigte eine Mischung aus Sorge und Neugier.

Nach dem Telefonat mit der Kriminaltechnik im Café von Frau Wyss entschied Sager, die Gelegenheit zu nutzen, um erneut mit der Cafébesitzerin selbst zu sprechen. Wenn jemand etwas über die düstere Geschichte des Breitmis oder die merkwürdigen Ereignisse wissen konnte, dann sie.

„Sie wirken nachdenklich, Herr Sager," bemerkte sie „Was geht ihnen durch den Kopf?"

Sager nahm einen Schluck von seinem Kaffee und stellte die Tasse dann vorsichtig ab. „Frau Wyss, ich brauche Ihre Hilfe. Nicht nur als Zeugin, sondern als jemand, der die Geschichten und Menschen dieses Ortes kennt."

Sie hielt einen Moment inne, dann nickte sie und zog sich einen freien Stuhl heran, ohne die übliche Förmlichkeit, die sie sonst ausstrahlte. Es schien, als hätte sie gewusst, dass dieser Moment kommen würde.

„Was wollen sie wissen?" fragte sie, während sie mit den Fingern über die Tischkante strich, eine Geste, die Sager als Nachdenklichkeit deutete.

Er zögerte einen Moment. „Es geht um das Breitmis – genauer gesagt um den Bärghof. Und um den Mann, der vor einigen Monaten hier war. Ich glaube, er hatte etwas mit der Gegend zu tun, vielleicht sogar mit den Geschehnissen, die sich dort ereignet haben."

Frau Wyss lehnte sich leicht zurück, ihre Augen musterten ihn aufmerksam, bevor sie langsam nickte. „Ja, ich erinnere mich an diesen Mann. Er kam gegen Abend, als es hier ruhig war. Er wirkte entschlossen, aber nicht so, als würde er hierher passen. Er suchte nach etwas Bestimmtem."

„Hat er ihnen gesagt, was?" hakte Sager nach, seine Stimme blieb ruhig, aber eindringlich.

„Nicht direkt," sagte sie. „Er sprach von alten Karten, von den Höfen auf dem Breitmis. Besonders von einem Ort – dem Bärghof." Sie machte eine kurze Pause, als würden die Worte sie selbst mit einer unheimlichen Schwere erfüllen. „Ich habe ihm gesagt, dass der Bärghof seit Jahrzehnten verlassen ist. Die letzten Bewohner haben ihn vor Jahrzehnten verlassen. Und seitdem..." Sie schüttelte den Kopf. „Die Leute gehen nicht mehr dorthin."

„Warum nicht?" fragte Sager und lehnte sich vor.

„Die Geschichten," antwortete sie leise. „Es heisst, der Hof sei verflucht. Menschen verschwinden. Tiere werden krank. Die Luft dort oben fühlt sich schwer an, als würde etwas Altes und Dunkles über dem Ort liegen."

Sager machte sich eine mentale Notiz, liess sie jedoch weiterreden. „Und dieser Mann? Hat er gesagt, warum er sich für den Hof interessiert?"

„Er war sehr verschlossen," gab sie zu. „Aber er hatte eine Karte dabei. Eine alte, handgezeichnete Karte des Breitmis. Der Bärghof war darauf markiert, und daneben standen Notizen, handschriftlich, in einer Sprache, die ich nicht ganz entziffern konnte. Er wollte wissen, was dort passiert ist, wer dort gelebt hat."

„Hat er einen Namen genannt?" fragte Sager, seine Stimme drängend.

Frau Wyss schüttelte den Kopf. „Nein. Aber er wirkte... wie jemand, der Antworten sucht, die ihm niemand geben will. Er fragte noch ein paar Dinge über die Gegend, aber ich konnte ihm nicht mehr sagen."

„Und danach?" fragte Sager. „Wissen sie, wohin er gegangen ist?"

„Er sagte, er würde zum Bärghof gehen," antwortete sie langsam, ihre Stimme zögerlich. „Aber ob er je dort angekommen ist, weiss ich nicht. Seit diesem Abend habe ich ihn nicht mehr gesehen."

Sager nickte nachdenklich und liess ihre Worte einen Moment in der Stille nachhallen. Die Schatten des Bärghofs schienen auch hier im Café spürbar zu sein, wie ein unsichtbares Gewicht, das auf ihnen lastete. „Frau Wyss," sagte er schliesslich, „wenn ihnen noch etwas einfällt – etwas, das sie vielleicht vergessen haben oder das ihnen nicht wichtig erschien – lassen sie es mich wissen."

„Das werde ich, Herr Sager," sagte sie ernst. „Aber seien Sie vorsichtig. Das Breitmis ist kein Ort, an dem man ohne Weiteres Antworten findet. Es ist ein Ort, der mehr Fragen aufwirft, als er löst."

Sager bedankte sich und stand auf. Als er aus dem Café trat, war die Dämmerung endgültig in die Nacht übergegangen. Der Nebel hatte sich verdichtet und hing schwer über dem Dorf. In der Ferne, dort wo das Breitmis lag, schien die Dunkelheit noch tiefer und undurchdringlicher zu sein.

SPUREN DIE VERBINDEN

19. NOVEMBER 1988

Die Kälte des frühen Morgens legte sich wie ein unsichtbarer Schleier über den kleinen Wiler des Breitmis. Der Frost hatte die Gräser mit einem feinen, glitzernden Film überzogen, und der Atem formte kleine Wolken, die in der stillen Luft verharrten. Der Himmel war von einem stumpfen Grau, das nur gelegentlich von blassen Lichtstreifen durchbrochen wurde. Der Nebel, der in der Nacht vom Wald heraufgezogen war, begann langsam, sich zurückzuziehen, als die ersten Sonnenstrahlen die Hügel berührten.

Im Dorf selbst herrschte eine ungewöhnliche Stille. Die meisten Bewohner hielten sich in ihren warmen Stuben auf, neugierig, aber auch unbehaglich über die bevorstehenden Ereignisse. Der Anblick der beiden schwarzen Kastenwagen, die vorsichtig über die schmalen Gassen fuhren, schien die Dorfbewohner in eine Mischung aus Spannung und Besorgnis zu versetzen.

Die Fahrzeuge hielten an einem kleinen Platz unweit des Ortes, an welchem Marie zum letzten Mal gesehen wurde. Ihre Türen öffneten sich mit einem dumpfen Knarzen, und eine Gruppe von Männern und Frauen stieg aus. Keine Schutzanzüge, keine futuristische Ausrüstung – stattdessen trugen sie schlichte, aber gepflegte Kleidung, die an ihre berufliche Neutralität erinnerte: dunkle Wollmäntel, stabile Lederschuhe und grosse Hüte, die vor dem leichten Nieselregen schützen sollten. Sie wirkten wie Wissenschaftler einer vergangenen Ära, ausgestattet mit festen Ledertaschen, in denen sie akribisch beschriftete Behälter, Notizbücher und einfache, aber präzise Instrumente bei sich trugen.

Sager wartete bereits an der kleinen Kreuzung unweit des Cafés, das in den letzten Tagen fast zu seinem zweiten Zuhause geworden war. Seine Haltung war angespannt, und seine Mütze sass schief, als hätte er in der Eile vergessen, sie richtig aufzusetzen. Der Anblick der Kriminaltechniker beruhigte ihn etwas – sie wirkten sachlich, professionell und entschlossen, die Aufgabe zu bewältigen.

Ein Mann mittleren Alters trat vor. Er hatte ein schmales Gesicht, markante Wangenknochen und trug eine randlose Brille, die seinen klaren, analytischen Blick betonte. In der Hand hielt er ein dickes Notizbuch, an dessen Ecken lose Blätter hervorschauten.

„Herr Sager? Ich bin Dr. Lüthi, forensischer Ermittler aus Solothurn. Wir haben Ihren Bericht erhalten und werden alles tun, um den Fall aufzuklären."

Sager musterte Dr. Lüthi einen Moment lang, bevor er ihm die Hand reichte. Der Händedruck des Forensikers war fest, aber nicht überwältigend – ein Zeichen von Professionalität, das Sager sofort respektierte. Die ruhige Selbstsicherheit, die Lüthi ausstrahlte, war genau das, was Sager in diesem Moment brauchte. Der Forensiker machte den Eindruck eines Mannes, der sich von emotional aufgeladenen Situationen nicht aus der Ruhe bringen liess.

„Herr Dr. Lüthi," begann Sager mit einer Stimme, die trotz seiner Müdigkeit fest klang, „ich bin froh, dass sie und Ihr Team hier sind. Die Lage hier im Dorf ist... sagen wir, komplex. Wir haben Hinweise, die in verschiedene Richtungen führen, und die örtliche Bevölkerung ist nicht gerade kooperativ, was Informationen betrifft."

Dr. Lüthi zog ein kleines Notizbuch aus seiner Manteltasche und öffnete es mit einer fliessenden Bewegung, als wäre er gewohnt, schnell und präzise zu arbeiten. „Verstehe. Vielleicht fangen wir mit den Fakten an, Herr Sager. Erzählen sie mir genau, was sie bisher herausgefunden haben. Jede Kleinigkeit könnte entscheidend sein."

Sager nickte und wies auf einen Baumstumpf am Strassenrand, wo sich die beiden kurz setzen konnten. „Gut. Lassen sie mich ihnen die bisherigen Erkenntnisse schildern." Er holte tief Luft und begann, die Ereignisse der letzten Tage zusammenzufassen.

„Das Mädchen, Marie Vogel, ist seit dem 17. November verschwunden," begann Sager. „Ihre Eltern haben sie zuletzt am Nachmittag gesehen. Das war gegen vier Uhr nachmittags. Eine Zeugin hat sie kurz danach auf dem Weg zum Waldrand gesehen. Sie meinte, Marie sei in Eile gewesen, fast als würde jemand auf sie warten. Das war das letzte Mal, dass jemand sie lebend gesehen hat."

Sager nahm seine Mütze ab und fuhr sich durch die Haare, als wolle er einen klareren Kopf bekommen: „Ich bin allein zum Waldrand gegangen. Dies, nachdem die Hinweise auf Marie zuletzt in diese Richtung wiesen. Es schien mir richtig, die Gegend noch einmal abzusuchen, bevor ich die Spurensicherung alarmiere. Der Gedanke, dass dieses Mädchen vielleicht irgendwo da draussen ist..." Er hielt kurz inne, rieb sich den Nacken. „Das liess mir keine Ruhe. Es war spät am Nachmittag, die Sonne stand tief, und der Nebel hing noch schwer in den tieferen Senken des Waldes. Die Stille dort war erdrückend, nur das Knirschen meiner Schritte auf dem gefrorenen Boden begleitete mich. Es fühlte sich an, als würde mich der Wald selbst beobachten."

Dr. Lüthi lauschte aufmerksam, während Sager ihm von seinen Funden im Wald berichtete. Er machte sich eifrig Notizen und liess Sager ohne Unterbrechung weiterreden. „Und was haben sie am Waldrand gefunden?" fragte er, ohne den Blick zu heben.

„Ich parkte den Wagen am Rand des schmalen Pfades, gleich dort, wo die alten Eichen den Eingang in den Wald markieren. Die Kälte war fast spürbar schwerer geworden, und die Stille – es war, als ob alles Leben aus dem Wald gewichen wäre."

Er griff unbewusst nach der Innentasche seines Mantels, wo der Beweisbeutel mit den Fundstücken sicher verstaut war. „Zuerst sah ich mir die Umgebung genau an. Die Erde war an einigen Stellen aufgewühlt, als hätte jemand gezögert oder gestanden, bevor er weiterging. Ich folgte den Spuren, die kleiner waren, schmal und leicht – sie könnten von einem Kind stammen. Aber daneben, Dr. Lüthi, da waren tiefere Abdrücke. Grössere Schuhe. Jemand war mit ihr dort."

„Das legen also die Schuhabdrücke nahe?" fragte Lüthi ruhig und präzise, sein Blick durch die Brille prüfend.

„Ja." Sager nickte. „Die Abdrücke führten tiefer in den Wald hinein. Aber die feuchte Erde, das Laub – sie verschluckten sie schon nach wenigen Metern. Es war frustrierend. Ich stand dort und dachte schon, das wäre alles. Doch dann..."

Er hielt kurz inne, als wollte er die Spannung des Moments spürbar machen. „...bemerkte ich einen kleinen Fleck im Gebüsch. Weisser Stoff, verheddert in Dornen. Ich trat näher und zog ihn vorsichtig heraus. Es war feucht, an einer Stelle rissig – aber eindeutig ein Teil des Stoffhasen, welchen Marie laut der Aussage ihrer Eltern an diesem Tag bei sich hatte."

Lüthi runzelte die Stirn. „Gab es noch mehr Spuren?"

„Ja," sagte Sager. „Nur einen Meter entfernt, fast bedeckt von feuchtem Laub, fand ich eine Haarspange. Einfach, silbern, aber eindeutig etwas, das einem Mädchen wie Marie gehören könnte." Er sah Lüthi direkt an. „Es war, als ob diese Dinge absichtlich dort gelassen wurden. Nicht verloren, sondern platziert. Fast wie... ein Zeichen."

Lüthi hob eine Augenbraue, seine Finger schrieben rasch in das Notizbuch. „Ein Zeichen? Vielleicht. Aber warum? Und für wen?"

Sager schüttelte den Kopf. „Das ist es ja. Es ergibt keinen Sinn. Doch dieser Wald... er hat etwas Eigenartiges, Herr Doktor. Eine Stille, die nicht nur einfach Ruhe ist. Es fühlte sich an, als ob der Ort selbst ein Geheimnis hütet. Etwas... Dunkles."

„Interessant," murmelte Lüthi, seine Stimme so analytisch wie zuvor. „Sie haben die Fundstücke dokumentiert?"

„Selbstverständlich." Sager zog den Beweisbeutel hervor und reichte ihn Lüthi. „Hier. Der Stofffetzen, die Haarspange. Ich habe die Fundstellen markiert. Wir sollten dorthin zurück, sobald Ihre Leute bereit sind."

Lüthi klopfte mit dem Stift auf die Seite seines Notizbuchs. „Was ist mit der Umgebung? Gab es Hinweise auf einen Kampf oder andere Unregelmässigkeiten?"

Sager schüttelte den Kopf. „Nicht, dass ich bemerkt hätte. Aber ehrlich gesagt, ich habe das Gefühl, dass dort etwas... nicht stimmt. Der Wald – ich weiss, wie das klingt – hat eine merkwürdige Atmosphäre. Einige der Dorfbewohner glauben, dass er etwas mit früheren Ereignissen hier zu tun hat."

Lüthi hob eine Augenbraue. „Frühere Ereignisse? Sie meinen, es gibt eine Vorgeschichte?"

„Ja," sagte Sager und lehnte sich zurück, während er überlegte, wie er die Geschichte am besten zusammenfassen sollte. „Vor etwa dreissig Jahren ist ein Junge namens Kaspar Blatter in diesem Dorf verschwunden. Er wurde zuletzt in demselben Wald gesehen. Niemand hat ihn jemals gefunden, aber sein Name taucht immer wieder in Gesprächen auf, besonders, wenn es um seltsame Begebenheiten geht. Einige Leute hier glauben, dass sein Geist oder etwas in der Art noch immer dort ist."

Lüthi legte das Notizbuch beiseite und sah Sager direkt an. „Das klingt nach Aberglauben. Aber solche Geschichten können Hinweise auf tiefere, psychologische Aspekte der Dorfgemeinschaft geben. Haben sie sonstige Verbindungen zwischen den beiden Fällen gefunden?"

Sager hob den Blick, sein Gesicht von einer Mischung aus Anspannung und Entschlossenheit geprägt. Er zögerte nur kurz, bevor er weitersprach.

„Es gibt noch etwas, das sie wissen sollten. Einen Schlüssel."

Lüthi, der gerade dabei war, seine Notizen durchzusehen, hielt inne und sah Sager aufmerksam an. „Ein Schlüssel? Wo haben sie ihn gefunden?"

„Das ist das Seltsame daran," begann Sager, seine Worte bedächtig gewählt. „Ich habe ihn im alten Haus im Breitmis gefunden. Es hatte den Anschein, dass dieser noch nicht lange dort lag. Zudem erhielt ich kurzum von Frau Wyss, der Besitzerin des Cafés hier im Dorf, ein Päckchen. Darin befand sich ein altes, vergilbtes Foto sowie ein alter Zeitungsausschnitt. Sie sagte, ein fremder Mann habe ihr dies gegeben. Frau Wyss erwähnte, dass dieser Mann vor wenigen Tagen in Erlinsbach war und sich über dies und jenes informiert habe."

Lüthi runzelte die Stirn, seine Augen funkelten vor Interesse. „Ein fremder Mann? Was wollte er denn wissen?"

„Er habe viele Fragen gestellt." antwortete Sager und zog seine Jacke enger um sich. „Er soll sich bei mehreren Leuten erkundigt haben, vor allem bei den Älteren. Es ging um die alten Höfe, die Geschichte des Breitmis und vor allem den Bärghof. Die Leute in Erlinsbach sagten, er hatte alte Karten dabei, auf denen die Ländereien rund um den Bärghof eingezeichnet waren. Er wollte wissen, wer dort früher gewohnt hat, wie die Höfe miteinander verbunden waren und warum der Bärghof verlassen wurde."

Lüthi schien die Informationen zu verarbeiten. „Hat jemand eine klare Beschreibung von ihm gegeben? Irgendwelche Details, die uns weiterhelfen könnten?"

„Nur wenig," gestand Sager. „Einige sagten, er sei sehr höflich gewesen, fast zu höflich. Er wirkte wie ein Gelehrter oder ein Forscher, aber zugleich schien er immer darauf bedacht, keine Spuren zu hinterlassen. Er stellte präzise Fragen, doch sobald er bemerkte, dass jemand misstrauisch wurde, zog er sich zurück. Man sagte, er hatte eine Ledertasche bei sich, in der er Notizen oder Dokumente trug. Aber niemand weiss genau, wer er war oder woher er kam."

Lüthi runzelte die Stirn. „Und warum der Bärghof? Hat er erklärt, warum er ausgerechnet an diesem Ort interessiert war?"

„Das ist das Seltsame," fuhr Sager fort. „Er hat nichts Konkretes gesagt. Nur, dass er sich für die Geschichte des Breitmis interessiert, speziell für die Zeit, bevor die Steiners den Hof verliessen. Es war fast so, als ob er auf der Suche nach etwas war – etwas, das mit dem Bärghof zusammenhängt."

„Hat er dort etwas hinterlassen?" fragte Lüthi, seine Stimme leicht gesenkt, als ob die Frage eine besondere Schwere trug.

Sager schüttelte den Kopf. „Nicht, dass ich wüsste. Aber eine Sache bleibt auffällig: Der Bärghof scheint immer wieder in Verbindung mit Dingen zu stehen, die besser im Verborgenen bleiben. Und jetzt taucht dieser Mann auf, hinterlässt ein Päckchen und verschwindet. Es fühlt sich an, als ob er uns auf eine Spur lenken will – oder uns testen möchte."

„Haben sie den Schlüssel dabei?" fragte Lüthi, ohne seine Notizen aus den Augen zu lassen.

Sager nickte und griff in seine Manteltasche. Vorsichtig zog er den Schlüssel hervor, der an einem kleinen Lederband befestigt war. Es war ein massiver, altmodischer Schlüssel mit kunstvoll gearbeiteter Spitze – eindeutig etwas, das aus einer früheren Zeit stammte.

„Hier." Er reichte ihn Lüthi. „Sehen sie sich die Verarbeitung an. Das ist kein normaler Hausschlüssel. So etwas findet man nicht mehr oft."

Lüthi nahm den Schlüssel und hielt ihn gegen das verblassende Licht des Nachmittags. „Interessant. Die Gravuren sind ungewöhnlich. Das könnte zu einem alten Anwesen gehören.

Sager nickte langsam. „Ich bin mir ziemlich sicher, dass er zum Schloss des Bärghofs gehört. Ein altes Anwesen, das hoch oben am Waldrand steht. Verlassen, seit die Familie Steiner vor Jahrzehnten das Dorf verlassen hat. Die Ruinen sind noch da, und der Ort...“ Er hielt inne, als ob ihm die richtigen Worte fehlten. „Der Ort hat schon lange einen schlechten Ruf.“

Lüthi sah ihn nachdenklich an, bevor er den Schlüssel in seine Tasche gleiten liess. „Ein schlechter Ruf? Was genau meinen sie?“

Sager holte tief Luft, bevor er fortfuhr. „Es heisst, dass der Bärghof einst das Zentrum von allem war, was im Breitmis geschah. Handel, Treffen, alles. Doch dann kam der Niedergang der Familie Steiner, und der Hof verfiel. Seitdem gibt es Geschichten. Gerüchte über seltsame Vorfälle, über Menschen, die dort oben verschwunden sind – so wie Marie jetzt. Ich glaube, dass dieser Schlüssel uns dorthin führen soll.“

Lüthi schien die Worte in sich aufzunehmen, bevor er langsam nickte. seine Gedanken schienen tief in der Analyse der neuen Informationen zu sein. „Das klingt, als ob der Bärghof eine wichtige Rolle in dieser Geschichte spielen könnte. „Wenn er tatsächlich diese Gegend studiert hat, könnte dieser Schlüssel der Zugang zu etwas sein, das dort versteckt liegt. Wir müssen den Hof genau untersuchen, Herr Sager. Und wir sollten davon ausgehen, dass dieser Fremde uns bereits beobachtet.“

Sager stimmte zu, seine Stimme ruhig, aber fest. „Das sollten wir. Ich habe ein ungutes Gefühl, aber wenn dieser Schlüssel uns helfen kann, herauszufinden, was mit Marie passiert ist, müssen wir es versuchen. Der Bärghof ist nicht nur ein verlassener Ort – er ist der Schlüssel zu allem. Und dieser Mann weiss mit Sicherheit mehr, als wir uns bisher vorstellen können.“

Lüthi warf ihm einen eindringlichen Blick zu. „Dann machen wir den Bärghof zu unserem Ziel. Aber seien sie vorsichtig, Herr Sager.

Wenn dieser Schlüssel tatsächlich eine Nachricht ist, dann wollte jemand, dass sie ihn finden – und das bedeutet, dass jemand genau weiss, was hier geschieht. Ich werde mein Team aufteilen. Wir beginnen am Waldrand und arbeiten uns dann zum Hof vor. Wenn wir die Gegenstände sichern und die Umgebung untersuchen, finden wir vielleicht Hinweise, die bisher übersehen wurden. Haben sie noch etwas, das wir wissen sollten?"

Sager sah Lüthi mit ernster Miene an. „Ja, eines. Die Leute hier reden von einem Symbol – ein Kreis mit zwei durchkreuzenden Linien. Es ist an mehreren Stellen aufgetaucht, unter anderem am Hof und am Waldrand. Manche sagen, es sei nur ein Aberglaube, aber ich glaube, es könnte eine Bedeutung haben. Vielleicht ein Markierungszeichen?"

Dr. Lüthi runzelte die Stirn, schrieb das Symbol in sein Notizbuch und steckte es dann weg. „Interessant. Wir werden alles dokumentieren und analysieren. Aber eines möchte ich klarstellen: Wir arbeiten mit Fakten, Herr Sager. Wenn es eine Verbindung zwischen diesen Symbolen und dem Fall gibt, werden wir sie finden."

Sager atmete tief durch. „Gut. Das ist alles, was ich weiss. Lassen sie uns keine Zeit verlieren."

Dr. Lüthi erhob sich und winkte seinem Team zu, das sich mit stoischer Professionalität bereit machte. „In Ordnung. Dann lassen sie uns anfangen. Der Nebel lichtet sich, und das Licht wird besser – perfekte Bedingungen, um mit der Arbeit zu beginnen."

KASPARS FLUCHT

15.OKTOBER 1959

Der Regen hatte sich zu einem dichten, erbarmungslosen Schleier verdichtet, der jede Kontur der Welt um ihn herum verschluckte und alles in ein eintöniges, trostloses Grau tauchte. Die Tropfen fielen in einem unaufhörlichen Trommeln auf die Erde, und jeder einzelne schien wie ein Nadelstich auf Kaspars Haut zu brennen, kalte, stechende Punkte, die seine ohnehin schon zerschundene Wahrnehmung noch weiter trübten. Der Regen brannte in seinen Augen, liess sie tränen, und die Welt verwandelte sich in ein verzerrtes Durcheinander aus Schatten und Bewegung.

Seine Schritte klatschten dumpf auf den aufgeweichten Boden, der sich unter seinem Gewicht wie ein lebendiger Organismus zu bewegen schien, eine trügerische Masse aus Morast und Pfützen, die nach ihm zu greifen schien, als wollte sie ihn verschlucken. Jeder Schritt war ein Kampf, ein zäher Widerstand gegen die unerbittliche Schwere des Bodens, der sich wie ein klebriger Sumpf um seine Beine schloss.

Das Breitmis, das er in der Ferne hinter sich liess, lag in einer unheimlichen, gespenstischen Stille, die nur durch das unregelmässige Prasseln des Regens und das Schlurfen seiner Füsse durch den Schlamm unterbrochen wurde. Die verwitterten Zäune und die geborstenen Überreste der alten Gehöfte zeichneten sich schemenhaft gegen den dunklen Horizont ab, wie stumme Zeugen einer vergangenen Zeit, die ihn beobachteten, während er sich mühsam seinen Weg durch die Dunkelheit bahnte.

Etwas war hinter ihm. Kaspar konnte es nicht sehen, aber er spürte es. Es war ein Gefühl, so intensiv und bedrückend, dass es ihn fast erstickte – eine unsichtbare Anwesenheit, die ihn verfolgte, die in den Schatten lauerte und mit jedem Schritt näherzukommen schien. Sein Atem ging stossweise, schwer und keuchend, während sein Herz so laut in seiner Brust hämmerte, dass er befürchtete, es könnte den Regen übertönen.

Er wagte es nicht, sich umzusehen. Der Gedanke, zu sehen, was ihn verfolgte, lähmte ihn fast, doch die Panik in seinem Inneren trieb ihn voran. „Ich war's nicht!", keuchte er, seine Stimme brüchig und kaum mehr als ein Flüstern, das vom Wind und Regen verschluckt wurde. „Ich hab nichts getan!"

Doch die Worte, die über seine Lippen kamen, klangen hohl, leer, wie Lügen, die nicht einmal ihn selbst überzeugten. Sie hallten in seinem Kopf wider, als würde die Welt selbst ihn verhöhnen. Der Regen schien seinen Spott zu wiederholen, in einem endlosen, monotonen Rhythmus, der ihm den Verstand raubte.

Die schlammbedeckten Wege des Breitmis, die er kannte wie seine eigene Hand, hatten sich in ein fremdes Labyrinth verwandelt. Jede Kurve, jeder Abzweig schien ihn tiefer in eine unheimliche, surreale Landschaft zu führen, in der die Bäume sich wie lebendige Wesen über ihn beugten, ihre Äste wie knorrige Finger, die nach ihm griffen. Die Finsternis zwischen den Stämmen war dicht und undurchdringlich, und Kaspar hatte das Gefühl, als könnte sie ihn verschlucken, wenn er nicht schnell genug rannte.

Er spürte den kalten Schlamm an seinen Knien, als er stolperte und fiel, seine Hände gruben sich tief in die feuchte Erde. Der Aufprall raubte ihm den Atem, und für einen Moment blieb er regungslos liegen, sein Gesicht im Dreck vergraben, während der Regen erbarmungslos auf seinen Rücken niederprasselte. Die Kälte kroch durch seine Kleidung, liess ihn zittern, doch die Furcht, die in ihm tobte, war stärker.

Hinter ihm war noch immer nichts zu sehen – keine Gestalt, kein Geräusch, das eindeutig hätte sagen können, dass er verfolgt wurde. Doch die Angst, die in ihm wuchs, liess ihn nicht zweifeln. Er wusste, dass da etwas war, auch wenn es sich in der Dunkelheit verbarg, in den Schatten des Waldes, die sich wie ein lebendiger Schleier um ihn legten.

„Lass mich in Ruhe!" schrie er, seine Stimme brach, hallte durch den Regen, ohne eine Antwort zu finden.

Er stolperte weiter, rannte blindlings in die Nacht, bis er kaum noch wusste, wohin er lief. Nur das Gefühl, dass etwas näherkam, trieb ihn voran, ein Schatten in seinem Geist, der ihn zu verschlingen drohte.

In Erlinsbach redeten die Leute immer, besonders wenn es um Kaspar Blatter ging. Das Dorf war klein, und die Geschichten wuchsen hier schneller als das Gras im Frühling. Die Hühner von Frau Wyss – eine ganze Schar, plötzlich verschwunden. Jeder wusste davon, und jeder hatte seine Meinung. Aber es war nicht nur die Tatsache, dass die Hühner fehlten. Es war, dass Kaspar zur falschen Zeit am falschen Ort gewesen war.

Jemand hatte ihn in der Nähe des Geheges gesehen, kurz bevor die Hühner verschwanden. Es war ein flüchtiger Blick, ein Schatten im Mondlicht, doch in einem Ort wie Erlinsbach war das genug. Die Worte breiteten sich aus wie ein Lauffeuer, jedes Mal ein wenig angeheizt, bis aus einem zufälligen Beobachter ein Schuldiger wurde. Kaspar war ein leichtes Ziel – immer allein, immer still, immer irgendwie anders.

Die Blicke der Dorfbewohner hatten ihn verfolgt, ihre leisen Gespräche ein ständiges Flüstern im Hintergrund. Selbst wenn niemand etwas sagte, spürte Kaspar die Last ihrer Urteile auf seinen Schultern.

Ein Junge, der in den verlassenen Winkeln des Waldes streunte – er war der perfekte Kandidat für jedes Gerücht. Es war nicht das erste Mal, dass sie ihn beschuldigten. Es war auch nicht das erste Mal, dass er sich nicht verteidigen konnte.

Doch jetzt, während er durch den strömenden Regen rannte, war es nicht nur die Erinnerung an die Gerüchte, die ihn quälte. Es war die Möglichkeit, dass jemand – oder etwas – wirklich hinter ihm her war. Der Gedanke daran, was sich hinter ihm verbarg, war schlimmer als der Schmerz, der durch seine Lunge brannte, schlimmer als das Pochen in seinen müden Beinen.

Der Pfad vor ihm wurde immer schmaler, verwandelte sich in eine kaum erkennbare Spur, die tiefer in den dunklen Wald führte. Die Bäume standen dicht beieinander, ihre langen Äste wie knorrige Finger, die nach ihm zu greifen schienen. Der Regen, der von den Blättern tropfte, verstärkte das Gefühl, dass der Wald lebte. Jeder Tropfen klang wie ein Flüstern, jede Bewegung der Äste wie ein leises Kichern.

Kaspar rannte weiter, obwohl er spürte, wie seine Kräfte nachliessen. Sein Atem ging stossweise, keuchend, als ob die Luft selbst gegen ihn war. Seine Kleidung war durchnässt, klebte schwer an seinem Körper, und der Schlamm zog an seinen Füssen, verlangsamte jeden Schritt.

Plötzlich stolperte er. Eine Wurzel, unsichtbar im dichten Morast, verfing sich um seinen Fuss und zog ihn zu Boden. Kaspar fiel schwer auf die Knie, der Aufprall schickte einen scharfen Schmerz durch seinen Körper. Für einen Moment blieb er regungslos liegen, das Gesicht im nassen Schlamm vergraben.

„Nein... bitte nicht!" stammelte Kaspar, seine Stimme zitterte, und seine Worte wurden vom prasselnden Regen verschluckt. Seine Hände tasteten über den matschigen Boden, suchten Halt, während er sich mühsam aufrichtete. Schlamm und Blut klebten an seinen

Händen, seine dünnen Finger zitterten vor Anstrengung und Angst. Der Schmerz war greifbar, doch er war nichts im Vergleich zu der Unruhe, die in seinem Kopf tobte.

Sein Blick irrte umher, sprang von einem Schatten zum nächsten. Die Schwärze hatte sich um ihn gelegt wie ein feuchtes Tuch, erdrückend und lebendig. Die Äste der Bäume ragten wie drohende Finger über ihm auf, und der Wind trug ein Wispern mit sich, das mit dem Regen verschmolz. Kaspar fühlte sich gefangen.

Er konnte die Fragen nicht abschütteln, die sich in seinem Kopf drehten. Hatte er die Hühner wirklich nicht genommen? Die Zweifel nagten an ihm. Kaspar wollte sich daran erinnern, wollte sich sicher sein, aber die Tage verschwammen in seinem Gedächtnis, wie der Regen, der alles in einen grauen Schleier hüllte. Er hatte den Hühnerstall gesehen, das wusste er. Vielleicht war er näher herangetreten, vielleicht hatte er die Tür offen gesehen.

Hatte er daran gedacht, ein Huhn mitzunehmen? „Nein", murmelte er, die Worte nur für sich. Gedacht war nicht getan. Das war wichtig. Und selbst wenn er es gewollt hatte – das hatte er doch nicht wirklich. Oder?

Die Stimmen in seinem Kopf widersprachen ihm. Sie waren da, leise und bohrend, so wie immer, wenn er allein war. Doch diesmal waren sie lauter, drängender. Sie flüsterten von Schuld, von Dingen, die er vielleicht getan hatte, ohne es zu merken.

Das Breitmis lag still hinter ihm, eine düstere Kulisse, die im Regen verschwand. Doch der Wald, der ihn umgab, schien lebendig zu werden. Die Geräusche des Regens veränderten sich, wurden seltsam dumpf, als ob die Tropfen auf etwas Unsichtbares fielen. Die Schatten zwischen den Bäumen schienen dichter, schwerer, als ob sie mit Absicht den Weg blockierten, ihn zurückdrängen wollten.

Und dann kamen die Bilder. Sie tauchten vor seinen Augen auf, plötzlich und unerwartet, als würde der Regen sie aus dem Dunkel der Nacht herauswaschen. Frau Wyss war da, genauso streng wie immer. Ihre Hände ruhten auf ihren breiten Hüften, und ihre Augen waren zu schmalen Schlitzen verengt. Ihre Stimme hallte in seinem Kopf, scharf und anklagend: „Ich weiss, dass du es warst, Kaspar." Ihr Gesicht, das sonst so gewöhnlich wirkte, verzerrte sich zu einem Ausdruck, der fast unheimlich war. Ihre Augen funkelten wie glühende Kohlen, während sie ihn durchbohrten.

Dann war da Sommer. Kaspar sah ihn genauso deutlich, wie er ihn immer im Dorf sah – gebeugt, seine Schultern schwer von Jahren harter Arbeit, die ihn zu einem Schatten seiner selbst gemacht hatten. Seine Hände zitterten leicht, wie sie es immer taten, wenn er am Wegesrand stand und die vorbeigehenden Menschen beobachtete. „Du bist ein Dieb, Kaspar," zischte er, seine Stimme war ein seltsames Gemisch aus Flüstern und Vorwurf. „Aber du kannst nicht davonlaufen."

Kaspar zuckte zusammen und schüttelte verzweifelt den Kopf. „Nein, ich bin kein Dieb!" flüsterte er, doch seine Worte verloren sich im Tosen des Regens.

Bänziger war der Nächste. Kaspar spürte seinen Blick, noch bevor er ihn sah. Dieser durchdringende, alles wissende Blick, der Kaspar das Gefühl gab, nackt vor ihm zu stehen. Es war, als könnte Bänziger in Kaspars Seele sehen, als wüsste er Dinge, die niemand wissen sollte. Seine Worte waren ruhig, fast bedrohlich, als er sprach: „Das Breitmis vergisst nie, Kaspar. Es holt sich, was ihm gehört."

Kaspar schauderte. Er wollte die Bilder vertreiben, die Stimmen zum Schweigen bringen, aber sie schienen mit jeder Sekunde realer zu werden. Der Regen verwischte die Grenze zwischen Realität und Einbildung, bis er nicht mehr wusste, was er sah oder hörte. Waren sie effektiv dort? War er wirklich allein?

Sein Atem ging stossweise, seine Brust hob und senkte sich unter der Anstrengung, weiterzulaufen. Der Pfad vor ihm war nur noch ein schmaler Streifen zwischen den Bäumen, und der Wald wurde immer dichter. Die Äste hingen tief, verhedderten sich in seiner Kleidung, kratzten über seine Haut, als wollten sie ihn festhalten.

„Ich hab nichts getan," flüsterte Kaspar, mehr zu sich selbst als zu den Schatten, die ihn umgaben. Doch die Zweifel in seinem Herzen frassen an seinen Worten, liessen sie hohl und leer klingen. Was, wenn er es doch getan hatte? Was, wenn die Dorfbewohner recht hatten?

Die Schatten schienen sich um ihn zu schliessen, die Stimmen wurden lauter, und der Regen klang plötzlich wie ein Flüstern, das ihn verfolgte. Kaspar stolperte, fiel auf die Knie, doch diesmal richtete er sich nicht sofort auf. Er blieb kniend, das Gesicht im Schlamm, und kämpfte mit der Wahrheit, die er nicht akzeptieren konnte.
Hatte er die Hühner wirklich nicht genommen? Oder war er am Ende genau das, was sie alle dachten? Ein Dieb, ein Ausgestossener – ein Niemand?

Der Regen prasselte unnachgiebig auf seinen Rücken, durchtränkte seine Kleidung bis auf die Haut, und ein eisiger Schauer kroch über seine Wirbelsäule. Jeder Atemzug fühlte sich an, als würde er durch Glassplitter gezogen.

Die Welt um ihn herum verschwamm. Der Regen war wie ein Schleier, der alles erstickte – den Wald, die Erde, selbst den Schmerz in seinen Gliedern. Kaspar schloss die Augen und liess für einen Moment die Erschöpfung über sich hereinbrechen.

Doch dann war es wieder da. Ein Geräusch, das den Rhythmus des Regens durchbrach. Schritte. Sie waren nicht laut, kaum mehr als ein flüchtiges Knistern, doch sie klangen anders als seine eigenen. Gleichmässig. Bestimmt.

Kaspars Herz setzte einen Schlag aus. Er hob den Kopf ruckartig, die matschigen Haare klebten ihm im Gesicht, während er in die Dunkelheit starrte. Die Schatten des Waldes hatten sich verdichtet, als ob sie auf ihn zukrochen, doch er konnte nichts erkennen. Nur der Regen malte schemenhafte Bewegungen in die Finsternis, täuschte Formen vor, wo keine waren.

„Wer ist da?" rief er, seine Stimme war heiser, brach beinahe in der nassen Luft. Die Worte hallten nicht, sie wurden vom Regen verschluckt, als wären sie nie ausgesprochen worden.

Keine Antwort. Nur die Schritte, die langsam und stetig näherkamen.

Kaspar spürte, wie Panik in ihm aufstieg. Er tastete mit seinen Händen durch den Schlamm, drückte sich mühsam hoch, bis er wieder auf den Füssen stand. Doch sie zitterten, wollten ihn kaum noch tragen. Sein Atem ging keuchend, während er zurückkroch, tiefer in den Wald, wo der Weg schmaler wurde.

Er wagte es nicht, sich noch einmal umzudrehen. Er rannte einfach, blindlings, mit dem einzigen Gedanken, den Geräuschen zu entkommen. Doch die Schritte folgten ihm, wie ein Echo, das ihm keine Ruhe liess.

Die Äste der Bäume wurden tiefer, griffen nach ihm wie knorrige Hände, die sich in seiner Kleidung verfingen. Sein Gesicht wurde von herabhängenden Zweigen zerkratzt, der Schmerz brannte heiss, doch Kaspar spürte ihn kaum. Der Pfad war kaum mehr zu erkennen, eine matschige Spur, die von Unkraut und Moos überwuchert war.
Und dann sah er es.

Der Bärghof tauchte vor ihm auf, als wäre er aus der Schwärze der Nacht herausgeschnitten. Der alte Hof wirkte wie eine düstere, vergessene Festung, verloren inmitten der Wildnis. Die Mauern waren dunkel und feucht vom Regen, und die Fensterhöhlen starrten ihn wie leere Augen an, kalt und allwissend. Der Torbogen, der einst stolz den Eingang markiert hatte, war nun halb eingestürzt und wirkte wie ein geöffneter Schlund, der nur darauf wartete, ihn zu verschlingen.

Kaspar blieb stehen, die Knie weich, die Hände in Fäusten geballt. Sein Atem kam stossweise, und in seinem Kopf tobten tausend Gedanken. Sollte er zum Bärghof rennen? War er dort sicher? Oder war das genau das, was ihn erwarten wollte?

Doch die Schritte hinter ihm liessen ihm keine Wahl. Sie kamen näher, langsamer jetzt, aber immer noch da – ein beständiges, unerbittliches Geräusch, das seinen Herzschlag verdoppelte.

Kaspar stolperte auf den Hof zu, rutschte auf dem überwucherten Weg aus und fiel fast erneut. Seine Hände suchten Halt an den bröckelnden Steinen des Torbogens, während er keuchend vorwärts taumelte. Der Regen schien hier weniger stark zu sein, als würde der Hof selbst die Tropfen schlucken, doch die Finsternis war dichter, schwerer.

Er erreichte den alten Schuppen, der direkt an das Haus grenzte. Die Tür hing schief in den Angeln, ein Spalt war offen, und dahinter wartete nichts als Dunkelheit. Kaspar zögerte, seine Finger schwebten über dem nassen, verwitterten Holz.

Hinter ihm waren die Schritte verstummt.

Er drehte sich um, der Atem stockte ihm, als er in die Finsternis des Waldes starrte. Doch da war nichts. Kein Schatten, keine Bewegung, nichts ausser den unermüdlichen Tropfen des Regens, die von den Blättern fielen.

„Es war nur der Regen," flüsterte Kaspar, seine Stimme so leise, dass selbst er sie kaum hören konnte. Doch in seinem Inneren wusste er, dass es nicht stimmte.

Er fasste den Mut und öffnete die schwere Türe zum Schuppen. Ein Knistern erklang, als die Angeln protestierten, und die Dunkelheit im Inneren schien ihn zu verschlingen, noch bevor er eintrat. Kaspar setzte einen Fuss über die Schwelle, dann den anderen.

Die Tür schloss sich hinter ihm mit einem lauten Krachen, das ihn zusammenzucken liess. Für einen Moment war alles still. Der Regen draussen klang plötzlich fern, und die Schwärze war so absolut, dass Kaspar kaum die Hand vor Augen sehen konnte. Kaspar hielt die Luft an, presste sich gegen die feuchte Wand des Schuppens. Der Hof war still, der Wald regungslos.

Doch die Schritte blieben, irgendwo, wie ein Echo, das niemals zu verschwinden schien.

Kaspars Augen gewöhnten sich langsam an das Dunkel des Schuppens. Die feuchte Luft hing schwer um ihn, durchdrungen vom modrigen Geruch nach verrottendem Holz und altem Stroh. Jeder Atemzug fühlte sich zäh an, als würde er sich gegen die dichte Atmosphäre stemmen müssen. Seine Finger strichen vorsichtig über die raue, von Moos durchzogene Wand, suchten Halt an dem morschen Holz, während er sich vorsichtig weiter ins Innere tastete. Der Boden unter seinen Füssen knirschte kaum hörbar, doch für ihn klang jeder Schritt wie ein unheilvoller Trommelschlag in der beklemmenden Stille.

Dann bemerkte er es – einen schmalen Spalt in der Wand, kaum breiter als ein Finger. Ein schwaches, silbriges Licht drang hindurch und zerschnitt die Schwärze in dünnen, fahlen Streifen. Kaspar blieb abrupt stehen, sein Herz klopfte schneller. Die plötzliche Helligkeit liess ihn blinzeln, als ob das Licht etwas enthüllen könnte, das er lieber nicht sehen wollte.

Er trat näher, zögerlich, fast widerwillig. Sein Gesicht näherte sich dem Spalt, seine Augen weiteten sich, als er durch die Lücke in die Nacht hinausblickte. Der Regen fiel in leisen, unaufhörlichen Strömen, bildete schimmernde Rinnsale auf den Pflastersteinen des Hofes. Das fahle Mondlicht, das für einen kurzen Moment durch die zerfetzten Wolken brach, tauchte die Szenerie in ein gespenstisches Licht.

Und dann sah er ihn – den Ziehbrunnen.

Mitten auf dem verlassenen Hof stand er, ein Relikt aus einer anderen Zeit, umgeben von wild wucherndem Unkraut, das sich wie

Finger um seinen moosbedeckten Rand legte. Der steinerne Ring war rissig, überzogen von einer dicken, feuchten Schicht Grün, und wirkte dennoch unerschütterlich. Das hölzerne Gestell darüber, das einst kräftig genug gewesen war, um schwere Eimer aus der Tiefe zu heben, war nun morsch, verfault, und hing in einem beunruhigenden Winkel über dem Abgrund. Der Seilzug, einst fest gespannt, baumelte nun lose im Wind, träge hin und her schwingend, als ob er noch immer Erinnerungen an vergangene Zeiten trug.

Kaspars Blick blieb daran hängen. Etwas an dem Brunnen zog ihn magisch an, zwang ihn, hinzusehen, obwohl sich jeder Instinkt in ihm dagegen wehrte. Die dunkle Öffnung in der Mitte wirkte wie ein Auge, das ihn anstarrte, tief, unendlich und voller Geheimnisse. Ein kalter Schauer lief ihm über den Rücken, und für einen Moment hatte er das Gefühl, dass der Brunnen atmete – als würde er ihn rufen.

Er schluckte hart und spürte, wie seine Beine von alleine in Bewegung gerieten. Ohne es zu merken, machte er einen Schritt aus dem Schuppen, dann noch einen. Seine Hand, die eben noch an der Wand Halt gesucht hatte, hing nun kraftlos an seiner Seite. Sein Atem ging schneller, die Kälte schien ihn nun vollkommen zu umhüllen.

Das leise Prasseln des Regens hallte in der gespenstischen Stille wider, doch Kaspar hörte es kaum. Seine Gedanken waren nur noch auf den Brunnen gerichtet.

Er hörte wieder das Flüstern, lauter jetzt. Frau Wyss, Herr Sommer, Herr Bänziger – ihre Stimmen hallten in seinem Kopf wider, verzerrt und fremd.

„Du kannst nicht entkommen, Kaspar," hauchte es in seinen Gedanken.

Er schüttelte heftig den Kopf, versuchte die Stimmen zu vertreiben, aber sie waren da, drängten sich in seinen Verstand wie kalter Nebel.

„Ich war's nicht," flüsterte er. „Ich habe die Hühner nicht gestohlen…"

Die Stimmen wurden lauter. Der Wind um ihn herum verwandelte sich in ein aufgeregtes Wispern. Plötzlich spürte er etwas Kaltes an seiner Schulter – war es der Wind, oder war da jemand?

Kaspar stolperte rückwärts, seine Absätze fanden keinen Halt auf dem nassen Stein. Panik durchfuhr ihn, als er mit weit aufgerissenen Augen den dunklen Abgrund vor sich erkannte. Die Dunkelheit im Brunnen wirkte plötzlich wie eine klaffende Wunde, hungrig und wartend.

Seine Beine gaben nach, und er ruderte mit den Armen, doch es war zu spät.

BEGEGNUNG IM SCHATTEN

19. NOVEMBER 1988

Die Ermittler hatten den Waldrand systematisch abgesucht. Es war ein trostloser Anblick – die kahlen Bäume ragten wie Skelette in den düsteren Himmel, ihre Äste knorrig und verwittert. Der Boden war matschig, der Regen der letzten Tage hatte ihn in eine klebrige Masse verwandelt, die jeden Schritt erschwerte. Nebel lag wie ein zäher Schleier zwischen den Stämmen, dämpfte jeden Laut und verstärkte das Gefühl der Beklemmung.

Sager stand mit verschränkten Armen am Rand des Geschehens, während die Ermittler die Umgebung methodisch untersuchten. Die systematische Gründlichkeit des Teams war beeindruckend. Jeder Fund wurde akribisch dokumentiert: Ein Ermittler steckte den Bereich ab, markierte Stellen mit kleinen Kreidestücken und Holzstäben, während ein anderer Fotos aus verschiedenen Winkeln machte.

„Hier," sagte einer der Techniker und deutete auf den Boden. „Das sind eindeutig Fussabdrücke. Klein, wahrscheinlich die des Mädchens."

Sager trat näher, sein Blick folgte den Abdrücken, die sich klar im feuchten Boden abzeichneten. Die Sohlenprofile passten exakt zu den Schuhen, die die Eltern des Mädchens beschrieben hatten. Doch was ihn beunruhigte, war das abrupte Ende der Spuren. Sie hörten einfach auf – mitten im Weg, ohne dass sie sich in eine Richtung verzweigten oder sich langsam auflösten.

„Es ist, als ob sie hier vom Boden verschluckt wurde," sagte einer der Ermittler leise, fast ehrfürchtig.

Sager kniete sich hin, seine Hände in Handschuhen geschützt, und fuhr mit den Fingern leicht über den Boden. Der Schlamm war weich, durchzogen von feinen Rinnsalen des Regens. Doch er fand keine Anzeichen, die erklärten, warum die Abdrücke plötzlich endeten.

Daneben, ein Stück entfernt, waren grössere Spuren zu sehen. Sie waren tiefer, länger und wirkten, als wären sie von einer ungewöhnlich schweren Person oder einem grossen Tier hinterlassen worden.

„Diese Spuren sind... seltsam," murmelte Dr. Lüthi und trat neben Sager. Er beugte sich vor, seine Stirn in Falten gelegt, während er die Einkerbungen genau betrachtete. „Sie scheinen zu schwer für einen Menschen zu sein. Vielleicht ein Tier?"

„Nein," erwiderte Sager, seine Stimme ruhig, aber angespannt. „Es gibt keine Tiere in dieser Gegend, die so etwas hinterlassen könnten. Keine Wildschweine, keine grossen Raubtiere."

Dr. Lüthi seufzte, richtete sich auf und wischte sich mit der Hand über die Stirn. „Ich glaube, wir haben es mit jemandem oder etwas zu tun, das nicht alltäglich ist."

Seine Worte schienen in der Stille des Waldes hängen zu bleiben, und Sager fühlte, wie sich ein beklemmendes Gefühl in seiner Brust ausbreitete. Er hatte darauf keine Antwort. Die Spuren, die abrupt endeten, und die seltsamen, tiefen Abdrücke – alles fügte sich in das beunruhigende Muster, das das Breitmis seit Jahrzehnten umgab. Eine ungreifbare Finsternis, eine Geschichte, die niemand wirklich erzählen wollte.

Einer der Ermittler, der den Bereich weiter absuchte, rief plötzlich: „Hier, sehen sie das!"

Sager wandte sich um und folgte ihm zu einem alten Baum, dessen Stamm dick und verwittert war. Doch an einer Stelle war die Rinde durchbrochen – jemand hatte ein Symbol eingeritzt. Es war der Kreis mit den gekreuzten Linien.

„Frisch eingeritzt," sagte der Ermittler, während er die Kanten mit einem kleinen Spiegel betrachtete. „Die Linien sind scharf. Es wurde erst vor Kurzem gemacht."

Sager starrte auf das Symbol, sein Atem wurde flacher. Dieses Zeichen verfolgte ihn, tauchte an jedem Ort auf, der mit dem Verschwinden des Mädchens oder Kaspar Blatter verbunden war.

„Was bedeutet das?" fragte Dr. Lüthi, seine Stimme klang beunruhigt.

„Ich weiss es nicht," murmelte Sager. „Aber ich glaube, es ist ein Schlüssel. Zu etwas, das wir noch nicht verstehen."

Die Untersuchungen gingen weiter, doch die Atmosphäre wurde mit jeder Minute schwerer. Der Wald schien sie zu beobachten, als ob die Bäume selbst Zeugen dessen waren, was hier geschehen war. Kein Vogelgesang, kein Rascheln von Tieren – nur das gleichmässige Trommeln des Regens und das gedämpfte Murmeln der Ermittler.

Sager trat ein paar Schritte zurück, liess den Blick über den Waldrand schweifen. Die Spuren, das Symbol, das Stoffstück – alles fühlte sich an, als ob es ihn tiefer in ein Netz aus Ungewissheit zog. Doch die Antworten, die er suchte, schienen immer weiter in die Düsternis zu entgleiten.

Er wusste, dass sie weitermachen mussten. Doch in diesem Moment, am Waldrand, war ihm, als ob der Wald selbst ihnen widerstand – als ob er seine Geheimnisse nicht preisgeben wollte. Der Nebel begann wieder aufzusteigen, als hätte der Wald beschlossen, sich hinter einem Vorhang zu verstecken. Sager sammelte die Notizen, die ihm übergeben wurden, und blickte noch einmal zurück zu der Stelle, wo die Fussspuren des Mädchens endeten. Es war ein Anblick, der ihm keine Ruhe liess.

Die Mittagssonne stand hoch am Himmel, doch ihre Wärme drang nicht durch die dichten Wolken, die das Breitmis wie ein unheilvolles Dach überzogen. Sager und Dr. Lüthi kehrten auf dem schmalen Pfad ins Dorf zurück. Der Regen hatte aufgehört, doch der Boden war noch feucht und matschig, und die Luft roch nach nasser Erde und Laub. Die kahlen Äste der Bäume, die den Weg säumten, warfen lange Schatten, die sich in der schwachen Sonne wie Finger über die Strasse legten.

Die schmalen Strassen von Breitmis lagen still und verlassen. Kein Kind spielte draussen, kein Hund bellte, und selbst die üblichen Geräusche des Dorflebens – das Klappern von Geschirr, das Rufen von Nachbarn – waren verstummt. Es war eine unheimliche Stille, die wie eine Decke über dem Dorf lag, schwer und erstickend. Die wenigen Lichter in den Fenstern der alten Häuser wirkten wie leuchtende Augen, die neugierig auf Sager und Lüthi herabblickten. Sager konnte das Gefühl nicht abschütteln, dass die Häuser selbst ihn beobachteten, dass sie Zeugen waren, die mehr wussten, als sie preisgaben.

Als sie das Café von Frau Wyss erreichten, blieb Sager einen Moment vor der Tür stehen. Das Gebäude wirkte wie ein Relikt aus einer anderen Zeit, mit seinen verblassten Fensterläden und der verwitterten Holzfassade. Das Schild über der Tür schaukelte leicht im Wind, das Knarren war das einzige Geräusch, das die Stille durchbrach. Sager atmete tief durch, dann stiess er die Tür auf.

Im Inneren des Cafés war es warm, aber still, eine angenehme, aber bedrückende Stille. Die Tische waren leer bis auf einen einzigen Gast, der in der Ecke sass. Der Mann hielt eine Zeitung vor sein Gesicht, sodass nur seine Hände sichtbar waren – grosse, knochige Hände mit abgenutzten Fingern, die sich nervös um die Papierkanten krallten. Sager warf ihm einen flüchtigen Blick zu, bevor er sich mit Lüthi an einen Tisch in der Nähe des Fensters setzte.

Frau Wyss erschien aus der Küche, ein Tablett mit dampfendem Kaffee in der Hand. Sie bewegte sich langsam, mit einer Haltung, die sowohl von Routine als auch von Müdigkeit sprach. „Herr Sager, Herr Dr. Lüthi," sagte sie und stellte die Tassen vor ihnen ab. Ihre Stimme war höflich, aber angespannt. „Noch etwas?"

„Nein, danke," antwortete Sager knapp, ohne von den Papieren aufzusehen, die er vor sich ausbreitete. Frau Wyss nickte nur und zog sich in die Küche zurück, liess die beiden Männer allein mit ihren Gedanken und den Beweisen, die sie gesammelt hatten.

Sager öffnete eine Mappe und legte die gesammelten Skizzen, Fotos und Notizen auf den Tisch. Dr. Lüthi griff nach einer der Skizzen – sie zeigte die Abdrücke, die sie am Waldrand gefunden hatten. Seine Finger strichen über das Papier, und er zog die Stirn kraus, während er die Details betrachtete. Die Abdrücke waren klar und tief, fast übernatürlich in ihrer Perfektion.

„Diese Spuren…" begann Lüthi schliesslich, seine Stimme war ruhig, aber angespannt. „Sie sind nicht normal. Die Tiefe, die Form – sie deuten darauf hin, dass die Person oder das Wesen, das sie hinterlassen hat, viel schwerer war als ein Mensch."

Sager nahm einen Schluck Kaffee, der inzwischen fast kalt war, und betrachtete die Skizzen. „Oder etwas anderes," sagte er, seine Stimme war leise, fast ein Murmeln. Seine Augen waren fest auf die Zeichnungen gerichtet, als wollte er ein Geheimnis entschlüsseln, das sich in den Linien verbarg. „Etwas, das sich zwischen Realität und Aberglauben bewegt."

Lüthi lehnte sich zurück und verschränkte die Arme vor der Brust. „Aberglaube mag sein," sagte er, und sein Tonfall war sachlich, aber nachdenklich. „Aber die Wissenschaft sagt uns, dass jedes Phänomen eine Erklärung hat. Auch wenn wir sie noch nicht kennen."

Sager nickte langsam, doch er wirkte nicht überzeugt. Der Gedanke, dass etwas „anderes" in den Schatten des Breitmis lauerte, liess ihn nicht los. Es war nicht nur die Tiefe der Spuren oder ihr abruptes Ende – es war das Gefühl, das sie hinterlassen hatten. Eine Kälte, die selbst die Sonne nicht vertreiben konnte.

Während sie weiter über die Beweise sprachen, spürte Sager plötzlich eine Veränderung in der Atmosphäre. Es war subtil, kaum wahrnehmbar, doch es war da – eine Spannung, die in der Luft lag, wie ein bevorstehendes Gewitter. Er sah kurz auf und bemerkte, dass der Mann in der Ecke seine Zeitung gesenkt hatte. Sein Gesicht war nun sichtbar, und obwohl es nichts Ungewöhnliches an ihm gab, fühlte Sager sich unwohl unter seinem Blick.

Der Mann stand schliesslich auf, bezahlte leise bei Frau Wyss und verliess das Café, ohne einen Blick zurückzuwerfen. Doch sein Schatten schien noch lange im Raum zu verweilen, selbst, nachdem die Tür hinter ihm ins Schloss gefallen war.

„Was war das?" fragte Lüthi und blickte Sager fragend an.

„Ein weiterer Schatten," murmelte Sager, mehr zu sich selbst als zu Lüthi. „Einer von vielen in diesem Dorf."

Die Nachmittagssonne kämpfte vergeblich gegen die schweren Wolken, die sich über das Breitmis gelegt hatten. Sager und Dr. Lüthi traten aus dem Café von Frau Wyss. Eine kühle Brise wehte durch die Gassen, trug den Geruch von nasser Erde und Holz mit sich. Das Dorf lag still und verlassen, die wenigen Fenster mit flackerndem Licht schienen wie stumme Beobachter auf sie herabzublicken.

Sager zog den Mantel enger um sich, die gesammelten Notizen unter seinem Arm. Seine Gedanken kreisten um die Beweise, die sie gesammelt hatten. Nichts schien ein vollständiges Bild zu ergeben – es waren Fragmente, die sich hartnäckig weigerten, einen Zusammenhang zu ergeben.

Als sie die Strasse überqueren wollten, bemerkte Sager aus den Augenwinkeln eine Bewegung. Eine Gestalt trat aus dem Schatten eines alten, verlassenen Hauses. Der Mann war gross, schlank, und seine

Haltung strahlte eine merkwürdige Mischung aus Ruhe und Anspannung aus. Ein langer Mantel reichte ihm bis zu den Knöcheln, und ein breitkrempiger Hut verdeckte sein Gesicht.

Sager hielt inne, seine Augen fixierten die Gestalt. „Entschuldigen sie!" rief er, seine Stimme hallte in der stillen Strasse. „Kann ich ihnen helfen?"

Der Mann blieb stehen, drehte sich langsam zu ihnen um. Sein Gesicht war noch immer im Schatten verborgen, doch seine Haltung verriet, dass er gezielt hier war. Mit einer bedächtigen Bewegung zog er ein kleines, abgenutztes Notizbuch aus der Manteltasche und hielt es Sager entgegen.

Sager trat näher, seine Augen waren wachsam. Lüthi blieb einen Schritt zurück, die Hände tief in den Taschen seines Mantels vergraben.

„Was ist das?" fragte Sager und nahm das Notizbuch entgegen. Der Einband war rau und abgenutzt, die Ecken zerfetzt, als wäre es jahrelang mit sich herumgetragen worden.

„Antworten," sagte der Mann schliesslich, seine Stimme tief und heiser, als ob sie lange nicht benutzt worden war.

„Wer sind sie?" fragte Sager scharf, während er das Buch aufschlug. Die Seiten waren voller handschriftlicher Notizen, Skizzen und wiederholter Darstellungen des Symbols – des Kreises mit den gekreuzten Linien.

„Das ist nicht wichtig," antwortete der Mann und hob leicht den Kopf, sodass ein Teil seines Gesichts im schwachen Licht sichtbar wurde. Tiefe Falten zogen sich über seine Stirn, und seine Augen waren von einer intensiven Schwärze, die mehr Fragen aufwarf, als sie beantwortete.

„Sie wissen etwas über Kaspar Blatter," stellte Sager fest, seine Stimme nun ruhiger, aber schneidend.

Der Mann nickte langsam. „Mehr, als ich wollte. Und weniger, als sie hoffen."

Dr. Lüthi trat vor, ein skeptischer Ausdruck lag auf seinem Gesicht. „Wenn sie etwas wissen, dann reden sie. Wir suchen nach einem Mädchen. Ihre Spielchen helfen uns nicht."

Der Mann lachte leise, ein kratziges, humorloses Geräusch. „Spielchen? Glauben sie, das hier ist ein Spiel? Das Breitmis hat mehr Geheimnisse, als sie verstehen können."

Sager hielt das Notizbuch hoch, sein Blick war bohrend. „Dieses Symbol – es taucht überall auf. Am Bärghof, an den Fundorten. Was bedeutet es?"

Der Mann zögerte, bevor er antwortete. „Es ist kein Symbol. Es ist eine Markierung. Kaspar hat es benutzt, um... um den Weg zu markieren. Einen Weg, den niemand gehen sollte."

„Was für einen Weg?" drängte Lüthi, seine Ungeduld war deutlich spürbar.

Der Mann richtete sich auf, und für einen Moment schien seine Gestalt grösser, bedrohlicher. „Den Weg, der tief in das führt, was das Breitmis wirklich ist. Kaspar wusste zu viel. Er hat Dinge gesehen, die ein Kind nicht sehen sollte. Und er hat versucht, uns zu warnen. Aber niemand hat zugehört."

Die Luft zwischen ihnen war schwer, durchzogen von der drückenden Stille des verlassenen Dorfs. Der Mann hob die Hand, als wollte er sie beruhigen. „Ich sage ihnen das nicht, um ihnen zu helfen. Ich sage es, weil sie sonst denselben Fehler machen wie er. Wenn sie zum Bärghof gehen, werden sie Dinge finden, die sie nicht verstehen. Dinge, die sie nicht aufklären können. Manchmal ist es besser, die Schatten in Ruhe zu lassen."

„Das Mädchen ist irgendwo da draussen," sagte Sager leise, seine Stimme war fest. „Und ich werde nicht aufhören zu suchen."

Der Mann nickte langsam, fast widerwillig. „Dann wissen sie, wo sie suchen müssen. Aber seien sie gewarnt – der Brunnen... er ist nicht das Ende. Er ist der Anfang."

Bevor Sager oder Lüthi eine weitere Frage stellen konnten, wandte sich der Mann ab. Seine Schritte waren leise, fast lautlos, als er sich in den Schatten der Strasse zurückzog. Sager wollte ihm folgen, doch der Mann verschwand, als wäre er von der Dunkelheit selbst verschluckt worden.

„Wer zum Teufel war das?" fragte Lüthi, seine Stimme klang beunruhigt.

Sager blickte auf das Notizbuch in seiner Hand, seine Finger glitten über die abgenutzten Seiten. „Ich weiss es nicht," sagte er schliesslich. „Aber ich glaube, er hat uns gerade mehr gesagt, als wir begreifen können."

Lüthi schüttelte den Kopf und trat näher, um das Buch genauer zu betrachten. „Und was machen wir jetzt?"

Sager schloss das Buch mit einem leisen Klicken des Lederriemens. „Wir gehen zum Bärghof. Und wir finden heraus, was Kaspar uns sagen wollte."

Draussen zog der Nebel erneut auf, dichter und kälter, als wollte er das Dorf verschlucken. Und doch wusste Sager, dass die Antworten näher waren, als sie jemals gewesen waren – ob er sie hören wollte oder nicht.

DER GEMEINDESCHREIBER GREIFT EIN

19. NOVEMBER 1988

Die Mittagssonne war schwach und schien kaum die Kraft zu haben, den dichten Schleier der Wolken zu durchdringen, der über dem Breitmis lag. Ein fahles, diffuses Licht legte sich über das Dorf, als Sager und Dr. Lüthi vor dem Café von Frau Wyss standen. Der Wind war still, doch die Luft trug eine unangenehme Schwere, als würde der Ort selbst das Atmen erschweren.

Zwischen den beiden Ermittlern herrschte eine drückende Stille. Sager hatte die Hände tief in die Taschen seines Mantels gesteckt, sein Blick war auf den Horizont gerichtet, wo die Bäume des Waldes wie eine bedrohliche Wand aufragten. Lüthi hielt seine Ledertasche fest umklammert, seine Stirn von Falten durchzogen, während er über die nächsten Schritte nachdachte.

„Wir sind uns einig?" fragte Sager schliesslich, seine Stimme ruhig, aber eindringlich. Seine Augen fixierten Lüthi mit einer Intensität, die keine Unsicherheit zuliess.

Lüthi nickte nach kurzem Zögern. „Ja. Wir nehmen das Team und untersuchen den Bärghof gründlich. Es gibt zu viele Hinweise, die dorthin führen. Der Brunnen, die Symbole, die alten Geschichten – wir müssen wissen, was dahintersteckt."

Sager neigte leicht den Kopf, als Zeichen der Zustimmung. „Gut," sagte er knapp, doch seine Gedanken schienen bereits einen Schritt weiter zu sein.

Die beiden Männer standen für einen Moment schweigend da, als ob sie die Schwere ihrer Entscheidung spürten. Schliesslich reichte Sager Lüthi die Hand. Der Handschlag war kurz und fest, ein stilles Abkommen zwischen zwei Männern, die wussten, dass sie am Rande etwas Unbekanntem standen.

„Passen sie auf sich auf," sagte Sager leise, während er Lüthi losliess.

„Sie auch," antwortete Lüthi, seine Stimme war angespannt, aber entschlossen.

Lüthi wandte sich ab und ging zu seinem Van, der am Rand der Kopfsteinpflasterstrasse parkte. Das Fahrzeug war alt, mit mattschwarzer Lackierung. Die Forensiker hatten ihn zu ihrem mobilen Labor umgebaut, ein Ort, der funktional und nüchtern wirkte, im Gegensatz zu der mystischen Atmosphäre des Breitmis.

Er öffnete die Fahrertür, warf seine Tasche auf den Beifahrersitz und liess sich schwer auf den Sitz fallen. Für einen Moment blieb er dort sitzen, beide Hände am Lenkrad, während er tief durchatmete. Dann drehte er den Schlüssel im Zündschloss. Der Motor sprang mit einem dumpfen Brummen an, und das Geräusch hallte durch die stille Strasse.

Sager beobachtete, wie Lüthi den Van wendete und langsam die Strasse hinunterfuhr, bis er schliesslich im Nebel verschwand. Das Brummen des Motors verklang, und die Stille kehrte zurück – noch drückender als zuvor.

Sager stand vor seinem eigenen Wagen, einem alten, dunklen Kombi, der so unscheinbar war, dass er kaum auffiel. In seiner rechten Hand hielt er das Notizbuch des unbekannten Mannes, dessen Ecken bereits abgegriffen und vom Regen geschwärzt waren. Er klappte es auf, lehnte sich mit dem Rücken gegen die Fahrertür und begann, die Seiten durchzublättern.

Die handschriftlichen Notizen und Skizzen wirkten chaotisch, fast fiebrig. Sie schienen die Gedanken eines Mannes zu widerspiegeln, der von etwas Getriebenem angetrieben wurde – von einer Besessenheit, die ihn nicht losliess. Das Symbol, der Kreis mit den gekreuzten Linien, tauchte auf fast jeder Seite auf. Manche Darstellungen waren einfach, kaum mehr als ein paar Striche. Andere waren detailliert, mit Anmerkungen, die Sager nicht entziffern konnte.

„Er kommt bei Nebel," murmelte Sager, als er eine der Notizen las. Der Satz war unterstrichen, und daneben befand sich eine Skizze des Bärghofs, die von Pfeilen und Kommentaren durchzogen war.

Er runzelte die Stirn und blätterte weiter. Auf einer der letzten Seiten fand er eine Zeichnung des Brunnens, umgeben von kleinen Symbolen und kryptischen Bemerkungen: „Das Echo trägt die Stimmen", stand dort, und: „Der Brunnen ist mehr als ein Grab."

Sager war so vertieft in die Notizen, dass er das Geräusch von Schritten zunächst nicht wahrnahm. Erst als ein Schatten auf ihn fiel, blickte er auf. Vor ihm stand Walter Bänziger, der Gemeindeschreiber, mit seinem typischen wettergegerbten Gesicht und dem abgetragenen Hut, der ihm eine fast komisch wirkende Würde verlieh.

„Herr Sager," begann Bänziger, ohne eine Begrüssung abzuwarten, seine Stimme klang fest und direkt. „Haben sie einen Moment?"

Sager schloss das Notizbuch langsam und musterte den Mann. „Natürlich," sagte er kühl.

Bänziger trat näher, seine Hände tief in die Taschen seines Mantels gesteckt. Seine Stimme war laut und fest, als wolle er die Kontrolle über die Situation sofort an sich reissen. „Ich denke, wir müssen reden. Ich habe gehört, sie planen eine Untersuchung am Bärghof," sagte er, und seine Stimme hatte einen warnenden Unterton.

„Das ist richtig," antwortete Sager knapp.

„Herr Sager," fuhr der Gemeindeschreiber fort, seine Augen verengten sich, „ich verstehe, dass sie Ihre Arbeit machen. Aber sie wissen, wie die Leute hier sind. Geschichten wie diese – sie reissen Wunden auf, die besser verheilt bleiben."

„Wenn diese Wunden jemals verheilt sind," erwiderte Sager ruhig. Sager schloss das Notizbuch langsam und musterte den Gemeindeschreiber mit verschränkten Armen. „Worum geht es, Herr Bänziger?"

„Es geht darum, dass sie hier für Unruhe sorgen," sagte der Gemeindeschreiber unverblümt und zog eine Augenbraue hoch.

„Unruhe?" wiederholte Sager kühl. „Ich bin hier, um ein verschwundenes Mädchen zu finden, Herr Bänziger. Wenn das Unruhe stiftet, dann liegt das vielleicht daran, dass es Dinge gibt, die ans Licht kommen sollten."

„Unsinn!" Bänziger machte eine ungeduldige Handbewegung, seine Stimme wurde lauter. „Kaspar Blatter war ein Sonderling, ein Träumer. Wahrscheinlich ist er einfach weggelaufen. Und das Mädchen? Sie wird schon wieder auftauchen. Kinder verschwinden manchmal, aber meistens kommen sie zurück."

„Meistens," wiederholte Sager scharf. „Und wenn nicht?"

„Sehen sie," sagte der Gemeindeschreiber, jetzt leiser, aber mit einem drohenden Unterton. „Erlinsbach ist ein kleines Dorf. Wir leben hier friedlich, und wir mögen es nicht, wenn jemand von aussen kommt und alte Wunden aufreisst."

Sager musterte ihn lange. „Alte Wunden?"

„Sie wissen genau, was ich meine," fuhr Bänziger fort und verschränkte die Hände hinter dem Rücken. „Das Symbol, die Geschichten über den Mann mit den langen Beinen – das ist Aberglaube, nichts weiter. Aber die Leute glauben daran, und das macht es gefährlich."

„Gefährlich für wen?" fragte Sager, seine Stimme war jetzt leise, aber scharf wie eine Klinge.

Bänziger wich seinem Blick aus, trat einen Schritt zurück und schien nach den richtigen Worten zu suchen. „Gefährlich für die

Gemeinschaft," sagte er schliesslich. „Für den Zusammenhalt. Die Wahrheit ist, Herr Sager, sie sollten sich auf das Mädchen konzentrieren und den Rest der Vergangenheit ruhen lassen."

„Vielleicht hat die Vergangenheit mehr mit der Gegenwart zu tun, als sie denken," erwiderte Sager, sein Blick liess keinen Zweifel an seiner Entschlossenheit.

„Die Leute reden. Dieses ganze Herumstochern in der Vergangenheit – das tut dem Breitmis nicht gut." Bänziger schnaubte leise. „Sie verstehen es nicht. Das Breitmis hat seine eigene Geschichte. Und wir, die hier leben, haben gelernt, damit umzugehen. Aussenstehende – sie – werden diese Geschichten niemals begreifen. Vielleicht sollten sie besser vorsichtig sein."

Sager spürte, wie eine unterschwellige Drohung in den Worten des Gemeindeschreibers mitschwang. „Vorsichtig?" wiederholte er und hob eine Augenbraue. „Sind sie sicher, dass sie nicht etwas verbergen, Herr Bänziger?"

„Ich verberge nichts," sagte Bänziger scharf. Bänziger schien kurz sprachlos, dann räusperte er sich und richtete den Hut, als wolle er seine Autorität erneut unterstreichen. „Tun sie, was sie tun müssen," sagte er schliesslich, doch seine Stimme klang jetzt weniger fest. „Aber vergessen sie nicht: Die Leute hier mögen keine Fremden, die sich in Dinge einmischen, die sie nichts angehen. Ich habe eine Verantwortung gegenüber dem Dorf. Und ich werde nicht zulassen, dass es durch Ihre Untersuchungen in den Schmutz gezogen wird "

Sager nickte kaum merklich. „Danke für den Hinweis, Herr Bänziger."

Der Gemeindeschreiber drehte sich um und ging mit schweren, entschlossenen Schritten die Strasse hinunter. Sager beobachtete ihn, bis er in einer Seitengasse verschwand, dann öffnete er das Notizbuch erneut.

Nachdem Bänziger gegangen war, liess Sager die Unterhaltung Revue passieren. Die Unterhaltung mit Bänziger hinterliess einen bitteren Nachgeschmack. Seine Worte waren vage, aber die unterschwellige Drohung war nicht zu überhören. Sager fragte sich, wie viel der Gemeindeschreiber wirklich wusste. Doch was genau? Und warum war er so entschlossen, Sagers Arbeit zu behindern?

Er klappte das Notizbuch wieder auf und betrachtete die Seite mit der Skizze des Brunnens. Die Worte „Das Echo trägt die Stimmen" brannten sich in sein Gedächtnis.

„Der Bärghof ist der Schlüssel," murmelte Sager leise zu sich selbst. „Und ich werde herausfinden, warum."

Er legte das Notizbuch auf den Beifahrersitz, stieg in seinen Wagen und startete den Motor. Es war Zeit, zum Bärghof zurückzukehren – dorthin, wo die Schatten am dichtesten waren.

IM DUNKEL DES KELLERS

19. NOVEMBER 1988

Die Luft im Keller war feucht, dicht und schwer, als hätte sie seit Jahrzehnten keinen Austausch mehr mit der Aussenwelt gehabt. Ein modriger Geruch, der an verfallenes Holz und verrottende Erde erinnerte, durchdrang den Raum und drückte sich in jede Pore. Es war eine Schwärze, die mehr war als blosse Abwesenheit von Licht – sie schien zu leben, die Sinne zu umklammern und die Hoffnung zu ersticken.

Marie lag auf dem kalten Boden, ihre zierlichen Hände schmerzhaft auf den Rücken gefesselt. Die grobe Schnur schnitt in ihre Handgelenke, ihre Finger waren taub und steif vor Kälte. Die Härte des steinernen Untergrunds presste sich durch die dünnen, feuchten Kleider, die sie trug, und raubte ihr die letzte Wärme, die sie noch hatte. Der Stoff war an mehreren Stellen zerrissen, seine einst rosa Farbe zu einem blassen Grau verblasst, das im Dunkel kaum von den Schatten zu unterscheiden war.

Jeder Atemzug schien schwerer als der letzte, ein flaches, fast geräuschloses Keuchen, als hätte selbst die Luft beschlossen, sich gegen sie zu wenden. Das leise Tropfen von Wasser hallte durch den Keller, ein gleichmässiges, unheimliches Geräusch, das wie eine gespenstische Uhr wirkte und jede Sekunde verlängerte.

Die Kälte war allgegenwärtig. Sie kroch wie ein lebendiges Wesen über ihren Körper, biss in ihre Haut und schien bis tief in ihre

Knochen zu dringen. Maries Zähne schlugen leise aufeinander, ein verzweifelter Versuch ihres Körpers, die Wärme zu bewahren. Doch es war zwecklos. Die Kälte hatte bereits Besitz von ihr ergriffen, ihr kleiner Körper zitterte unkontrolliert, während ihre Atmung immer flacher wurde.

Ihre Beine waren in eine seltsame, unnatürliche Haltung gezwungen, da sie ihre gefesselten Hände nicht bewegen konnte, um sie enger an sich zu ziehen. Sie versuchte, ihre Füsse zu bewegen, ihre Zehen zu wackeln, doch selbst das wurde zunehmend schwieriger. Die Feuchtigkeit im Keller, die sich wie ein unsichtbarer Nebel auf alles legte, verstärkte die eisige Umarmung.

Marie hatte das Gefühl, dass sie niemals wieder warm werden würde. Die Kälte war nicht nur um sie herum – sie war in ihr, als ob der Raum selbst sie langsam verschlingen wollte.

Der steinige Boden war rau und unnachgiebig, seine Oberfläche gesprenkelt mit kleinen Kieseln, die sich schmerzhaft in ihre Haut drückten. Sie spürte jeden einzelnen Stein durch ihre Kleider, und ihre zarte Haut war an mehreren Stellen wundgescheuert. Eine Pfütze hatte sich unter ihr gebildet, das kalte Wasser sickerte durch den Stoff und klebte an ihrer Haut.

Ihre Knie, die sie so gut es ging gegen ihren Brustkorb zog, zitterten unaufhörlich, und ihre nackten Füsse fühlten sich an, als wären sie aus Eis geformt. Sie konnte spüren, wie ihre Zehen taub wurden, unfähig, der eisigen Kälte zu widerstehen.

Die Finsternis war überwältigend. Selbst wenn Marie die Augen schloss, war es, als würde sie immer noch in sie hineinblicken. Es gab keine Farben, keine Formen, keine Orientierung. Die Falltür über ihr liess nur winzige Lichtstrahlen hindurch, die jedoch nicht mehr waren als bedeutungslose Schimmer in einem Meer aus Schwärze.

Sie hatte versucht, sich zu bewegen, die Fesseln zu lösen, doch jede Bewegung schickte neue Wellen von Schmerz durch ihre

Handgelenke. Die Schnur, grob und rau, hatte ihre Haut aufgerieben, und sie konnte das warme, klebrige Gefühl von Blut spüren, das sich an die Schnüre schmiegte.

Marie wagte es nicht, zu laut zu atmen. Jeder Laut, den sie von sich gab, wurde von der Dunkelheit verschluckt und hallte dennoch in ihren Ohren wider. Sie fühlte sich, als wäre sie die einzige Existenz in einem endlosen, lebendigen Abgrund, der sie beobachtete und auf ihren nächsten Atemzug wartete.

Ihr Herz pochte hektisch, als wäre es das Einzige in ihrem Körper, das gegen die Kälte rebellierte. Sie hatte aufgehört zu weinen, nicht, weil sie nicht mehr traurig war, sondern weil die Tränen sie erschöpft hatten. Ihre Wangen fühlten sich klebrig und rau an, die salzigen Spuren ihrer Tränen waren in der Feuchtigkeit des Kellers nicht getrocknet.

Die Angst kroch in ihr hoch wie eine Schlange, wickelte sich um ihre Gedanken und würgte sie ab. Was, wenn niemand sie finden würde? Was, wenn sie für immer hier unten bliebe, allein, kalt und im Dunkeln?

„Mama," dachte sie leise, ihre Stimme kaum mehr als ein Hauch. „Papa... bitte..."

Die Worte, die Marie hätte sprechen wollen, erstickten, bevor sie ihre Lippen verlassen konnten. Ein grober Knebel aus Stoff, fest um ihren Kopf gebunden, schnitt ihr die Möglichkeit ab, auch nur ein Flüstern von sich zu geben. Der Stoff schmeckte nach Staub und Schweiss, die rauen Fasern scheuerten an den empfindlichen Mundwinkeln und saugten das bisschen Feuchtigkeit auf, das ihre ausgetrocknete Zunge noch hatte.

Marie wollte schreien, weinen, irgendetwas tun, um die Angst aus ihrem Inneren zu vertreiben, doch der Knebel zwang sie zu einem lautlosen Kampf. Alles, was sie zustande brachte, waren gedämpfte, erstickte Laute, die nicht einmal bis zur Decke des Kellers reichten.

Sie schloss die Augen fest, Tränen liefen in unkontrollierbaren Strömen über ihre Wangen und sickerten in das grobe Material, das ihren Mund verschloss.

Marie versuchte, sich an etwas zu erinnern, das ihr Mut geben könnte. Sie dachte an das warme Wohnzimmer ihrer Eltern, an das vertraute Lachen ihrer Mutter und den Duft nach frisch gebackenem Kuchen. Doch diese Erinnerungen fühlten sich jetzt so fern an, als gehörten sie zu einer anderen Welt, einer Welt, die sie vielleicht nie wiedersehen würde.

Sie schloss die Augen, nicht, um zu schlafen, sondern um der Düsternis zu entkommen, die sie zu umhüllen drohte. Doch selbst in ihren Gedanken schien die Trübnis sie zu verfolgen, und die Kälte hörte nicht auf, an ihr zu zehren.

Trotz allem klammerte sie sich an einen einzigen Gedanken: Jemand wird mich finden. Irgendjemand wird kommen. Sie müssen mich finden.

Doch als ein weiterer Tropfen Wasser auf den Boden fiel und das Echo sich in der Dunkelheit verlor, schien selbst dieser Gedanke schwächer zu werden.

Ein dumpfer Laut, gefolgt von schweren Schritten hallte plötzlich durch den Keller und Marie hielt den Atem an. Das Geräusch war eindeutig anders als das monotone Tropfen des Wassers, das sie seit ihrer Ankunft begleitet hatte. Es klang, als ob sich oben etwas Schweres bewegt hätte – eine Tür vielleicht, oder ein Möbelstück, das verschoben wurde.

Für einen Moment schien die Fahlheit lebendig zu werden. Jede Faser ihres Körpers spannte sich an, ihre Ohren suchten fieberhaft nach weiteren Geräuschen. Jemand war oben, das war sicher. Die Dielen knarrten unter dem Gewicht, und mit jedem Schritt schien der Klang näher zu kommen. Ein weiteres Knarren folgte, leiser diesmal, aber es kam eindeutig von oben.

„Hier ist nichts," erklang eine tiefe, ernste Stimme von oben. Sie klang seltsam fremd, gedämpft durch die schwere Decke zwischen dem Keller und dem Flur.

Eine andere, hellere Stimme antwortete, ein wenig ungeduldig, aber ebenfalls leise. „Vielleicht müssen wir gründlicher suchen."

Marie spürte, wie ihr Herz schneller schlug. Wer auch immer dort oben war, sie musste irgendwie auf sich aufmerksam machen. Doch der Knebel, der ihren Mund verschloss, liess keinen Laut zu. Alles, was sie zustande brachte, war ein leises Wimmern, das im Kellerraum verhallte, ohne die Stimmen zu erreichen.

Die Schritte setzten sich fort, langsam, abwägend, als ob die Personen oben jeden Zentimeter des Raumes inspizierten. Marie hörte ein dumpfes Geräusch, als ob etwas Schweres über den Boden geschoben wurde. Es folgte ein leises Knarren, dann ein Poltern, das von einem der Zimmer kam.

„Was ist mit hier?" fragte die hellere Stimme.

„Ich sehe nichts Besonderes," antwortete die tiefere Stimme, ein wenig genervt.

Marie presste sich gegen die Wand, ihre kleinen Hände rieben sich an den Fesseln, doch die Seile blieben unerbittlich. Sie kämpfte gegen die aufsteigende Panik. Was, wenn diese Stimmen keine Rettung, sondern Gefahr bedeuteten? Doch noch schlimmer war der Gedanke, dass sie einfach wieder gehen könnten, ohne sie zu bemerken.

Die Stille wurde von einer Abfolge unregelmässiger Geräusche durchbrochen, die deutlich über ihr zu hören waren. Marie hielt den Atem an und lauschte. Sie vernahm das leise Quietschen von Schubladen, die aufgezogen und wieder zugeschoben wurden. Der dumpfe Klang von Holz, das gegen Holz schlug, hallte gedämpft durch den Raum, als ob jemand ungeduldig nach etwas suchte.

Dann folgte ein schleifendes Geräusch, schwer und langgezogen, als ob ein Möbelstück über den Boden geschoben wurde. Der Klang schien über ihr zu verweilen, verstärkt durch die knarrenden Dielen des alten Hauses. Jedes Schleifen war wie ein scharfes Messer in der Stille des Kellers, liess ihre Nackenhaare sich aufstellen.

Es war unmöglich für Marie zu sagen, woher die Geräusche genau kamen oder wohin sich die Personen bewegten. Mal schienen sie über ihr, mal weiter entfernt zu sein, doch sie konnte keine klare Richtung ausmachen.

Die Stimmen, die sie hörte, waren gedämpft, als ob die Decke sie erstickte. Nur Bruchstücke drangen zu ihr durch – tiefere Töne, die wie ein Brummen klangen, und hellere, die einen fast fragenden Tonfall hatten. Sie schienen in der Nähe zu sein, und doch war sie unfähig, ihre Worte zu erkennen oder ihre Absichten zu deuten. Dann wurden die Stimmen leiser, als ob die beiden Personen sich entfernten. Dann folgte ein Moment völliger Stille. Marie hielt den Atem an, ihre Ohren lauschten verzweifelt auf jedes Geräusch.

Marie presste sich noch enger an die Wand, ihre Augen suchten vergeblich in der Dunkelheit nach einem Hinweis, der ihr Sicherheit geben konnte. Sie wollte schreien, wollte ihre Füsse gegen den Boden stampfen, doch die Kälte und die Fesseln hielten sie zurück. In einem letzten verzweifelten Versuch, auf sich aufmerksam zu machen, drückte sie ihre Fersen gegen den steinigen Boden und schob ihren Körper ein Stück vor. Das Geräusch, das sie dabei verursachte, war kaum mehr als ein schwaches Rascheln. Doch für sie war es ein winziger Triumph – ein Geräusch, das sie selbst gemacht hatte, ein Zeichen, dass sie noch lebte.

Die Schritte entfernten sich aber, wurden leiser, bis sie kaum mehr als ein Flüstern waren. Marie hörte das leise Quietschen einer Tür, dann ein weiteres dumpfes Poltern, gefolgt von einer bleiernen Stille.

Ihre Augen brannten von den Tränen, die dann über ihre Wangen liefen und sich mit dem Schmutz auf ihrem Gesicht vermischten. Sie versuchte, an etwas Gutes zu denken, an ihre Eltern, ihre Freunde, das warme Zuhause, doch die Bilder verschwammen, verdrängt von der alles beherrschenden Schwärze.

Sie wollte schreien: „Hört mich jemand?" Doch der Knebel verwandelte die Worte in erstickte Laute, die sich gegen ihre Lippen drückten und schliesslich verstummten.

DER BÄRGHOF UND SEINE SCHATTEN

19. NOVEMBER 1988

Sager sass in seinem Wagen, die Hände wie in einem Schraubstock um das kalte Lenkrad gelegt. Die Worte von Bänziger hallten noch in seinem Kopf wider – Warnungen, Vorwürfe, unterschwellige Drohungen. Doch er liess sich nicht beirren. Der Bärghof war sein nächstes Ziel, das wusste er. Zu viele Puzzleteile fügten sich um diesen verlassenen Ort zusammen: der unbekannte Mann, die alte Puppe, die seltsamen Symbole, die sich durch seine Ermittlungen wie ein unsichtbarer Faden zogen.

Er nahm einen tiefen Atemzug und startete den Motor. Ein raues Brummen erfüllte das Innere des Wagens, während die Scheinwerfer den Nebel zerteilten, der sich wie ein dichter Schleier über das Dorf gelegt hatte. Die Mittagssonne vermochte es kaum, das Grau des Himmels zu durchdringen, und das Licht, das durch die Wolkendecke sickerte, liess die Welt bleiern und schwer wirken.

Langsam lenkte er den Wagen durch die engen, verwinkelten Strassen des Breitmis. Die Häuser standen stumm am Strassenrand, ihre Fenster blickten ihn an wie dunkle, leere Augen. Keine Menschenseele war zu sehen – die Bewohner hielten sich hinter ihren Gardinen versteckt, als würden sie spüren, dass etwas Unheilvolles in der Luft lag.

Sager spürte, wie seine Anspannung wuchs, als er das Dorf hinter sich liess. Die Strasse wurde schmaler und wich einem brüchigen

Asphaltstreifen, der bald in einen unbefestigten Feldweg überging. Dichtes Gestrüpp säumte die Strecke, knorrige Hecken streckten ihre Zweige wie knochige Finger über den Weg, als wollten sie ihn aufhalten. Der Nebel kroch tiefer über die Wiesen, kroch in jede Ritze des Landes und legte sich wie ein dichter Schleier über Felder, die einst fruchtbar gewesen waren, nun aber verwildert dalagen.

Ein vereinzeltes Rufen eines Vogels durchbrach für einen kurzen Moment die Stille, doch es klang fern und fremd, als gehöre es nicht hierher. Ansonsten war es totenstill.

Sager griff nach dem Notizbuch, das auf dem Beifahrersitz lag. Der abgegriffene Einband fühlte sich rau unter seinen Fingern an. Er öffnete es und liess seinen Blick über die hastig skizzierten Zeichnungen schweifen – der Bärghof in groben Strichen, das immer wiederkehrende Symbol: ein Kreis mit gekreuzten Linien, das ihm keine Ruhe liess.

Er blätterte weiter, seine Augen folgten den unleserlichen, hastig hingekritzelten Notizen. Worte wie „Verloren", „Schlüssel", „Versteckt" tauchten immer wieder auf, begleitet von Pfeilen, die auf den Brunnen des Hofes wiesen.

„Was, wenn die Dorfbewohner die ganze Zeit recht hatten?"

Der Gedanke schlich sich wie ein dunkler Schatten in sein Bewusstsein. Hatte er sich zu sehr auf das rationale Erklären konzentriert? Vielleicht lag in den Legenden, die die Alten flüsterten, doch mehr Wahrheit, als er bereit war zuzugeben.

Er schob den Gedanken beiseite und konzentrierte sich wieder auf die Fahrt. Die Szenerie wurde noch einsamer. Die wenigen Zäune, die einst die Felder voneinander trennten, waren längst verfallen, und die Baumstümpfe, die aus dem Nebel ragten, wirkten wie die Überreste einer längst vergessenen Zeit.

Sager fuhr langsam die schmale Zufahrtsstrasse entlang, die sich wie eine vergessene Ader durch das von Nebel eingehüllte Land zog.

Der Wagen ruckelte leicht über die unebene, mit rissigem Kies bedeckte Fahrbahn. Mit jeder Kurve verstärkte sich die Beklommenheit in seiner Brust. Die Umrisse des Bärghofs tauchten schliesslich schemenhaft vor ihm auf, wie ein Relikt aus einer anderen Zeit, gefangen in einem ewigen Zwielicht.

Als er sein Fahrzeug neben den schwarzen Kastenwagen der Forensiker parkte, sah er Dr. Lüthi bereits mit ernster Miene auf ihn warten. Die hohe, hagere Gestalt des Forensikers wirkte im diffusen Licht des Nachmittags fast unnatürlich. Die restlichen Ermittler bewegten sich methodisch über das Gelände, kleine Fähnchen in den Boden steckend, Notizen machend, während der metallische Klang von Klemmbrettern und Fotoapparaten die Stille durchbrach.

Sager stieg aus seinem Wagen und schloss die Tür mit einem dumpfen Geräusch hinter sich. Die Kälte kroch sofort unter seinen Mantel, und er zog ihn fester um sich, während sein Blick über das verlassene Gelände des Bärghofs glitt. Ein leiser Wind strich durch die kahlen Baumkronen, liess das alte Gebälk der Scheune knarren und trug ein entferntes Geräusch mit sich, das Sager für einen Moment irritiert innehalten liess.

Dr. Lüthi wartete bereits in der Nähe des Brunnens, die Hände tief in den Taschen seines Mantels vergraben. Sein Gesichtsausdruck war ernst, seine Augen auf Sager gerichtet, als er mit langsamen, bedachten Schritten nähertrat. Sager nahm jedes Detail wahr – das leise Knirschen des Kieses unter seinen Schuhen, das schwache Tröpfeln von Wasser, das von den moosbedeckten Dachrinnen des Haupthauses fiel. Der gesamte Ort wirkte, als halte er den Atem an, während die Vergangenheit sich erneut in die Gegenwart drängte.

„Was haben sie gefunden?" fragte Sager mit fester Stimme, doch er konnte die latente Beklemmung nicht verbergen, die in ihm aufstieg. Dieser Ort schien schwer auf seinen Schultern zu lasten, die Trübnis der Geschichte wie ein bleiernes Gewicht.

Lüthi reichte ihm wortlos ein Polaroid, auf dessen mattem Bild die ersten Ergebnisse der Untersuchung zu sehen waren. Sager erkannte sofort, was sie zeigten – ein fragmentierter Knochen, halb aus der feuchten Erde ragend, von dunklem Erdreich umgeben. Lüthi sprach mit einer Stimme, die kaum mehr als ein Flüstern war, als wolle er die bedrückende Stille des Bärghofs nicht stören.

„Im Brunnen haben wir menschliche Überreste gefunden," begann er langsam und deutete mit einem Finger auf das Bild. „Ein Oberarmknochen, klein, filigran – es könnte sich um ein Kind handeln, wahrscheinlich zehn Jahre oder jünger."

Sager fühlte, wie seine Kehle trocken wurde. Er musterte die Aufnahme eingehend – der Knochen wirkte brüchig, durch die Jahre gezeichnet, und doch lag etwas Unheimliches in seiner blossen Präsenz. Die Erde drumherum schien förmlich von der Vergangenheit durchtränkt zu sein.

„Das könnte Kaspar sein," murmelte Sager, mehr zu sich selbst als zu Lüthi.

Lüthi nickte langsam, sein Blick unverwandt auf den Brunnen gerichtet. „Die erste Untersuchung zeigt, dass der Knochen hier seit Jahrzehnten gelegen haben muss. Doch wir haben noch mehr gefunden."

Gemeinsam gingen sie langsam über den knirschenden Kiesweg in Richtung des Brunnens. Der Boden war uneben, und Sager musste darauf achten, nicht über das wild wuchernde Unkraut zu stolpern, das sich den Weg zurück in die verlassene Welt bahnte. Lüthi sprach weiter, während er an den schwarz glänzenden, feuchten Mauern des Brunnens entlangstrich.

„Wir haben Textilfasern entdeckt, die nicht aus unserer Zeit stammen," fuhr Lüthi fort. „Grob gewebt, typisch für die 50er- oder 60er-Jahre. Die Fasern passen zu der Art Kleidung, die Kaspar damals getragen haben könnte."

Sager runzelte die Stirn und blieb stehen. „Und sonst?"

Lüthi hielt inne, griff in seine Manteltasche und zog eine versiegelte Beweismappe hervor. Er hielt sie hoch, das durchsichtige Plastik spiegelte das graue Licht des Nachmittags wider. Darin befanden sich mehrere dunkle Haarsträhnen, erstaunlich gut erhalten, fast unnatürlich in ihrem Zustand.

„Wir haben sie unter einer dichten Erdschicht im Brunnen gefunden," erklärte Lüthi, während Sager die Strähnen genauer betrachtete. „Sie sind menschlich, das konnten wir bereits bestätigen, aber..." Er zögerte einen Moment, seine Miene verschloss sich. „Sie weisen Spuren von Mineralien auf, die tief im Erdreich vorkommen. Fast so, als wären sie hier konserviert worden."

Sager nahm die Mappe vorsichtig in die Hand, drehte sie ins Licht und betrachtete die feinen Strähnen mit zusammengekniffenen Augen. Etwas daran beunruhigte ihn, und er konnte das nagende Gefühl nicht abschütteln, dass diese Haare eine Geschichte erzählten, die noch nicht enthüllt worden war.

„Und dann ist da noch das," sagte Lüthi schliesslich und deutete auf den moosbedeckten Brunnenrand. Mit einem kurzen Handzeichen zog er eine Taschenlampe aus seiner Tasche und leuchtete auf eine Stelle knapp über der ehemaligen Wasserlinie.

Sagers Blick folgte dem Lichtkegel und er sah es sofort – das eingeritzte Symbol. Ein Kreis mit zwei gekreuzten Linien, tief in den feuchten Stein gemeisselt.

Er beugte sich vor und fuhr mit den Fingerspitzen über die Gravur. Die Linien waren rau, doch präzise, als hätte jemand sie mit einem scharfen Werkzeug eingeritzt, mit der Absicht, dass sie bleiben.

„Dasselbe Symbol, das wir überall im Breitmis gesehen haben," sagte Sager leise. „Aber das hier sieht älter aus."

Lüthi nickte. „Wir haben das Gestein untersucht – diese Gravur ist mindestens ein halbes Jahrhundert alt. Jemand wollte, dass es bleibt."

Sager zog seine Kamera hervor, machte ein weiteres Foto und trat einen Schritt zurück. Das Symbol erschien ihm plötzlich wie ein stummer Zeuge, der nur darauf wartete, seine Geheimnisse preiszugeben.

„Ich glaube, wir haben es mit etwas zu tun, das nie an die Oberfläche kommen sollte," sagte Lüthi schliesslich mit einem Hauch von Unbehagen in der Stimme.

Sager schwieg, seine Gedanken drehten sich um die vielen Puzzlestücke, die sich langsam zusammenfügten. Der Brunnen war mehr als nur ein Relikt aus vergangener Zeit – er war ein Grab, ein Mahnmal und vielleicht auch der Schlüssel zu allem.

Ein kalter Windstoss liess das hohe Gras ringsum rascheln, und für einen Moment hatte Sager das Gefühl, dass der Bärghof noch immer von der Vergangenheit bewacht wurde.

Während die Forensiker weiter systematisch den Bereich um den Brunnen untersuchten, trat Sager einige Schritte zurück. Sein Blick wanderte über die verwitterten Mauern des alten Hauses, dessen geborstene Fensterhöhlen wie dunkle, leere Augen in den trüben Nachmittag starrten. Das Dach hing in einer bedrohlichen Neigung, die Holzbalken gekrümmt und brüchig, als könnte die nächste Windböe es endgültig zum Einsturz bringen. Der gesamte Hof strahlte eine düstere Vergessenheit aus, als sei er längst von der Welt abgeschrieben und nur noch eine leere Hülle voller verlorener Erinnerungen.

Ein unangenehmes Prickeln kroch Sager über den Nacken. Das Gefühl, beobachtet zu werden, hatte sich wie eine unsichtbare Schlinge um seine Gedanken gelegt. Es war kein konkretes Geräusch, kein offensichtlicher Schatten – nur dieses nagende, unterschwellige Gefühl, als ob unsichtbare Augen jeden seiner Schritte verfolgten. Der Nebel, der mittlerweile noch dichter über das Gelände gekrochen war, wirkte wie ein lebendiges Wesen, das die Welt um ihn herum langsam verschluckte. Die Grenzen zwischen Realität und Einbildung begannen zu verschwimmen, und Sager musste sich zwingen, einen kühlen Kopf zu bewahren.

Ein plötzlicher Windhauch fuhr durch die verfallene Scheune, liess die morschen Holzbohlen knarren und ein gespenstisches Ächzen ertönen. Sager zuckte unwillkürlich zusammen und drehte sich abrupt um. Für einen kurzen Moment war er sich sicher, eine Bewegung in den Schatten zwischen den Mauern gesehen zu haben – eine flüchtige, kaum greifbare Silhouette. Er hielt den Atem an, spähte angestrengt in die Finsternis. Doch da war nichts. Nichts ausser dem leeren, endlosen Nebel und den verwesenden Überresten eines einst lebendigen Ortes.

Er schüttelte den Kopf und rieb sich über das Gesicht, als wolle er die aufkommende Beklommenheit vertreiben. „Einbildung," murmelte er sich selbst zu, doch die Worte klangen hohl. Sein Instinkt sagte ihm, dass mehr hinter diesen Schatten steckte – etwas, das sich zwischen den Geschichten und den steinernen Überbleibseln verbarg.

Lüthi trat lautlos neben ihn, seine Stirn in ernste Falten gelegt. Er hielt eine kleine Probe in der Hand, die in einem durchsichtigen Plastikbeutel versiegelt war – dunkle, feuchte Erdkrümel, vermischt mit etwas, das auf den ersten Blick wie zerfallene Fasern aussah. „Sager," begann er mit einer ruhigen, aber bestimmten Stimme, „wir müssen realistisch bleiben. Das hier… ist ein Kriminalfall. Keine Spukgeschichte." Er hielt kurz inne, liess seinen Blick über den Bärghof gleiten. „Die Gerüchte, die Mythen – das sind nur die Ängste der Dorfbewohner, nichts weiter."

Sager nickte langsam, die Kälte des Nebels schlich durch seinen Mantel, während er den Blick weiterhin auf den Brunnen gerichtet hielt. „Vielleicht," antwortete er schliesslich, „aber irgendetwas ist hier passiert. Etwas, das die Leute nicht vergessen können – oder nicht vergessen wollen."

Die Worte von Bänziger klangen in seinen Gedanken nach. Die spürbare Angst in den Stimmen der Dorfbewohner. All das deutete darauf hin, dass die Wahrheit weit düsterer war, als sie bislang angenommen hatten. Jedes alte Symbol, jeder geflüsterte Hinweis in den engen Strassen von Erlinsbach hatte ihn näher an diesen Ort geführt – an einen Punkt, an dem es kein Zurück mehr gab.

Sager trat näher an den Brunnen, starrte in die pechschwarze Tiefe. Der Lichtkegel seiner Taschenlampe glitt über den Boden. Es gab keine Bewegung, kein Echo, nur die tiefe, unheimliche Stille.

Ein Gefühl, dass dort unten etwas verborgen war, das seit langer Zeit nicht ans Licht kommen sollte.

„Wir sind noch nicht fertig," murmelte er schliesslich, seine Stimme kaum mehr als ein Flüstern, das in der feuchten Luft verhallte. Lüthi sah ihn einen Moment lang an, dann nickte er stumm, ohne ein weiteres Wort zu verlieren.

Hinter ihnen arbeiteten die Forensiker mit präzisen Bewegungen weiter. Jeder Pinselstrich, jedes gesicherte Beweisstück war ein weiterer Schritt in die düstere Vergangenheit des Bärghofs. Mit geübten Handgriffen entnahmen sie Erdproben, dokumentierten jede noch so kleine Anomalie und bewahrten jedes Bruchstück eines möglichen Beweises in ihren sorgfältig beschrifteten Behältern auf.

Doch trotz aller Wissenschaft, trotz aller Bemühungen blieb eines bestehen – das Gefühl, dass dieser Ort sich wehrte, dass die Schatten des Bärghofs mehr wussten, als sie preisgeben wollten. Und Sager wusste, dass sie die Wahrheit noch lange nicht erreicht hatten.

DIE SUCHE NACH KASPAR

17. OKTOBER 1959

Der Morgen war frostig, und der Nebel legte sich schwer auf die Felder und Wälder rund um das Breitmis. Feine Tröpfchen hingen in der Luft und liessen die Welt stumpf und farblos erscheinen. Die Landschaft war in gedämpftes Grau gehüllt, während sich die ersten Sonnenstrahlen mühsam ihren Weg durch das dichte Gewirr aus kahlen Ästen bahnten. Das feuchte Gras knirschte unter den Stiefeln der versammelten Dorfbewohner, die sich auf dem kleinen Platz vor dem Bärghof eingefunden hatten – dem Ausgangspunkt der gross angelegten Suchaktion.

Alois Sager stand mit verschränkten Armen an der Spitze der Gruppe, sein kantiges Gesicht regungslos, seine scharfen Augen musterten die Anwesenden, als würde er in ihren Gesichtern nach Antworten suchen. Er trug seine alte, abgewetzte Uniformjacke, deren Kragen er hochgestellt hatte, um sich vor der eindringenden Kälte zu schützen. Um ihn herum gruppierten sich die Dorfbewohner – Männer in dicken Wolljacken mit eingefallenen Gesichtern, Frauen, die sorgenvoll ihre Schultertücher enger um sich schlangen und leise miteinander flüsterten. Trotz ihrer Bereitschaft zur Mithilfe lag ein spürbares Unbehagen in der Luft, ein Misstrauen, das sich in verstohlenen Blicken und dem nervösen Scharren von Schuhen äusserte.

Ein Stück abseits, im Schatten des verfallenen Hofes, standen drei Figuren – Walter Bänziger, Johanna Wyss und Hans Sommer. Ihr

Gespräch war leise, aber ihre Körpersprache verriet mehr als Worte. Sommer, mit seiner gebückten Haltung und den rastlosen Händen, fuhr sich immer wieder durch das dünner werdende Haar und blickte unruhig um sich, als erwarte er, dass sich jeden Moment eine dunkle Gestalt aus dem Nebel schälte. Wyss hielt ihr Notizbuch fest umklammert, kritzelte gelegentlich hektische Bemerkungen hinein und schien mehr mit ihren Gedanken beschäftigt als mit dem Gespräch. Ihr Gesicht zeigte eine Mischung aus Gereiztheit und Besorgnis – eine Miene, die sie oft zur Schau stellte, wenn die Kontrolle zu entgleiten drohte. Bänziger hingegen wirkte, wie immer, ruhig und gefasst. Seine breite, bullige Statur und der feste Blick gaben ihm eine Autorität, die ihm nicht so leicht streitig gemacht wurde. Doch wer ihn gut kannte, konnte das Muskelzucken an seinem Kiefer sehen – ein Zeichen innerer Spannung.

„Alois, meinst du nicht, dass wir umsonst suchen?" fragte Wyss schliesslich, ihre Stimme gedämpft, doch mit einer Spur von Ungeduld. „Der Junge war doch... anders. Vielleicht ist er einfach weggelaufen, um sich zu verstecken. Du weisst, wie er war." Sie hielt inne und warf einen schnellen Blick zu Sommer, der zustimmend nickte.

Alois drehte sich langsam um, seine eisigen Augen durchbohrten Wyss förmlich. „Und wenn er das getan hat? Dann finden wir ihn. Es ist meine Pflicht, ihn zurückzubringen." Seine Stimme war hart, doch in seinem Tonfall lag ein unterschwelliger Zweifel, den er nicht ganz verbergen konnte. Das Verschwinden von Kaspar war mehr als nur eine Routineangelegenheit – es war persönlich. Jeder hier wusste das.

Sommer trat einen Schritt näher, seine Stimme leise, als hätte er Angst, dass die anderen ihn hören könnten. „Vielleicht hat er einfach die Orientierung verloren. Wir wissen doch alle, dass Kaspar nicht... wie wir war. Er hat Dinge gesehen, die niemand sonst gesehen hat, oder?" Sein Blick wanderte zu Bänziger, der mit zusammengepressten Lippen dasass und ein kurzes, scharfes Schnauben von sich gab.

„Red keinen Unsinn," sagte Bänziger mit einer Stimme, die klang, als würde sie durch zusammengebissene Zähne gezwängt. „Der Junge war sonderbar, ja, aber er war nicht dumm. Vielleicht hat ihn jemand mitgenommen." Er liess die Worte im Raum stehen, als wolle er ihre Bedeutung genau abwägen. Wyss runzelte die Stirn und notierte sich etwas, während Sommer unruhig von einem Fuss auf den anderen trat.

Alois bemerkte die Spannung in der Gruppe, die unterschwellige Feindseligkeit, die sich in den vergangenen Jahren aufgebaut hatte. Jeder von ihnen hatte eine eigene Meinung über Kaspar gehabt. Für viele war er das seltsame Kind gewesen, das in seiner eigenen Welt lebte – ein Junge mit grossen, traurigen Augen und einer stillen, unbegreiflichen Art. Er hatte Dinge gesagt, die niemand verstehen konnte, Dinge gesehen, die andere nicht wahrnehmen wollten. Die Erwachsenen im Dorf hatten ihn belächelt, ignoriert, manche hatten sich vor ihm gefürchtet.

„Er war immer ein Träumer," murmelte eine ältere Frau, die nahe am Rand der Gruppe stand. „Hat immer in den Himmel geschaut, geredet mit Dingen, die nicht da waren." Ein anderer Mann, mit wettergegerbtem Gesicht und rauer Stimme, schüttelte den Kopf. „Aber er hat niemandem geschadet. Er war... anders, aber kein schlechter Junge."

Sommer warf einen schnellen Blick zu Alois, seine Augen suchend. „Alois, du weisst, wie die Leute sind. Sie haben nie viel für Kaspar übrig gehabt. Vielleicht hat er das gespürt, vielleicht wollte er einfach nur weg."

„Das spielt keine Rolle mehr," sagte Alois mit Nachdruck. „Wir sind hier, um ihn zu finden. Nicht um Vermutungen anzustellen." Seine Stimme war schneidend, und für einen Moment verstummten alle Gespräche.

Bänziger trat vor, seine grosse Hand ruhte auf dem Griff seiner Taschenlampe. „Dann lasst uns anfangen." Sein Blick durchbohrte Sommer und Wyss, als wolle er sicherstellen, dass keiner von ihnen einen Rückzieher machte.

Alois teilte die Gruppen ein, seine Befehle waren kurz und präzise. „Zwei Gruppen durchsuchen den Waldrand, die anderen durchsuchen die Höfe in Richtung Norden. Achtet auf Spuren – Kleidung, Fussabdrücke, alles." Sein Blick schweifte über die Versammelten, blieb einen Moment länger auf Bänziger und Wyss haften, bevor er weitersprach. „Und vor allem: Wir bleiben in Kontakt."

Mit einem Nicken setzten sich die Gruppen langsam in Bewegung. Die knirschenden Schritte auf dem feuchten Boden hallten unnatürlich laut in der Stille wider, während sich der Nebel um die suchenden Gestalten legte und sie langsam verschluckte.

Alois blieb einen Moment zurück, sein Blick haftete auf dem Bärghof, der düster und regungslos vor ihm lag. Irgendetwas an diesem Ort liess ihn frösteln, mehr als die Kälte der Luft.

Die Gruppen verteilten sich zögerlich, als wäre dies nicht nur eine Suche nach einem vermissten Jungen, sondern ein Schritt in ein Gebiet, das viele lieber meiden würden. Jeder Schritt knirschte gedämpft auf dem feuchten Laub, und die kahlen Äste der Bäume warfen lange, unheilvolle Schatten, die sich mit den tanzenden Nebelschwaden vermischten. Der Wald wirkte enger, bedrückender, als würde er seine Geheimnisse mit eiserner Faust bewachen. Manchmal raschelte es im Unterholz, ein Geräusch, das die Suchenden zusammenzucken liess – nur ein Tier, sagten sie sich, doch ihre Blicke blieben nervös.

Alois Sager beobachtete, wie die Gruppen sich langsam in verschiedene Richtungen aufteilten. Er sah das Zögern in ihren Bewegungen, die flüsternden Worte, die nervösen Blicke, die sie untereinander austauschten. Jeder kannte die Geschichten, die sich um das Breitmis rankten – über Dinge, die besser unberührt blieben. Doch heute mussten sie diesen alten Ängsten trotzen. Heute mussten sie Kaspar finden.

Sommer führte seine Gruppe in Richtung Gugen, einem Waldstück, das für seine verwinkelten Pfade und dichten Büsche bekannt war. Die Äste knackten unter ihren Schritten, und Sommer sprach leise, als ob er fürchtete, etwas aufzuwecken. „Kaspar... er hat immer seltsame Dinge erzählt. Ihr erinnert euch, oder? Diese Geschichten über die Stimmen, die er hörte? Und das Symbol, das er immer wieder gezeichnet hat?" Seine Stimme klang unsicher, fast so, als wollte er sich selbst vergewissern. Neben ihm nickte ein älterer Mann langsam, während eine Frau nervös über ihre Schulter blickte. „Es war dieses Symbol... dieses verdammte Zeichen," murmelte sie. „Er hat es überall hingekritzelt – auf Wände, auf Steine. Ich wette, wir werden es hier wieder finden."

„Gott bewahre," murmelte ein anderer Mann und zog seine Jacke enger um sich. Sie gingen weiter, aber ihre Augen suchten nicht nur nach Spuren von Kaspar, sondern auch nach Zeichen, die sie nicht sehen wollten.

Währenddessen erreichte Bänzigers Gruppe den Hardhof, einen der ältesten Höfe in der Umgebung. Das alte Gebäude wirkte im Nebel wie ein gespenstischer Wächter aus vergangenen Zeiten. Die Fensterhöhlen starrten sie an wie dunkle, leere Augen, und das morsche Holz knarrte unter Bänzigers festen Schritten. „Bleibt wachsam," sagte er knapp und trat über die Schwelle. Seine Stimme hallte durch die leeren Räume, die von einer bedrückenden Stille erfüllt waren. Spinnweben hingen in den Ecken, und der modrige Geruch alter Feuchtigkeit lag schwer in der Luft.

Ein junger Mann, der neben Bänziger stand, rieb sich die Hände und murmelte: „Wenn er überhaupt noch hier ist..." Bänziger warf ihm einen scharfen Blick zu. „Spar dir solche Gedanken. Wir finden ihn." Doch seine eigenen Worte klangen hohl. Auch er wusste, dass Kaspar nicht einfach ein Junge war, der sich verlaufen hatte. Die alten Geschichten lasteten schwer auf seinen Schultern.

Wyss führte ihre Gruppe über die Felder, wo das feuchte Gras unter ihren Füssen nachgab. Der Wind trug ein schwaches Pfeifen mit sich, ein Geräusch, das ihnen allen unbehaglich war. „Kaspar war ein guter Junge, aber..." Sie stockte, ihre Augen ruhten in der Ferne, als suche sie etwas, das sie nicht sehen konnte. „Er hatte seine Eigenheiten. Immer diese seltsamen Zeichnungen, die er gemacht hat." Ihre Stimme klang nachdenklich, und eine der Frauen neben ihr schüttelte den Kopf. „Ich erinnere mich. Als meine Kinder mit ihm spielten... er hat immer von Dingen gesprochen, die niemand verstehen konnte. Von Orten, die gar nicht existieren sollten." Wyss schwieg einen Moment, dann sagte sie leise: „Aber vielleicht gibt es sie doch."

Währenddessen arbeitete sich Alois durch einen anderen Teil des Waldes vor. Der Nebel hing hier noch dichter, und jede Bewegung fühlte sich schwerfällig an. Das Unterholz knackte unter seinen Schritten, und die Kälte kroch durch seinen Mantel. Er konnte die Spannung in der Luft spüren – dieses latente Misstrauen, das sich über die Suchenden gelegt hatte. Es war, als fürchteten sie alle, dass sie etwas finden würden, das besser verborgen geblieben wäre. Oder schlimmer noch – dass sie Kaspar nicht finden würden, weil er längst ein Teil dieses Waldes geworden war.

Immer wieder fand Alois sich dabei, die Dorfbewohner zu mustern, ihre Gesichter auf Anzeichen von Angst oder Wissen zu untersuchen. Sie alle hatten etwas zu sagen über Kaspar – dass er anders war, dass er Dinge wusste, die er nicht wissen konnte. Doch was, wenn sie ihn gar nicht wirklich suchten? Was, wenn sie lieber wollten, dass die dunklen Geheimnisse des Breitmis im Nebel verborgen blieben?

Der Tag neigte sich dem Ende zu, und mit ihm sanken die Hoffnungen, Kaspar zu finden. Die Gruppen kehrten langsam zurück, ihre Gesichter müde, ihre Schultern schwer. Keiner sprach viel, nur das gelegentliche Räuspern oder das Rascheln der Kleidung durchbrach die bedrückende Stille. Einer nach dem anderen gaben sie ihr Schweigen preis, tauschten Blicke, die mehr sagten als Worte.

Alois stand in der Mitte des Platzes, sein Blick wanderte über die Heimkehrenden. Bänziger gesellte sich zu Wyss und Sommer, ihre Gesichter ernst, ihre Worte gedämpft. Alois trat zu ihnen, seine Stimme rau, aber entschlossen. „Morgen weiten wir unsere Suche aus," sagte er mit fester Stimme. Doch innerlich nagte der Zweifel an ihm. In der Ferne, tief im Wald, blieb eine Stille zurück, die mehr Fragen aufwarf als Antworten.

DIE SCHWINDENDE HOFFNUNG

19. NOVEMBER 1988

Die Dunkelheit war ihr Gefängnis, die Kälte ihr ständiger Begleiter. Marie lag auf dem kalten, feuchten Boden des Verlieses, ihre kleinen Hände, längst taub vor Kälte, zitterten schwach in den groben Seilen, die ihre Handgelenke umschlossen. Ihre Glieder fühlten sich an wie schwere Steine, als wären sie Teil des Bodens geworden, eins mit der nassen, schmutzigen Erde, die sie umgab. Jeder Atemzug fiel ihr schwerer, als würde die Luft immer dünner werden, als würde das Dunkel allmählich auch ihr Innerstes verschlingen.

Ihre Lippen waren aufgesprungen, ihre Kehle brannte von der Trockenheit, und ihre Stimme – einst so hell und lebendig – war nichts weiter als ein heiseres Flüstern, das ungehört in der allgegenwärtigen Schwärze verhallte. Sie wollte schreien, wollte rufen, aber die Schwäche hatte sich wie ein schleichendes Gift in ihren Körper gekrallt. Die ersten Tage hatte sie noch gehofft, dass jemand kommen würde, dass sie gefunden würde. Doch mit jeder verstreichenden Stunde schwand diese Hoffnung, und an ihrer Stelle trat ein dumpfes, lähmendes Gefühl der Resignation.

Marie hörte sie. Die Stimmen. Sie waren da, über ihr, hinter den dicken, morschen Holzdielen. Schritte, dumpf, gedämpft durch den alten Teppich, der über der verborgenen Falltür lag. Sie hörte das Quietschen der Bodendielen, das sanfte Knarren einer Tür, manchmal sogar das Flüstern von jemandem, der nahe am Haus vorbeiging. Sie erkannte einige dieser Stimmen – Frau Wyss vielleicht, oder Herr Bänziger? Aber sie war zu müde, zu schwach, um darüber nachzudenken. Ihre Gedanken waren langsam geworden, träge, als würde ihr Kopf von der Schwärze selbst umklammert.

In einem Moment der Klarheit versuchte sie es noch einmal. Ein klägliches, fast stummes „Hallo?", das in der Dunkelheit unterging. Sie schluckte mühsam, und der Schmerz in ihrer Kehle war unerträglich. Tränen, die sie nicht mehr weinen konnte, brannten hinter ihren geschlossenen Lidern. Ihr Körper begann sich in der Kälte zu verkrampfen, und sie zog ihre Beine dichter an sich heran, so eng, wie ihre gefesselten Hände es erlaubten. Doch es half nicht. Die Kälte war überall. Sie kroch in ihren Bauch, legte sich wie ein Mantel um ihre schmalen Schultern und bohrte sich tief in ihr Herz.

Plötzlich – ein lautes Geräusch. Irgendwo über ihr wurde eine Tür hastig zugeschlagen. Ein Stuhl scharrte über den Boden, jemand bewegte sich schnell, hektisch. Marie riss die Augen auf, ihr Atem ging stossweise. Sie wollte rufen, wollte auf sich aufmerksam machen, aber ihr Körper gehorchte ihr nicht mehr. Ihre Lippen bewegten sich kaum, kein Laut drang heraus. Ihre Brust hob und senkte sich in einem panischen Rhythmus, als die Geräusche über ihr verstummten und nur noch die Stille blieb.

Sie fühlte sich so klein, so verloren. Tränen liefen lautlos über ihre schmutzigen Wangen, während ihr Kopf langsam zur Seite kippte und ihr Blick auf die dunklen, feuchten Mauern des Verlieses fiel. In einer Ecke glänzte eine Wasserpfütze, in der sich das fahle Licht widerspiegelte, das durch die Ritzen der Falltür drang. Sie sah ihr eigenes Spiegelbild, verzerrt, kaum erkennbar. Ein blasses Gesicht, von Hunger und Angst gezeichnet, die Augen gross und leer.

Einmal, vor Tagen – oder waren es Wochen? – hatte sie sich vorgestellt, dass dies alles nur ein böser Traum war. Dass sie jeden Moment aufwachen würde, in ihrem Bett, mit den warmen Sonnenstrahlen auf ihrem Gesicht und der Stimme ihrer Mutter, die sie zum Frühstück rief. Doch dieser Traum hatte sich nie erfüllt. Stattdessen war sie hier, in diesem feuchten, kalten Loch, und sie wusste nicht, ob es ein Ende geben würde.

Ihre Gedanken drifteten, Erinnerungen kamen und gingen wie flüchtige Schatten. Ihr Lieblingsstoffhase, den sie in der Nacht vor ihrem Verschwinden noch an sich gedrückt hatte. Das Lied, das ihre Mutter ihr oft vorgesungen hatte. Der Duft nach frisch gebackenem Brot, der sie an Zuhause erinnerte. Doch diese Bilder verblassten, während ihre Augen schwerer wurden, ihr Atem flacher.

Plötzlich hörte sie wieder Schritte. Diesmal näher. Ein tiefes, langsames Atmen, fast wie ein Raubtier, das sich leise heranpirschte. Marie versuchte, sich zu bewegen, aber ihr Körper war wie gelähmt. Sie konnte nur lauschen, erstarrt, während die Schritte langsam näher kamen – oder bildete sie sich das ein? War es nur die Stille, die ihr Streiche spielte?

Ein kaltes Flüstern zog durch den Raum, ein Echo, das sich in ihrem Kopf wiederholte. Ihre Finger zuckten leicht, ein letzter, verzweifelter Versuch, sich bemerkbar zu machen, aber es war sinnlos. Sie war gefangen, verloren im Grabesdunkel, in der Kälte, und langsam begann sich die Frage in ihr zu formen: Würde sie jemals gefunden werden? Oder würde sie hier unten sterben, in diesem vergessenen Raum, allein?

Der Gedanke war so überwältigend, dass ihr Kopf langsam zur Seite sank. Ihre Augen schlossen sich, und sie hörte nur noch das leise Tropfen des Wassers, das immer weiter auf den Boden fiel – Tropfen für Tropfen, wie eine endlose Erinnerung an die vergehende Zeit.

DER SCHMERZ DER BLATTERS

12. AUGUST 1974

Der Morgen, an dem Kaspar nicht nach Hause kam, veränderte alles.

Elise Blatter stand an der Tür des alten Hofes, den Blick auf den dunklen Waldrand gerichtet. Ihre zitternden Hände ruhten auf dem Türrahmen, als ob sie sich an der vertrauten Haptik des alten Holzes festhalten müsste, um nicht auseinanderzufallen. Der Nebel, der sich über das Breitmis gelegt hatte, liess die Bäume wie stumme Wächter erscheinen – Zeugen eines Schicksals, das sie nicht verhindern konnten.

„Er kommt zurück, Elise," sagte Karl leise, seine Stimme brüchig. Doch die Worte hatten keinen Trost mehr, sie waren leere Hülsen, die in der kalten Luft verhallten. Elise antwortete nicht. Sie wartete. Stunde um Stunde, Tag um Tag, mit dem fahlen Blick einer Mutter, die ihr Kind verloren hatte und nicht wusste, wie sie ohne ihn existieren sollte.

In den ersten Tagen nach Kaspars Verschwinden schien der Hof stillzustehen, als hielte er gemeinsam mit Elise den Atem an. Sie kochte für drei Personen, deckte den Tisch und stellte immer wieder eine Tasse zu viel hin, als könne ihr Sohn jeden Moment durch die Tür treten, schmutzig vom Wald, mit zerzaustem Haar und diesem unsicheren, schiefen Lächeln. Sie hörte nachts Schritte, von denen sie wusste, dass sie nicht echt waren, und flüsterte seinen Namen ins Dunkel, in der verzweifelten Hoffnung, dass er antworten würde.

Doch die Tage wurden zu Wochen, die Wochen zu Monaten, und mit ihnen versank Elise tiefer in einem Strudel aus Trauer und Schuld. Die Dorfbewohner begannen, ihren Hof zu meiden. Sie tuschelten hinter vorgehaltener Hand über die Blatters, darüber, dass Kaspar schon immer „anders" gewesen sei, dass es nur eine Frage der Zeit gewesen wäre, bis er verschwand. Manche meinten, sie hätten ihn noch gesehen – als schemenhafte Gestalt, die im Nebel umherirrte, als Echo eines nie gefundenen Jungen.

Karl hielt sich an der Arbeit fest. Er pflügte die Felder, reparierte das Dach der Scheune, fütterte die wenigen verbliebenen Tiere – doch es war nur ein mechanisches Ausharren. Er sprach kaum noch mit Elise, weil er wusste, dass ihre Gedanken immer wieder zu dem einen Punkt zurückkehrten: „Wo ist er? Warum habe ich ihn nicht gefunden?"

Eines Abends sass sie in der Küche, die Hände fest um eine dampfende Tasse Tee geschlossen. Der Schein der alten Petroleumlampe flackerte über ihr Gesicht, das von Sorgenfalten und schlaflosen Nächten gezeichnet war. „Karl," sagte sie, fast tonlos, „vielleicht habe ich ihn nicht genug geliebt. Vielleicht… vielleicht hat er sich deshalb versteckt." Ihre Augen waren weit, leer, und Karl konnte nichts weiter tun, als ihre Hand zu nehmen – aber selbst das fühlte sich unzureichend an.

Mit den Jahren verwandelte sich ihre Trauer in eine lähmende Stille. Elise wurde dünner, zerbrechlicher, ihr Gesicht immer blasser, und ihre Augen verloren ihren einst so wachen Glanz. Sie sprach weniger, hörte aber nie auf zu warten. Jedes Geräusch am Hof liess sie aufhorchen, jedes Kind im Dorf erinnerte sie an ihren Kaspar. Der Schmerz war ein treuer Begleiter, der sich mit jeder vergehenden Jahreszeit tiefer in ihr Herz grub.

Der Winter brachte schliesslich den endgültigen Abschied. Eines Morgens, als Karl mit einer Sense in der Hand über die gefrorenen

Felder ging, fand er Elise nicht wie gewohnt in der Küche. Er rief ihren Namen, durchstreifte das Haus, bis er schliesslich ihr Zimmer betrat. Dort lag sie – still, friedlich, die Hände auf der Brust gefaltet. Die Kälte des Raumes hatte sie längst umarmt, als wäre sie eins geworden mit dem frostigen Morgen. Ein feines Lächeln lag auf ihren Lippen, als hätte sie endlich gefunden, wonach sie so lange gesucht hatte.

Karl sank auf die Knie neben ihr Bett, die Sense rutschte ihm aus der Hand und schlug dumpf auf den Holzboden. Ein Schluchzen durchbrach die sonst so stille Luft, ein Schluchzen, das nur von der Verzweiflung eines Mannes herrühren konnte, der alles verloren hatte.

Nach Elises Tod hielt es Karl nicht mehr auf dem Hof. Er packte nur das Nötigste zusammen – eine alte Fotografie von Elise und Kaspar, sein Taschenmesser, ein paar Habseligkeiten. Er verliess das Breitmis in einer frühen Morgendämmerung, während der Nebel noch schwer auf den Feldern lag. Niemand wusste, wohin er ging, und niemand hörte je wieder von ihm.

Der Hof der Familie Blatter blieb zurück, leer und verlassen. Ohne Karl und Elise war er nur noch ein Schatten seiner selbst. Das Dach stürzte mit der Zeit ein, das Unkraut überwucherte die einst gepflegten Felder, und der Wind trug die letzten Spuren von Leben fort. Die Dorfbewohner mieden den Hof mehr denn je, als wäre die Trauer darin noch immer spürbar, als könnten die leeren Fenster ihre Blicke erwidern.

Es hiess, dass in manchen Nächten ein Licht im alten Haus zu sehen war – ein schwaches Flackern, das aus dem oberen Fenster kam, wo Elise oft auf ihren Sohn gewartet hatte. Und wenn der Wind durch die morschen Balken pfiff, klang es fast so, als würde jemand Kaspars Namen rufen.

Jahre später, als der Hof der Familie Blatter längst dem Verfall preisgegeben war und nur noch eine stumme Ruine inmitten der Felder stand, wagte sich doch hin und wieder jemand hinein. Meist waren es neugierige Kinder, angelockt von den unheimlichen Geschichten, die sich um das alte Haus rankten. Sie liefen lachend durch die verwitterten Räume, traten gegen morsche Dielenbretter und suchten nach geheimnisvollen Spuren der Vergangenheit.

Eines dieser Kinder, ein schmächtiger Junge mit zerzaustem Haar, fand sich eines Nachmittags in der einstigen Wohnstube wieder. Der Staub lag dick auf den verwaisten Möbeln, Spinnweben spannten sich über die Ecken wie feine Netze der Zeit. Seine Finger glitten vorsichtig über ein altes Bücherregal, dessen Glas längst zersprungen war. Die Bücher darin waren verblichen, ihre Seiten gewellt von der Feuchtigkeit der Jahre. Er zog eines heraus – ein abgegriffenes Exemplar mit fleckigem Einband. Beim Öffnen fiel ihm ein vergilbter Umschlag entgegen, behutsam zwischen den Seiten versteckt.

Der Junge hob ihn vorsichtig auf und betrachtete die krakelige Handschrift auf der Vorderseite. *„Für meinen geliebten Kaspar"* stand dort in zitternden Buchstaben, als hätte jemand diese Worte mit einer schweren Last auf den Schultern geschrieben. Mit einem schnellen Blick über die Schulter, als ob er sicherstellen wollte, dass niemand zusah, öffnete er den Umschlag. Das Papier knisterte leise in seinen Händen.

Die Worte, die sich ihm offenbarten, liessen den Raum um ihn herum stiller erscheinen, als er ohnehin schon war. Die alte Handschrift, zart und doch von der Last unzähliger schlafloser Nächte geprägt, erzählte von einer Liebe, die trotz der Jahre nicht verblasst war.

Mein geliebter Kaspar

Ich schreibe Dir diesen Brief, auch wenn ich weiss, dass Du ihn vielleicht nie lesen wirst. Ich schreibe ihn, weil die Worte in meinem Herzen zu schwer geworden sind, um sie nur mit mir selbst zu tragen. Es vergeht kein Tag, an dem ich nicht an Dich denke, an Deine warmen, kleinen Hände, die sich immer fest an meine klammerten, an Dein Lächeln, das die Welt um mich herum erhellte. Und doch bleibt nur die Stille – diese endlose, kalte Stille, die unser Haus erfüllt, seit Du fort bist.

Ich erinnere mich an den Morgen, an dem Du verschwunden bist. Es war ein Tag wie jeder andere, und doch ist er in meinem Herzen wie ein Schnitt, der niemals heilt. Ich habe dich zum Frühstück gerufen, weisst du noch? Ich hatte dein Lieblingsbrot gebacken, mit dem dicken Honig, den du so mochtest. Du hast nicht geantwortet. Ich dachte, du wärst wieder in deinen Gedanken verloren, in deiner eigenen Welt, die ich so oft nicht verstehen konnte. Aber du warst nicht da, Kaspar. Du warst einfach nicht da.

Seitdem frage ich mich jeden Tag, was ich hätte anders machen können. Hätte ich dich festhalten sollen? Hätte ich besser zuhören müssen, wenn du mir von den Dingen erzählt hast, die niemand sonst sehen konnte? Habe ich dich genug geliebt, Kaspar? Oder habe ich dich übersehen, während ich versucht habe, das Leben hier draussen zu meistern?

Die Leute im Dorf reden. Sie sagen, du wärst einfach fortgelaufen, hättest dich verlaufen oder versteckt, weil du schon immer anders warst. Aber ich weiss es besser. Du wärst niemals fortgegangen, nicht ohne mir Lebewohl zu sagen. Nicht ohne deinen Stoffhasen, den du immer bei dir hattest. Ich sehe ihn noch in deinem Bett liegen, als wäre er nur kurz verlassen worden. Aber die Tage sind vergangen, die Jahre sogar, und er liegt immer noch da – wie ich, wartend.

Jeden Morgen hoffe ich, dich am Waldrand zu sehen, dort, wo du so oft gesessen hast, deine kleinen Füsse baumelnd über dem Abgrund der Welt, die du für dich selbst geschaffen hast. Ich kann dich dort sehen, in meinen Träumen, in meinen Erinnerungen. Doch die Wirklichkeit bleibt leer, Kaspar. Und ich werde müder, jeden Tag ein bisschen mehr.

Manchmal spreche ich mit dir, weisst du? Wenn ich am Fenster stehe und den Wind höre, als könnte er deine Stimme tragen. Ich erzähle dir von den Blumen, die ich noch immer in deinem Namen pflanze, von den Vögeln, die auf dem Dach des alten Hauses nisten. Und von Papa. Er spricht nicht mehr über dich. Ich glaube, er konnte es irgendwann nicht mehr ertragen. Er schweigt, arbeitet, geht seiner Wege – aber ich weiss, dass du in seinem Herzen bist. So wie du in meinem bist.

Lieber Kaspar, wenn du dies irgendwie hören kannst, wenn du irgendwo da draussen bist – weiss bitte, dass ich dich nie aufgegeben habe. Ich habe dich geliebt von dem Moment an, als ich dich zum ersten Mal in meinen Armen hielt, und ich liebe dich immer noch, mit jedem Atemzug, den ich tue. Und wenn du wiederkommst, werde ich da sein. Ich werde warten. Ich werde immer warten.

Und wenn wir uns nicht mehr hier sehen sollten, dann hoffe ich, dass ich dich irgendwann wieder in meinen Träumen finde. Dass wir zusammen am alten Brunnen sitzen, dass du mir erzählst, wohin du gegangen bist, und dass ich dich noch einmal fest in meine Arme schliessen kann.

In unendlicher Liebe,
Deine Mama

Der Junge las die Zeilen mit weit aufgerissenen Augen. Plötzlich erschien ihm das Haus nicht mehr wie ein gewöhnlicher verlassener Ort. Die Wände schienen die Worte aufzusaugen, und ein kalter Schauer lief ihm über den Rücken. Er schluckte schwer, steckte den Brief vorsichtig zurück in den Umschlag und legte ihn an seinen Platz im Regal. Draussen riefen seine Freunde nach ihm, doch für einen Moment konnte er sich nicht rühren. Es fühlte sich an, als ob Elise Blatter immer noch in diesem Haus war, als ob ihre Liebe und ihre Trauer in den Wänden, in der Luft, in jedem einzelnen Staubkorn lebten.

Mit einem letzten, nachdenklichen Blick auf das Regal wandte er sich schliesslich um und lief nach draussen. Der Wind trug den Ruf seiner Freunde davon, und das Haus stand wieder still – bewacht von den Schatten der Vergangenheit und einem Brief, der darauf wartete, dass jemand ihn endlich liest und Kaspar nach Hause bringt.

Der nächste Morgen brachte keine Klarheit. Der Nebel lag schwer über dem Breitmis, als hätte er die Geheimnisse des Ortes fest in seinem feuchten Griff. Das Dorf wirkte wie in Watte gepackt – kein Laut, keine Bewegung, nur die kalte Stille, die alles durchdrang. Matthias Sager sass am Küchentisch des alten Hauses, sein Blick haftete auf den Notizen, die er in der Nacht angefertigt hatte. Der Name „Kaspar Blatter" stand mehrfach unterstrichen in der Mitte einer Seite, umringt von Pfeilen und knappen, fast hastig niedergeschriebenen Anmerkungen: *1949 geboren, 1958 verschwunden, Wald, Mann mit langen Beinen, Symbol.*

Sager rieb sich müde die Schläfen. Jede Spur, jeder Hinweis führte ihn tiefer in ein Labyrinth aus alten Mythen und ungelösten Fragen. War Kaspars Verschwinden ein Zufall? Oder steckte mehr dahinter, ein Muster, das sich über Jahrzehnte zog? Seine Gedanken kreisten um die Verbindung zwischen Kaspar und dem aktuellen Fall des vermissten Mädchens. Die Parallelen waren zu auffällig, um sie zu ignorieren. Das unbehagliche Gefühl, dass sich die Geschichte wiederholte, nagte an ihm.

Er beschloss, noch einmal mit Sommer zu sprechen. Der alte Mann lebte zurückgezogen am Rand des Dorfes, nicht weit entfernt von der Stelle, an der einst das Haus der Familie Blatter gestanden hatte. Das verwitterte Haus war von wucherndem Efeu umrankt, und die Fenster schienen wie blinde Augen in den nebligen Morgen zu starren.

Als Sager an die Tür klopfte, dauerte es einen Moment, bis er ein Geräusch von innen vernahm. Schritte, schlurfend und bedächtig, dann öffnete sich die Tür einen Spalt. Sommers schmale, wettergegerbte Gestalt erschien, seine grauen Augen musterten Sager misstrauisch.

„Ich muss sie nochmals sprechen, Herr Sommer. Es geht um Kaspar Blatter," sagte Sager, während er den kalten Luftzug ignorierte, der aus dem Haus strömte.

Sommer zögerte kurz, dann öffnete er die Tür weiter und bedeutete ihm mit einer knappen Geste einzutreten. Das Innere des Hauses war von dunklem Holz geprägt, und der Geruch von Tabak und altem Papier lag schwer in der Luft. Der Kachelofen summte leise, doch die Wärme erreichte nicht die kühlen Schatten in den Ecken.

„Setzen sie sich," murmelte Sommer, während er sich selbst auf einen wackeligen Stuhl setzte und eine Zigarette anzündete. Der Rauch kräuselte sich langsam zur Decke empor, während Sommer mit müden Augen auf Sager blickte.

„Kaspar Blatter," wiederholte Sommer nachdenklich, während seine Finger über den Rand seines Glases strichen. „Ein seltsames Kind war er. Seltsam und... verloren."

„Warum sagen sie ‚verloren'?" hakte Sager nach.

Sommer nahm einen tiefen Zug seiner Zigarette und liess den Rauch langsam entweichen. „Weil er nie wirklich hier war, verstehen sie? Er lebte in seiner eigenen Welt. Eine Welt, die für uns unsichtbar war. Aber manchmal... manchmal liess er uns einen Blick darauf werfen."

Sager lehnte sich vor. „Und was meinen sie damit?"

„Das Breitmis war für Kaspar nicht einfach nur ein Ort," fuhr Sommer fort, seine Stimme jetzt gedämpfter. „Es war... ein Übergang. Ein Tor. Er sprach oft von Wegen, die nur er sehen konnte. Von Dingen, die ihn beobachteten. Die Leute hielten es für Kindergeschichten, aber ich..." Er hielt inne und musterte Sager eindringlich. „Ich glaube, er wusste mehr, als uns allen lieb war."

Sager zog ein Foto aus seiner Tasche, das Symbol – der Kreis mit den gekreuzten Linien – das er an einem Baum gefunden hatte. „Haben sie so etwas schon einmal gesehen?"

Sommer beugte sich vor, betrachtete das Bild und strich mit zitternden Fingern darüber. „Ja... das ist eines von Kaspars Zeichen. Er hat sie überall hinterlassen – in den Sand gemalt, in Baumrinden geritzt. Immer an diesen stillen Orten im Wald, wissen sie? Den Orten, wo es... seltsam ist." Er sah auf und seine Stimme wurde leiser. „Man sagt, an diesen Orten lebt etwas Altes. Etwas, das nicht gestört werden will."

Sager versuchte, die Spannung in seiner Stimme zu verbergen. „Glauben sie, dass Kaspar noch irgendwo ist? Nicht lebendig, aber..."

Sommer lachte trocken, doch in seinen Augen lag kein Humor. „Die Leute sagen, sie sehen ihn manchmal. Einen Schatten im Nebel, eine flüchtige Gestalt. Aber das sind nur Geschichten. Das Breitmis liebt seine Geschichten."

Von Sommer aus ging Sager direkt zu Frau Wyss, die ihn mit einem schmalen, misstrauischen Blick musterte, als sie die Tür öffnete. „Schon wieder sie, Herr Sager. Was wollen sie diesmal?" Ihre Stimme klang hart, doch in ihren Augen lag eine Spur von Unruhe.

„Kaspar Blatter," sagte Sager knapp und hielt ihr das Bild des Symbols hin. „Kennen sie das?"

Einen Moment lang sah sie ihn regungslos an, dann trat sie zur Seite und liess ihn widerwillig eintreten. Das Haus war penibel aufgeräumt, jedes Möbelstück hatte seinen Platz, und doch lag eine bedrückende Stille über den Räumen.

„Das ist ein altes Symbol," sagte sie schliesslich, ihre Finger strichen über das Bild. „Man findet es an den alten Bäumen. Manchmal... in den Augen der Kinder."

„Den Augen?" fragte Sager irritiert.

„Es ist schwer zu erklären," sagte sie und wich seinem Blick aus. „Manche sagen, es gibt Orte im Wald, wo die Welt dünn ist. Orte, die... nicht für uns gemacht sind. Kinder wie Kaspar haben sie gefunden. Und wenn sie zurückkamen, waren sie... verändert."

Sager rieb sich nachdenklich das Kinn. „Was glauben sie ist mit Kaspar passiert?"

Frau Wyss' Lippen verzogen sich zu einem dünnen Lächeln, das nichts Gutes verhiess. „Kaspar war ein Kind, das zu viel wusste. Er sah Dinge, die andere nicht sahen. Und vielleicht... hat er einen Preis dafür bezahlt."

„Welchen Preis?" bohrte Sager nach.

Sie sah ihn lange an, ihre Stimme war kaum mehr als ein Flüstern. „Die Wächter, Herr Sager. Man sagt, sie schützen das Breitmis. Aber sie verlangen auch etwas. Ein Kind hier, ein Kind dort..."

Sager schluckte schwer. „Glauben sie das wirklich?"

Frau Wyss sah ihn eindringlich an. „Ich glaube, dass das Breitmis ein Ort ist, der seine eigenen Regeln hat. Und wenn man sie nicht respektiert... dann verschwindet man."

Sager verliess das Haus mit einem Gefühl der Beklemmung. Kaspar Blatter war verschwunden. Das kleine Mädchen war verschwunden. Und was, wenn die Geschichten der Dorfbewohner nicht nur Aberglaube waren?

Der Nebel schien dichter zu werden, als er sich auf den Rückweg machte. Die Schatten des Breitmis fühlten sich plötzlich lebendiger an – und gefährlicher.

DAS SCHWEIGEN DES BREITMIS

03. NOVEMBER 1962

Der Herbstwind wehte kalt durch das Breitmis, als der junge Matthias Sager den alten Holzsteg überquerte, der zum Haus seines Vaters führte. Die Blätter, die in dichten Haufen über den Weg verteilt lagen, raschelten unter seinen Schritten, und die feuchte Luft trug den Geruch von nassem Holz und Moos mit sich. Die Tage wurden kürzer, und mit der frühen Dämmerung schlichen sich alte Geschichten und vergessene Schatten in seine Gedanken. Kaspar Blatter – ein Name, der seit seiner Kindheit ein Flüstern im Dorf war, ein Name, der immer mit einem warnenden Blick und gesenkten Stimmen ausgesprochen wurde.

Matthias hatte beschlossen, mehr herauszufinden. Er wusste, dass sein Vater Alois viel mehr wusste, als er je bereit gewesen war zu erzählen. Vielleicht war es Zeit, die Wahrheit ans Licht zu bringen.

Als Matthias das Haus betrat, sass Alois bereits am Küchentisch, ein dampfender Becher Tee vor sich, den Blick nach draussen gerichtet. Das Licht der alten Lampe warf lange Schatten auf die Wände, und für einen Moment fragte Matthias sich, ob es die Vergangenheit war, die in diesem Haus noch immer atmete.

„Vater?" Seine Stimme war ruhig, doch eine Spur von Anspannung lag darin.

Alois blickte ihn an, seine grauen Augen wachsam, als würde er bereits ahnen, worauf Matthias hinauswollte. „Was ist, Junge?" fragte er mit einem leichten Stirnrunzeln und deutete auf einen freien Stuhl. Matthias setzte sich langsam, seine Hände rieben sich unbewusst aneinander, als müsste er sich wärmen.

„Ich will über Kaspar Blatter sprechen," sagte Matthias schliesslich, sein Blick fest auf seinen Vater gerichtet. „Du warst damals dabei, als er verschwunden ist. Ich will wissen, was wirklich passiert ist."

Alois schwieg einen Moment, nahm einen tiefen Schluck Tee und stellte die Tasse langsam zurück auf den Tisch. Seine Finger trommelten leise auf dem Holz, ein Zeichen, dass er seine Worte mit Bedacht wählte. „Kaspar…", begann er schliesslich, seine Stimme rau und von der Zeit gezeichnet. „Er war… ein schwieriger Junge. Anders, als die anderen Kinder hier."

„Anders wie?" hakte Matthias nach.

Alois liess seinen Blick über den Raum schweifen, als würde er in den Schatten etwas suchen, das ihm half, die richtigen Worte zu finden. „Er war… still. Hat nicht viel gesprochen, aber wenn er es tat, dann… na ja, die Leute haben ihn für seltsam gehalten. Er hat von Dingen erzählt, die keiner verstand, von Stimmen, die er im Wald gehört hat, von Dingen, die da draussen lauerten." Er hielt inne, seine Finger umklammerten die Teetasse fester. „Wir dachten damals, es seien nur Hirngespinste."

„Und dann ist er verschwunden," sagte Matthias leise.

Alois nickte langsam. „Ja. Es war ein kalter Herbstmorgen, genau wie heute. Er sollte Besorgungen für seine Mutter erledigen. Aber er kam nie zurück." Seine Stimme wurde leiser, und er starrte auf die Tischplatte, als könnte er dort die vergangenen Jahre erkennen. „Wir haben ihn gesucht, Matthias. Tagelang, überall. In den Wäldern, an den Höfen, im Moor. Die halbe Gemeinde war auf den Beinen. Aber… nichts. Keine Spur, als hätte ihn der Wald einfach verschluckt."

Matthias beobachtete die Regung im Gesicht seines Vaters, ein Flackern, das kurz durch seine Augen huschte – Angst, oder vielleicht etwas anderes. Etwas, das nicht gesagt werden wollte.

„Und das war alles?" fragte Matthias skeptisch. „Niemand hat ihn jemals wieder gesehen? Nicht einmal… eine Spur?"

Alois zögerte, dann rieb er sich mit einer langsamen Bewegung über das Kinn. „Es gab Gerüchte. Geschichten. Manche sagten, sie hätten ihn im Nebel gesehen, auf den Feldern, nahe dem alten Bärghof. Aber das war nur Gerede." Er sprach die letzten Worte schnell aus, zu schnell, als wolle er sie im Keim ersticken.

Matthias liess sich nicht täuschen. „Du glaubst also nicht daran?" Seine Stimme war ruhig, doch er liess seinen Vater nicht aus den Augen.

Alois seufzte tief und lehnte sich zurück, seine Augen wirkten müde. „Ich weiss, was ich gesehen habe. Und ich weiss, was ich lieber vergessen würde." Er nahm einen weiteren Schluck Tee, sein Blick wieder auf das Fenster gerichtet. „Aber manche Dinge… lassen einen nicht los."

Matthias spürte, wie sich eine Gänsehaut auf seinen Armen bildete. „Vater, was hast du gesehen?" fragte er eindringlich.

Alois sah ihn lange an, dann schüttelte er langsam den Kopf. „Lass die Vergangenheit ruhen, Junge. Es gibt Dinge, die besser begraben bleiben."

„Aber Kaspar verdient die Wahrheit," erwiderte Matthias fest.

Sein Vater stand abrupt auf, seine Stuhlbeine kratzten laut über den Boden. „Die Wahrheit?" Er lachte bitter. „Die Wahrheit ist, dass wir ihn nie gefunden haben. Und das ist alles, was zählt."

Matthias blieb sitzen, die Spannung zwischen ihnen füllte den Raum wie ein drückender Nebel. Er wusste, dass Alois ihm nicht alles sagte. Etwas lag in seinen Augen, ein Wissen, das tief unter den Schichten von Schweigen und Angst verborgen war.

Als Alois schliesslich zur Tür ging, blieb er stehen und sprach leise, ohne sich umzudrehen. „Hör auf, nach Dingen zu suchen, die du nicht verstehen kannst, Matthias. Das Breitmis ist ein seltsamer Ort. Und manche Geheimnisse… fressen dich auf, wenn du ihnen zu nahe kommst."

Mit diesen Worten verliess er das Zimmer, liess Matthias mit seinen Gedanken und dem Knistern des Kaminfeuers allein. Er blickte auf die Notizen vor sich und strich erneut Kaspars Namen mit dem Stift nach. Seine Finger zitterten leicht.

Er würde die Wahrheit finden – mit oder ohne die Hilfe seines Vaters.

DIE SCHATTEN DES GEMEINDESCHREIBERS

20. OKTOBER 1988

Das Gemeindehaus lag still und verlassen im Morgennebel, wie ein Relikt einer vergangenen Zeit. Sager trat durch die knarzende Holztür, die er nur leicht angelehnt fand, und betrat das kühle Innere. Es roch nach altem Papier und Bohnerwachs. Der Gemeindeschreiber war nicht an seinem Platz, und die gedämpfte Stille wurde nur von Sagers eigenen Schritten unterbrochen.

Er wusste, dass er unangemeldet kam – genau das war seine Absicht. Der Gemeindeschreiber hatte ihm in den letzten Tagen ausweichende Antworten gegeben, und nun wollte Sager sich selbst ein Bild machen. Bänzigers ständige Beteuerungen, dass Kaspar Blatters Verschwinden nichts weiter als ein tragischer Unfall gewesen sei, klangen zu glatt, zu geübt.

Das Büro des Gemeindeschreibers befand sich am Ende des Flurs, ein schlichtes Zimmer mit schweren Eichenschränken, einem massiven Schreibtisch und vergilbten Landkarten an den Wänden. Doch als Sager eintrat, war das Büro leer.

Sager wusste, dass er nicht viel Zeit hatte, bevor Bänziger zurückkehren würde. Sein Blick huschte über das Büro, suchte nach Hinweisen, die über den Gemeindeschreiber und seine Verbindung zu Kaspars Verschwinden Aufschluss geben konnten. Der massive Schreibtisch war tadellos aufgeräumt, fast zu ordentlich – ein

Hinweis darauf, dass hier jemand seine Geheimnisse mit Bedacht verbarg.

Seine Aufmerksamkeit blieb an einer unscheinbaren unteren Schublade hängen, deren Kante durch häufige Benutzung leicht abgenutzt war. Mit einem schnellen, aber vorsichtigen Griff zog er sie auf. Zwischen Akten und alten Gemeindedokumenten fand er ein abgegriffenes, ledergebundenes Notizbuch. Die Seiten waren vergilbt, einige eingerissen, doch es war offensichtlich, dass es über Jahre hinweg regelmässig benutzt worden war.

Sager blätterte langsam durch das Buch. Zu Beginn schienen es belanglose Aufzeichnungen über Dorfangelegenheiten zu sein – Gemeindebeschlüsse, Reparaturen, landwirtschaftliche Notizen. Doch dann änderte sich der Ton. Notizen über Treffen mit Sommer und Frau Wyss tauchten auf, kryptische Hinweise auf Vorfälle, die sich um das Jahr 1958 rankten:

„5. August 1959 – Er ist beunruhigt. Kaspar soll wieder über den Mann im Wald geredet haben. Wyss meint, wir müssen vorsichtiger sein.“
„12. September 1959 – Der Junge weiss zu viel. Zu neugierig. Ich habe Wyss gebeten, ihn besser zu beobachten.“
„15. Oktober 1959 – Kaspar ist weg. Wir konnten es nicht verhindern. Er sagt, wir dürfen nicht darüber sprechen.“

Sager spürte, wie sich eine kalte Hand um sein Herz legte. Diese Einträge zeigten eindeutig, dass Sommer und Wyss nicht nur wussten, was mit Kaspar geschehen war, sondern auch in irgendeiner Form in die Sache verwickelt waren – ob durch ihr Schweigen oder durch mehr. Doch etwas irritierte ihn: In keiner der Notizen war von einer direkten Tat die Rede. Immer wieder klang das Gefühl von Unvermeidlichkeit durch, als wären sie nur Mitwisser gewesen und nicht die eigentlichen Täter.

Unter den Papieren fand Sager eine lose Notiz, die ihn innehalten liess:

„Wir haben ihn gewarnt, aber er hat nicht gehört. Er musste es wissen, er wollte es sehen. Er hat den Falschen Fragen gestellt."
„Es war nicht unsere Entscheidung, es war seine."

Der letzte Satz liess Sager stutzen. Wer war „er"? War hier von Kaspar die Rede oder von jemand anderem, der damals die Kontrolle hatte? Ein unbekannter Dritter? Sein Instinkt sagte ihm, dass Sommer, Wyss und Bänziger vielleicht mehr wussten, aber nicht allein verantwortlich waren. Irgendjemand hatte das Heft in der Hand gehabt – jemand, der Kaspar verschwinden liess.

Neben der Notiz lag eine alte, vergilbte Fotografie. Sager hob sie vorsichtig an und betrachtete sie genauer. Darauf waren Bänziger, Wyss und Sommer zu sehen, alle jünger, vermutlich nach einer Versammlung vor dem Gemeindehaus. Doch eine Person in der hintersten Reihe fiel ihm auf – ein Mann, dessen Gestalt im Schatten verborgen war, dessen Präsenz jedoch unangenehm dominant wirkte. Auf der Rückseite der Fotografie stand nur eine knappe Anmerkung in Bänzigers Handschrift:

„Er war immer da. Und er wusste alles."

Sager steckte die Notiz und die Fotografie schnell ein. Sein Puls raste. Wer war dieser Mann? War er der Schlüssel zu allem? Die Wahrheit schien sich wie ein Schatten über die Ereignisse des Breitmis zu legen, und Sager konnte spüren, dass er nicht mehr weit davon entfernt war, sie ans Licht zu bringen.

Ein leises Knarren liess ihn aufhorchen. Schritte im Flur. Bänziger kehrte zurück.

Schnell schloss Sager die Schublade, warf einen letzten Blick auf das Büro und verliess es so leise, wie er gekommen war. Kaum hatte Sager das Büro verlassen, als er schwere Schritte hinter sich hörte. Er drehte sich um und sah Bänziger, dessen breiter Körper den Eingang zum Flur blockierte. Sein Blick war angespannt, seine Augen funkelten vor Zorn.

"Was, um Himmels willen, machen sie in meinem Büro?" donnerte er, während er auf Sager zusteuerte.

Sager blieb ruhig. "Ermitteln. Das sollte ihnen nicht fremd sein."

Bänziger kniff die Augen zusammen, seine Miene härtete sich. "Sie haben keine Erlaubnis, hier herumzuschnüffeln!" Seine Stimme war nun ein bedrohliches Knurren. "Das ist eine grobe Überschreitung Ihrer Befugnisse!"

"Und was ist mit Ihrer Überschreitung, Herr Bänziger?" Sager hielt ihm die Notiz und das Foto vor die Nase. "Was bedeutet das? Warum sind sie so besorgt?"

Bänziger blinzelte, seine Lippen pressten sich zu einem schmalen Strich. Doch er fasste sich schnell, zog die Schultern zurück und lachte trocken. "Das? Das ist nichts als eine Randnotiz. Ein Gedanke, der mir in den Sinn kam. Sie glauben doch nicht ernsthaft, dass ich mit… mit diesen Märchen zu tun habe?"

"Märchen?" Sagers Stimme wurde lauter. "Es geht hier nicht um Märchen, sondern um die Knochen eines Kindes, die im Brunnen gefunden wurden. Es geht um ein verschwundenes Mädchen. Und es geht darum, was sie davon wissen."

Bänziger trat zurück, die Kiefer mahlten. "Sie sind auf dem Holzweg, Sager. Wirklich. Wenn sie sich weiterhin in Dinge einmischen, die sie nichts angehen, wird das Konsequenzen haben."

Sager trat einen Schritt auf ihn zu, spürte die Nervosität, die sich wie eine feine Rissbildung durch Bänzigers Fassade zog. "Warum haben sie damals so schnell aufgegeben, Herr Bänziger?" fragte er mit ruhiger, eindringlicher Stimme. "Die Suche nach Kaspar… Sie mussten doch gewusst haben, dass da mehr war."

Bänziger wich dem Blick aus, seine Finger krallten sich unbewusst in die Tischkante. "Man kann nicht ewig nach einem verlorenen Jungen suchen. Das Dorf hatte Angst. Wir alle hatten Angst."

"Angst wovor?" Sagers Stimme war jetzt kaum mehr als ein Flüstern.

"Vor dem, was wir vielleicht gefunden hätten," sagte Bänziger, und für einen Moment lag ein Schatten in seinen Augen, ein Funken Wahrheit, der sich nicht länger verdrängen liess.

Sager spürte, dass er am richtigen Punkt angelangt war. "Sie wissen mehr, als sie zugeben. War Kaspar eine Bedrohung für jemanden? Hat er etwas gewusst, das nicht ans Licht kommen sollte?"

Bänziger schüttelte langsam den Kopf, doch seine Finger zuckten unruhig. "Sie sollten aufhören zu graben, Sager. Manchmal ist es besser, Dinge ruhen zu lassen."

Sager verliess das Gemeindehaus mit gemischten Gefühlen. Der Gemeindeschreiber hatte sich zwar nicht direkt schuldig bekannt, doch sein Verhalten sprach Bände. Es war offensichtlich, dass er etwas verbergen wollte. Draussen in der kalten Luft zog er das Notizbuch aus seiner Tasche und strich nachdenklich über das Leder. Irgendjemand hatte Kaspar verschwinden lassen – und Bänziger, Wyss und Sommer hatten geschwiegen. Vielleicht aus Angst. Vielleicht aus Schuld. Aber ganz sicher nicht aus Unwissenheit.

Als er in seinen Wagen stieg und den Motor startete, wusste Sager, dass er den entscheidenden Faden gefunden hatte. Die Frage war nur: Wohin würde er ihn führen?

DIE VERSAMMLUNG IM VERBORGENEN

10. OKTOBER 1959

Das Gemeindehaus lag im Dunkel, die Strassen in Erlinsbach waren längst menschenleer, als die kleine Gruppe durch die schwere Holztür trat. Die schlanke Gestalt in einem dunklen Mantel hatte sich an den Kopf des Tisches gesetzt, die Hände ruhig auf das kühle Holz gelegt. Sein Blick war durchdringend, fast fordernd, während er nacheinander die Gesichter der Anwesenden musterte. Bänziger, Frau Wyss und Sommer sassen ihm gegenüber, ihre Mienen angespannt und schweigsam.

Die Luft im kleinen Sitzungssaal war schwer, beinahe erstickend. Der süssliche Geruch von altem Holz mischte sich mit dem feuchten Moder der Wände. Nur die schwach flackernde Lampe über dem Tisch tauchte den Raum in ein fahles Licht, das die Sorgenfalten auf den Gesichtern der Anwesenden noch deutlicher hervortreten liess.

„Wir haben ein Problem," begann er mit ruhiger, fast beiläufiger Stimme, während er sich leicht nach vorne beugte. „Eines, das gelöst werden muss, bevor es ausser Kontrolle gerät." Seine Augen glitten langsam zu Bänziger, der schwer schluckte und mit den Fingern auf der Tischplatte trommelte.

„Sie sprechen von der Mine," sagte Bänziger schliesslich, seine Stimme brüchig, doch er bemühte sich, fest zu klingen. „Ich dachte... wir hätten diese Angelegenheit vor langer Zeit erledigt."

„So dachten wir alle," murmelte Sommer, seine Augen huschten nervös zur Tür, als fürchtete er, jemand könnte lauschen. „Aber Kaspar... der Junge hat sie gefunden. Irgendwie. Er hat gegraben. Ich habe ihn gesehen. Ich dachte, er spielt nur..."

Der Mann verzog das Gesicht zu einem dünnen Lächeln. „Er hat mehr als gespielt. Er hat gegraben, und was er gefunden hat, war nicht nur Dreck und Steine, sondern unsere Vergangenheit." Er liess die Worte einen Moment in der Luft hängen. „Die Klinik Barmelweid hat dort in den 40er Jahren ihre Abfälle entsorgt. Wissen sie noch? Giftige Substanzen, von denen niemand wissen sollte, dass sie existieren. Die Mine war ideal – tief genug, abgeschieden genug. Nach dem Felssturz 1947 schien sie in Vergessenheit geraten. Und wir alle haben davon profitiert."

Frau Wyss rieb sich die Schläfen, ihr Gesicht blass. „Was wollen sie damit sagen? Dass er etwas gesehen hat? Etwas, das... nicht hätte ans Licht kommen dürfen? Das ist doch Jahre her. Niemand spricht mehr darüber. Und jetzt kommt dieser verdammte Kaspar..."

Der Mann nickte langsam. „Er hat sich zu weit vorgewagt. Vielleicht hat er etwas aufgeschrieben, mit jemandem gesprochen. Vielleicht nicht. Aber das spielt keine Rolle. Wir dürfen aber kein Risiko eingehen." Sein Blick glitt scharf zu Bänziger.

Bänziger schüttelte den Kopf, sein Gesicht gezeichnet von innerem Kampf. „Nein... wir haben doch damals alles zugeschüttet. Die Eingänge verbarrikadiert, alles... alles verschwinden lassen. Niemand sollte sie je wieder finden."

„Nun, jemand hat sie gefunden." Die Stimme des Mannes klang eiskalt. „Sollte er reden oder sich jemandem anvertrauen, dann..."

Ein leises Zittern durchlief Frau Wyss' Hände, als sie den Blick senkte. „Was... was schlagen sie vor?" Ihre Stimme war kaum mehr als ein Flüstern.

Der Mann lehnte sich zurück, sein Blick ruhte lange auf ihr. „Ich glaube, dass dies ein Problem ist, das wir bald lösen müssen." Der Mann erhob sich langsam, schob seinen Stuhl zurück, das Holz krächzte bedrohlich. „Aber für jetzt – tun sie, was nötig ist. Halten sie diesen Jungen auf Abstand. Lenken sie ihn ab. Und wenn er zu nah kommt... dann sorgen wir dafür, dass er sich verliert. Wir müssen sicherstellen, dass er schweigt. Niemand darf jemals diese Mine finden. Und wenn es nötig ist, die Legenden um das Breitmis zu füttern. Angst ist das beste Mittel, um die Menschen fernzuhalten."

Bänziger biss sich auf die Lippe und starrte auf seine Hände. „Sie verlangen zu viel. Ich habe das Dorf geschützt. Aber wenn herauskommt, dass wir... dass wir ein Kind opfern mussten, um unser Geheimnis zu wahren..."

Der Unbekannte trat an ihn heran, legte ihm eine schwere Hand auf die Schulter. „Sie haben das Richtige getan. Sie haben das Dorf beschützt. Aber vergessen sie nicht: Wenn sie herausfinden, was wir getan haben, wird keiner von uns davonkommen."

Schwere Stille senkte sich über den Raum, nur das entfernte Ticken der alten Wanduhr durchbrach die drückende Atmosphäre.

„Wir treffen uns wieder," sagte der Unbekannte, während er seinen Mantel über die Schultern warf. „Und bis dahin – keine Fehler."

Mit diesen Worten verschwand der Unbekannte in der Dunkelheit der Nacht, hinterliess nichts als die gesenkten Blicke der Zurückgebliebenen und die lähmende Last eines Geheimnisses, das niemals hätte gelüftet werden dürfen.

Die Versammlung löste sich langsam auf. Bänziger sass noch immer schwer auf seinem Stuhl, seine Stirn in tiefe Falten gelegt, während seine Finger fahrig über die Tischkante strichen. Frau Wyss wischte sich mit zitternden Händen über das Gesicht, ihre Lippen bewegten sich lautlos, ein leises Gebet murmelnd, das nur sie selbst hören konnte. Sommer erhob sich als Erster, seine Bewegungen steif, sein

Blick mied den der anderen, als würde er fürchten, dass sich in ihren Augen sein eigenes schlechtes Gewissen spiegelte.

Als sie einer nach dem anderen das Gemeindehaus verliessen, empfing sie die klamme Nachtluft wie eine ernüchternde Realität. Doch kaum waren sie draussen, tauchte aus den Schatten eine Gestalt auf – Herr Meier, der alte Fotograf des Dorfes, mit seiner Kamera in der Hand und einem breiten Lächeln, das nicht zu der düsteren Stimmung passte.

„Ah, Herr Bänziger, Frau Wyss, Herr Sommer," begann er freundlich und trat mit einem enthusiastischen Schritt näher. „Könnte ich vielleicht ein Bild für die Gemeindezeitung machen? Einfach eine kleine Erinnerung an unser schönes Dorf, nichts Besonderes."

Bänziger zuckte sichtlich zusammen, zwang sich aber zu einem gequälten Lächeln. „Jetzt? So spät?" Seine Stimme klang bemüht freundlich, doch ein leichtes Zittern verriet seine Unsicherheit.

„Ach, es ist doch nur ein kurzer Moment," drängte Meier, während er die Kamera bereits in Position brachte. „Einmal kurz zusammenstehen, ja?"

Frau Wyss straffte sich, warf einen verstohlenen Blick über die Schulter, als würde sie den Unbekannten suchen. Doch er war nicht mehr zu sehen – oder doch? Ein leises Rascheln in den Schatten des Gemeindehauses liess sie für einen Moment erstarren. Sommer kniff die Lippen zusammen, als er sich langsam neben Bänziger stellte, während die Kamera auf sie gerichtet war.

Gerade als Meier auf den Auslöser drückte, bewegte sich eine dunkle Gestalt in der Ferne, nur für einen Sekundenbruchteil sichtbar, bevor sie im Schatten einer nahen Gasse verschwand. Ein Reflex des Blitzlichts liess für einen Moment einen Hut und einen Mantel erahnen, doch als sich alle umblickten, war niemand mehr da.

„Perfekt! Ich danke ihnen, wirklich," sagte Meier begeistert. „Sie sehen gut aus – und der Hintergrund mit dem alten Gemeindehaus, einfach herrlich!" Bänzigers Miene verdunkelte sich augenblicklich, als er erkannte, dass der Unbekannte sich geschickt ausserhalb des Lichtkegels gehalten hatte. Ein unbestimmter Schatten, kaum wahrnehmbar, hatte sich hinter einem der Balken des Hauses verborgen. Seine Anwesenheit war bestimmt auf dem Bild spürbar – aber nicht sichtbar.

„Schicken sie mir bitte einen Abzug, Meier," sagte Bänziger mit einem angestrengten Lächeln, seine Stimme rau. „Wir wollen sicherstellen, dass alles… gut dokumentiert ist."

Meier nickte eifrig. „Aber natürlich, Herr Bänziger!"

Als der Fotograf sich verabschiedete und mit schnellen Schritten in die Nacht verschwand, blieben Bänziger, Wyss und Sommer noch einen Moment stehen. Keiner sagte etwas. Ihre Blicke hafteten an dem dunklen Eingang der Gasse, wo die Schatten dichter zu sein schienen als anderswo.

„Er will nicht gesehen werden," murmelte Frau Wyss schliesslich, ihre Stimme kaum mehr als ein Hauch.

„Aber er ist immer da," erwiderte Sommer mit einem zittrigen Atemzug. „Und er beobachtet uns."

Bänziger warf einen letzten Blick auf das Gemeindehaus, sein Gesicht angespannt. „Wir dürfen keine Fehler machen," murmelte er und trat mit schweren Schritten den Weg nach Hause an. Die anderen folgten ihm, schweigend und von dem unheimlichen Gefühl verfolgt, dass sie keineswegs allein waren.

SPUREN DER VERZWEIFLUNG

21. NOVEMBER 1988

Der Morgen war kalt und grau, als sich die ersten Sonnenstrahlen mühsam durch den dichten Nebel des Breitmis kämpften. Das Dorf wirkte in diesem trüben Licht noch verlassener als sonst. Doch heute lag eine neue Spannung in der Luft. Vor dem Gemeindehaus hatten sich einige Dorfbewohner versammelt, angezogen von aufgeregten Stimmen, die aus dem Inneren drangen.

Matthias Sager stand abseits und beobachtete das Geschehen mit zusammengekniffenen Augen. Marie Vogels Eltern, Anna und Thomas, hatten ihre Geduld endgültig verloren. Sie waren an die Grenzen der Verzweiflung getrieben, und ihre fordernden Stimmen hallten durch das stille Dorf.

„Wir wollen nicht länger warten!" rief Anna, ihre Stimme brach vor Kummer. „Unsere Tochter ist noch da draussen! Und sie, Herr Bänziger, tun einfach nichts!" Sie schlug mit der Faust auf das Treppengeländet, an welches sich der Gemeindeschreiber mit versteinertem Gesicht lehnte. „Wir haben ein Recht darauf, zu wissen, was hier vor sich geht."

Thomas, der Vater des Mädchens, stand dicht neben ihr, seine Kiefermuskeln angespannt, die Hände zu Fäusten geballt. „Wenn sie nicht endlich etwas unternehmen, werden wir uns an die Medien wenden," sagte er mit eiskalter Entschlossenheit. „Wir werden nicht zulassen, dass Marie einfach vergessen wird."

Das Wort Medien liess Bänziger merklich zusammenzucken. Sein Blick wanderte zu Sommer, der wie versteinert am Fenster stand, und zu Frau Wyss, die nervös an ihrer Halskette spielte. Die Möglichkeit, dass Journalisten das Breitmis durchforsten und Fragen stellten, liess sie alle erbleichen. Zu viele Geheimnisse schlummerten in der Erde dieses Ortes – und die Mine war nur eines davon.

„Jetzt beruhigen sie sich doch bitte," sagte Bänziger mit falscher Freundlichkeit, seine Stimme gezwungen ruhig. „Wir tun alles, was in unserer Macht steht. Die Polizei arbeitet daran, und wir setzen die Suche fort." Sein Blick war eindringlich, beinahe flehend. „Die Medien helfen hier niemandem, glauben sie mir."

„Sie helfen niemandem oder sie helfen ihnen nicht?" fragte Thomas mit einem gefährlichen Funkeln in den Augen. „Vielleicht gibt es Dinge, die sie nicht ans Licht kommen lassen wollen?" Er trat einen Schritt näher, und Bänziger wich instinktiv zurück.

Frau Wyss warf ihm einen warnenden Blick zu. „Das ist absurd," sagte sie hastig, ihre Stimme überschlug sich fast. „Was sollten wir denn zu verbergen haben?"

„Kaspar Blatter zum Beispiel," schoss es aus Anna heraus. Ihre Wangen waren gerötet vor Erregung. „Alle im Dorf wissen, dass sein Verschwinden nie geklärt wurde. Und jetzt, Jahre später, verschwindet ein weiteres Kind? Sie können doch nicht ernsthaft erwarten, dass wir das für einen Zufall halten."

Sommer wandte sich abrupt vom Fenster ab. Sein Gesicht wirkte blass, und seine Hände zitterten leicht. „Marie ist nicht Kaspar," sagte er leise, doch niemand schien ihm zuzuhören.

Bänziger rieb sich die Schläfen und versuchte, die Kontrolle über das Gespräch zurückzugewinnen. „Hören sie, ich verstehe Ihre Sorgen," begann er, „aber wir müssen besonnen bleiben. Ein übereilter Schritt könnte… Dinge komplizierter machen."

„Komplizierter für wen?" zischte Thomas. „Für uns oder für sie?"

Frau Wyss trat vorsichtig näher und legte Anna eine Hand auf die Schulter, eine Geste, die gleichermassen beruhigend wie beschwichtigend wirken sollte. „Bitte, Anna," sagte sie leise. „Wir alle wollen, dass Marie gefunden wird. Wir alle leiden mit ihnen. Aber es wäre nicht gut, Unruhe ins Dorf zu bringen. Die Leute hier sind… vorsichtig, verstehen sie?"

Anna riss sich von ihrer Berührung los, ihre Augen funkelten vor Wut und Trauer. „Vorsichtig? Oder ängstlich?" Ihre Stimme brach am Ende des Satzes, und Tränen schimmerten in ihren Augen. „Ich werde nicht zulassen, dass sie wie Kaspar verschwindet und niemand je wieder von ihr spricht."

Bänziger schluckte schwer. Die Situation drohte zu entgleiten, und er wusste es. „Geben sie uns noch eine Woche," sagte er schliesslich. „Wir werden die Suche intensivieren, das verspreche ich ihnen. Lassen sie uns in Ruhe arbeiten."

Ein angespannter Moment verstrich, in dem Anna und Thomas einander stumm ansahen. Schliesslich nickte Thomas knapp. „Eine Woche," sagte er mit gepresster Stimme. „Aber wenn wir bis dahin nichts hören, dann holen wir die Presse."

Als sie den Platz vor dem Gemeindehaus verliessen, blieb eine spürbare Schwere zurück. Sommer betrat mit ungutem Gefühl wieder das Gemeindehaus und rieb sich die Stirn. „Das wird uns auf die Füsse fallen," murmelte er.

„Das darf nicht passieren," sagte Bänziger entschieden. „Wir müssen sie im Auge behalten. Und wir müssen sicherstellen, dass niemand über die Mine spricht."

„Was, wenn sie tiefer graben?" flüsterte Frau Wyss ängstlich. „Sie könnten herausfinden, was dort unten liegt."

„Dann müssen wir dafür sorgen, dass sie das nicht tun," sagte Bänziger kalt. Sein Blick wanderte zum Fenster hinaus, in die dichten

Nebelschwaden, die sich über das Breitmis legten, als wollten sie alles verbergen, was darin schlummerte.

Draussen blieben Anna und Thomas noch einen Moment stehen. „Ich traue ihnen nicht," sagte Thomas leise. „Da ist etwas, das sie nicht sagen."

Anna nickte langsam. „Dann müssen wir es eben selbst herausfinden."

Anna und Thomas Vogel waren nie Menschen gewesen, die sich mit Schweigen zufriedengaben. Nachdem sie den Platz vor dem Gemeindehaus verlassen hatten, entschlossen sie sich, die Suche nach Marie selbst in die Hand zu nehmen. Sie waren überzeugt, dass ihre Tochter noch lebte – irgendwo im dichten Nebel des Breitmis verborgen, und sie würden nicht zulassen, dass sie in Vergessenheit geriet, so wie es mit Kaspar Blatter geschehen war.

Die Vogels begannen mit ihrer eigenen Recherche. Anna, die in ihrer Jugend oft in den Archiven des kleinen Gemeindemuseums gearbeitet hatte, wusste, wo sie ansetzen musste. Die Gemeindeakten waren alt, verstaubt und oft lückenhaft, aber zwischen den brüchigen Seiten fanden sie Hinweise auf die längst vergessene Mine hinter Frau Wyss' Haus. Alte Zeitungsartikel aus den 1950er-Jahren berichteten über die Mine als einstigen Stolz des Dorfes – eine einst lukrative Bohnerzmine, die jedoch stillgelegt wurde. Offizielle Begründung: wirtschaftliche Unrentabilität. Doch Thomas fiel eine kleine Randnotiz in einem Bericht auf, in dem von unklaren Umweltbedenken die Rede war.

Während Anna sich weiter durch die Akten wühlte, erinnerte sich Thomas an die vagen Gespräche, die er in seiner Kindheit belauscht hatte. Immer wieder war von „den Dingen unter der Erde" die Rede gewesen, von einem „Geheimnis, das das Breitmis bewahren muss". Es waren Äusserungen der Alten, die er damals als Spinnerei abgetan hatte. Doch jetzt, mit dem Verschwinden seiner Tochter, ergab alles eine neue, erschreckende Bedeutung.

Nach Stunden der Recherche sassen sie an ihrem Küchentisch, die Dokumente vor sich ausgebreitet. Auf einer alten Karte, die sie gefunden hatten, war die Mine verzeichnet – genau hinter Frau Wyss' Haus. Doch etwas war merkwürdig: Der Pfad, der einst zur Mine führte, schien auf neueren Karten absichtlich getilgt worden zu sein. Jemand wollte offenbar verhindern, dass er entdeckt wurde.

„Wir müssen mit Sager sprechen," sagte Anna entschlossen. „Er ist der Einzige, der uns ernst nimmt."

Am Nachmittag klopfte es an Sagers Tür. Anna und Thomas standen davor, ihre Gesichter gezeichnet von schlaflosen Nächten und unermüdlicher Suche. Sie überreichten ihm die alten Dokumente und Karten, die sie gefunden hatten. Sager nahm sie mit skeptischem Blick entgegen, doch je länger er die Unterlagen betrachtete, desto mehr verdichtete sich ein Gefühl der Beklommenheit in seiner Brust.

„Diese Mine…" murmelte Sager, während er eine der alten Karten entfaltete. „Warum hat man sie nie offiziell erwähnt?" Er fuhr mit dem Finger über den eingezeichneten Pfad, der auf modernen Karten fehlte. „Das sieht aus, als hätte jemand absichtlich versucht, sie verschwinden zu lassen."

„Genau das glauben wir auch," sagte Thomas mit brüchiger Stimme. „Und wir sind sicher, dass Marie irgendwie dorthin gelangt ist. Sie könnte in Gefahr sein, Herr Sager."

Anna trat einen Schritt näher. „Können Sie uns helfen? Bitte."

Sager nickte langsam, seine Gedanken rasten. „Ich werde mir das genauer ansehen. Sie sollten inzwischen nicht zu viel Aufmerksamkeit erregen. Lassen sie mich das untersuchen."

Nachdem die Vogels gegangen waren, blieb Sager mit den Unterlagen allein zurück. Er breitete sie auf dem Tisch aus, die alte Karte im Zentrum. Sein Blick fiel auf die eingeritzten Linien – der Bereich der

Mine lag merkwürdigerweise genau im Bereich eines bekannten Jagdpfades. Ein Pfad, den er gut kannte. Es war der Jagdpfad seines Vaters.

Ein Schauer lief ihm über den Rücken, als er sich daran erinnerte, wie oft sein Vater von diesem Pfad gesprochen hatte. Damals hatte es wie bedeutungsloses Gerede geklungen, eine Art von Familienerbe, das ihn nie wirklich interessiert hatte. Doch jetzt… jetzt konnte er nicht mehr ignorieren, dass der Name *Bärghofpfad* immer wieder auftauchte.

Sager stand abrupt auf und ging in den Keller seines Hauses. Staub wirbelte auf, als er eine schwere Truhe in der hintersten Ecke hervorholte – das einzige, was ihm von seinem Vater geblieben war. Er hatte sich nie wirklich mit ihrem Inhalt befasst, zu viele Erinnerungen hafteten daran. Jetzt öffnete er sie mit zitternden Fingern.

Alte Jagdutensilien lagen darin, sorgfältig verstaut. Doch darunter fand er, was er suchte: Ein Bündel vergilbter Karten und Dokumente, sorgsam mit einer Lederschnur zusammengehalten. Er entfaltete eine davon und spürte, wie sein Puls schneller wurde.

Dort war sie – die Mine. Genau verzeichnet, mit Markierungen, die nur sein Vater hinterlassen haben konnte. Sager folgte den Linien mit den Augen, sah, wie der Jagdpfad sich um das Gebiet schlängelte. Es war kein Zufall. Sein Vater hatte von diesem Ort gewusst – vielleicht mehr, als Sager je geahnt hatte.

Er liess sich auf eine alte Holzbank sinken, die Karte fest in den Händen. „Was hast du gewusst, Vater?" flüsterte er leise in die Stille des Kellers. Die Erkenntnis traf ihn wie ein Schlag: Sein Vater hatte diese Mine in seine Jagdrouten aufgenommen. Warum? Was hatte er zu verbergen gehabt?

Sein Herz klopfte hart in seiner Brust. Er musste herausfinden, was in der Vergangenheit seines Vaters verborgen lag – und ob es mit dem Verschwinden von Kaspar und Marie zusammenhing.

DIE SCHATTEN VON ALOIS SAGER

18. NOVEMBER 1988

Matthias Sager sass in der alten Küche des Hauses, das sein Vater einst bewohnt hatte. Der Geruch von altem Holz und Staub lag schwer in der Luft, und durch das kleine Fenster fiel nur spärliches Licht, das den Raum in ein düsteres Halbdunkel tauchte. Seine Gedanken kreisten um die Gestalt seines Vaters, Alois Sager. Der Mann war nie wirklich fort gewesen, nicht in Matthias' Kopf, nicht in den Schatten dieses Hauses. Es war, als würde er noch immer in den Wänden leben, in den knarrenden Dielen und im feuchten Geruch des Kellers. Alois war kein liebevoller Vater gewesen, sondern eine distanzierte, beinahe geisterhafte Präsenz in Matthias' Kindheit. Ein Mann, der sich lieber in seinen Pflichten als Polizist verlor, als sich mit der eigenen Familie zu beschäftigen.

Sager erinnerte sich an seine präzise Art, die Art, wie er stets perfekt gekleidet war. Das grau melierte Haar, immer akkurat zurückgekämmt, der unbewegliche Blick, der selbst in den turbulentesten Momenten ruhig und berechnend blieb. Alois war diszipliniert bis zur Besessenheit, ein Mann, der die Wahrheit suchte, sie aber für sich behielt, wenn sie zu schmerzhaft war. Das Dorf respektierte ihn, ja, aber es fürchtete ihn auch. Er war kein Freund, kein Vertrauter – er war das Gesetz, in Reinkultur.

Sein Blick wanderte über den Tisch, auf dem verstreut alte Notizbücher und Akten lagen – Überbleibsel eines Lebens, das sein Vater nie mit ihm geteilt hatte. Die vergilbten Seiten waren voller handschriftlicher Einträge, kryptischer Notizen und Karten, auf denen Pfade und Markierungen eingezeichnet waren. Mit jedem Wort, das Sager las, wuchs das bedrückende Gefühl, dass Alois tiefer in die Geheimnisse des Breitmis verstrickt war, als er jemals geglaubt hatte

Sommer hatte ihn einst als "den Mann, der in allem ein Rätsel sah" bezeichnet. Sager erinnerte sich an diese Worte, als hätte Sommer sie erst gestern gesagt. Da war ein bitterer Unterton in seiner Stimme gewesen, als wünschte er, sein Vater hätte weniger Fragen gestellt und mehr akzeptiert. Doch das war nicht Alois Sagers Art. Er liess keine Geheimnisse unentdeckt, keine losen Enden unbearbeitet. "Er sah in allem ein Rätsel, das es zu lösen galt," hatte Sommer gesagt und dann mit einem langen Zug an seiner Zigarette in die Ferne gestarrt. Doch Sommer hatte dabei auch einen bitteren Unterton in seiner Stimme gehabt, als erinnere er sich an etwas, das er lieber vergessen würde.

Johanna Wyss hatte mal einen anderen Ton angeschlagen, als sie Sager über seinen Vater erzählte. „Er kam immer zu spät," sagte sie mit einem fahlen Lächeln, das nichts Fröhliches an sich hatte. „Alois musste alles erst hundertmal durchdenken, bevor er handelte." Ihre Worte waren durchdrungen von Bedauern, und Sager fragte sich, ob sie nur von seiner Polizeiarbeit sprach – oder von etwas anderem. Etwas, das in den dunklen Winkeln des Breitmis verborgen lag.

Bänziger hingegen war einst knapper gewesen, doch seine Worte hatten Sager mehr beschäftigt als die der anderen. „Dein Vater hat mir geholfen, aber nicht aus Freundschaft. Er tat es, weil es seine Pflicht war." Ein Satz, der mit unterschwelliger Wut und Enttäuschung gesprochen wurde. Sager erinnerte sich an den Blick des Gemeindeschreibers, an die Art, wie seine Augen abschweiften, wenn Alois zur Sprache kam. Hatte sein Vater sich je als Beschützer verstanden – oder war er ein Teil von etwas viel Grösserem, das er mit aller Kraft unter Kontrolle zu halten versuchte?

Sager wusste eines: Alois Sager war kein Freund der Dorfbewohner gewesen. Sie respektierten ihn, doch sie fürchteten ihn auch. Seine disziplinierte, fast militärische Art liess keinen Raum für Mitgefühl oder Zweifel. Er war ein Mann der Pflicht, der sich nicht von Emotionen leiten liess – und doch schien er stets von einer inneren Rastlosigkeit getrieben worden zu sein.

Er erinnerte sich an die Abende, an denen sein Vater schweigend am Tisch sass, das Gesicht vom Schein der alten Lampe nur halb erleuchtet. In seinen Händen hielt er Akten, die er mit gerunzelter Stirn durchblätterte. Sager hatte sich oft gefragt, was in diesen Papieren stand. Doch Alois hatte sie stets vor ihm verborgen gehalten. Einmal hatte er Matthias beim Herumstöbern im Keller erwischt und ihn scharf zurechtgewiesen. „Manche Dinge sind besser vergessen, Matthias," hatte er gesagt, mit einem Blick, der Sager bis ins Mark gefror. Sager wusste, dass sein Vater dort oft arbeitete, angeblich alte Akten sortierte. Doch die Erinnerung, die ihn jetzt heimsuchte, war eine andere. Er sah seinen Vater, wie er eine alte Schaufel reinigte, sein Blick so starr wie der eines Soldaten, der sich auf eine Schlacht vorbereitet. "Manche Dinge müssen vergraben bleiben," hatte er damals gesagt. Sager war ein Kind gewesen und hatte die Worte nicht verstanden – bis jetzt.

Doch die wohl eindrücklichste Erinnerung war eine Begegnung zwischen seinem Vater und Kaspar Blatter. Sager hatte als Junge aus dem Fenster beobachtet, wie Kaspar mit gesenktem Blick vor Alois stand, die Hände nervös knetend. Sein Vater hatte ruhig gesprochen, mit diesem unerschütterlichen, eiskalten Tonfall, der keinen Widerspruch duldete. Kaspar hatte genickt und war dann hastig davongelaufen. Sager erinnerte sich daran, dass er das Gefühl hatte, etwas Wichtiges beobachtet zu haben – doch er wusste bis heute nicht, was genau.

Sein Vater sprach selten über den Fall Kaspar Blatter. Nach dem Fund von Kaspars Knochen im Brunnen war für Sager klar, dass Alois mehr wusste, als er je zugegeben hatte. Die alten Polizeiberichte, die Sager in den verstaubten Akten seines Vaters gefunden hatte, waren lückenhaft. Nirgends fand sich eine offizielle Untersuchung. Alois hatte sie nie angestossen. Stattdessen gab es kryptische Notizen. Hinweise auf geheime Treffen mit Sommer, Wyss und Bänziger, kryptische Einträge wie "Alles beginnt und endet hier."

War das Haus im Breitmis das Zentrum all dessen, was geschehen war? Er erinnerte sich an eine Aussage seines Vaters: „Ein Haus vergisst nie." Hatte er damit das Haus der Blatters gemeint? Oder sprach er von etwas, das tief unter der Erde verborgen lag?

Sager fuhr mit den Fingern über eine Karte, die sein Vater selbst gezeichnet hatte. Der markierte Bereich zeigte den alten Jagdpfad – und genau dort, mitten im dichten Wald, war eine Stelle rot umrandet: "Alte Mine – Betreten verboten."

Er erinnerte sich an eine Aussage seines Vaters: „Ein Haus vergisst nie." Hatte er damit das Haus der Blatters gemeint? Oder sprach er von etwas, das tief unter der Erde verborgen lag?

Mit klopfendem Herzen stand Sager auf, ging zum Keller hinunter und öffnete die alte Truhe, die seit Jahren unangetastet geblieben war. Staub wirbelte in der kalten Luft auf, während er vorsichtig die vergilbten Dokumente durchblätterte. Dann fand er, wonach er suchte – eine handgezeichnete Karte mit mehreren eingezeichneten Pfaden, die direkt zur Mine führten.

Ein Knoten zog sich in Sager ' Brust zusammen. Sein Vater hatte all das gewusst. Er hatte darüber gewacht, hatte geschwiegen und seine Familie und das Dorf beschützt – oder sich selbst?

Sager betrachtete das Symbol, das in eine der Karten gekritzelt war: der Kreis mit den gekreuzten Linien. Es war überall aufgetaucht – in den Wäldern, am Brunnen, und jetzt auch hier, in den Unterlagen seines Vaters.

Er schluckte hart. „Was hast du gewusst, Vater?" flüsterte er in den Dunkelschleier des Kellers, doch nur die kühle Stille antwortete ihm.

DIE VERBORGENE WAHRHEIT

21. NOVEMBER 1988

Sager sass noch immer an dem alten, abgewetzten Holztisch in der Küche des Hauses seines Vaters. Das Licht der Tischlampe warf lange Schatten auf die vergilbten Dokumente, die vor ihm lagen – Unterlagen, die seit Jahrzehnten unberührt geblieben waren. Neben ihnen lag das mysteriöse Notizbuch des unbekannten Mannes, das er wie ein fehlendes Puzzlestück in den Fall eingebracht hatte. Die beiden Dokumente zu vergleichen, erschien ihm zunächst mühsam, aber je länger er sich mit den Notizen seines Vaters und den Skizzen des Fremden beschäftigte, desto deutlicher wurde ihm, dass sie in ihrer Verschlüsselung eine erschreckende Gemeinsamkeit aufwiesen.

Zwischen den akribischen Notizen seines Vaters über die Mine und den Jagdpfad, entdeckte Sager eine seltsame Randnotiz, die ihm bisher entgangen war: „Das Haus hält mehr, als man sieht. Wo einst Schritte lautlos waren, ist die Antwort verborgen."

Sein Herz begann schneller zu schlagen. Er schlug das Notizbuch des Fremden auf und suchte nach einem vergleichbaren Eintrag. Tatsächlich, auf einer der hinteren Seiten war eine ähnliche Zeile zu finden: „Wo der Teppich den Atem der Erde bedeckt, öffnet sich der Weg in die Wahrheit."

Sagers' Hände zitterten leicht, als er den Zusammenhang begriff. Das Haus im Breitmis – es verbarg mehr als nur Erinnerungen. Es muss einen versteckten Raum geben, tief unter dem Fundament, der jahrzehntelang verborgen geblieben war. Ein Raum, den sein Vater entweder entdeckt oder bewusst verschwiegen hatte.

Ohne weiter zu zögern, packte Sager die wichtigsten Unterlagen zusammen, zog seine Jacke über und machte sich auf den Weg ins Breitmis. Die Strasse dorthin wirkte endlos im dichten Trübnis der Nacht, der Nebel legte sich schwer auf die Felder und liess das Haus wie ein geisterhaftes Relikt aus der Vergangenheit erscheinen. Das knarrende Tor schwang auf, und mit einem beklemmenden Gefühl trat er ins Innere des Hauses.

Sager kannte das Haus gut – zu gut. Doch heute wirkte es fremd, fast feindselig. Die Möbel, die längst in die Jahre gekommen waren, schienen ihn zu beobachten, und jeder Schritt, den er auf den knarrenden Dielen machte, liess ihn erschauern. Mit einer Taschenlampe in der Hand durchkämmte er systematisch die Räume.

Das Wohnzimmer war leer, genau wie die alte Speisekammer und die schmale Treppe zum Dachboden. Sager bewegte sich durch die Räume mit einer Entschlossenheit, die in seinen Adern pochte. Schliesslich betrat er den Flur, wo der grosse, schwere Teppich lag, der das knarrende Holz seit jeher bedeckte.

Mit angehaltenem Atem kniete er sich nieder und fuhr mit den Händen über den Teppich, während die Worte aus den Notizen durch seinen Kopf hallten: „Wo der Teppich den Atem der Erde bedeckt…"

Er begann, den Teppich vorsichtig aufzurollen. Unter der dicken Schicht aus Staub und vergessenen Fasern kam schliesslich etwas zum Vorschein – eine Falltüre, verborgen und fast nahtlos in den Boden eingelassen. Sager schluckte hart. Seine Finger tasteten über das alte Holz, das kühle Metall des Schlosses fühlte sich fast lebendig an.

Das Schloss. Es war rostig, aber verschlossen. Sein Blick fiel auf den Schlüssel des unbekannten Mannes, den er immer noch in seiner Tasche trug. Mit einem Klicken drehte sich der Schlüssel mühelos im

Schloss, als hätte er nur darauf gewartet, nach all den Jahren wieder benutzt zu werden.

Langsam zog Sager die schwere Tür auf. Ein Schwall kalter, feuchter Luft schlug ihm entgegen, und sein Herzschlag beschleunigte sich. Mit der Taschenlampe leuchtete er in die Dunkelheit hinab, und was er sah, liess ihm das Blut in den Adern gefrieren.

Am Fuss der schmalen Holztreppe, inmitten von Staub und Feuchtigkeit, lag ein Körper – klein, regungslos. Marie. Ihr blasses Gesicht war von Schmutz verschmiert, ihre Hände gefesselt, ihre Lippen trocken und spröde. Sager stürzte die Treppe hinunter, seine Hände fanden hektisch ihren Puls. Ein schwaches, zitterndes Schlagen unter seinen Fingern liess ihn aufatmen – sie lebte.

Sager kniete sich vorsichtig hin, sein Herz raste, als er Marie reglos auf dem kalten Kellerboden liegen sah. Ihre blassen, von Schmutz gezeichneten Züge wirkten eingefallen, ihre Lippen rissig und bläulich, während ihr Atem kaum wahrnehmbar war. Ein eisiger Schauder lief ihm über den Rücken, als er seine Jacke auszog und vorsichtig über das zitternde Mädchen legte. Ihre Haut fühlte sich eiskalt an, das Leben in ihr hing nur noch an einem dünnen Faden.

„Marie…" Seine Stimme zitterte, während er eine Strähne ihrer verklebten Haare zur Seite strich. Doch keine Reaktion. Ihre Wimpern zuckten schwach, ein leiser Hauch entwich ihren Lippen, aber sie blieb in ihrer Bewusstlosigkeit gefangen.

Sager wusste, dass er handeln musste. Jede Sekunde zählte. Er musste Hilfe holen. Sofort.

Er warf einen letzten, prüfenden Blick auf Marie, flüsterte beruhigende Worte, obwohl er wusste, dass sie ihn nicht hören konnte. Dann sprang er auf, rannte die knarrende Treppe hinauf und stolperte in die eiskalte Nacht hinaus.

Die Schwärze um ihn herum war dicht, und der Nebel hing schwer über den engen Wegen des Breitmis. Sager rannte zur ersten Haustür, schlug mit der Faust dagegen.

„Hilfe! Bitte! Öffnen sie! Es ist Marie, ich habe sie gefunden!" Seine Stimme hallte in der kalten Nacht wider, doch es blieb still. Keine Bewegung hinter den dunklen Fenstern, keine Schritte auf den knarrenden Dielen. Er klopfte erneut, härter, verzweifelter. Stille.

Mit pochendem Herzen stürzte er zum nächsten Haus, klopfte wieder, diesmal lauter. „Bitte! Sie lebt noch!" Doch auch hier blieb es totenstill. Die Fenster starrten ihn an wie dunkle Augen, als wäre das ganze Dorf in eine Art Schweigen gehüllt, das er nicht durchbrechen konnte.

Der kalte Wind biss in sein Gesicht, während er weiterlief. Haus um Haus, Tür um Tür. Niemand öffnete. Sager spürte die Panik in seiner Brust wachsen. Er keuchte, seine Fäuste hämmerten gegen das Holz des nächsten Hauses.

Endlich – ein Licht flackerte hinter einem Fenster auf. Mit einem Zittern in den Knien klopfte er erneut, diesmal vorsichtiger. Die Tür öffnete sich einen Spalt weit, und eine müde, misstrauische Stimme fragte: „Wer ist da?"

„Sommer! Ich bin's – Matthias Sager! Ich habe Marie gefunden, sie lebt, aber sie ist in einem furchtbaren Zustand. Ich brauche Hilfe, rufen sie die Sanitäter!" Sager stützte sich keuchend an den Türrahmen, seine Augen flehten um Verständnis.

Sommer blinzelte ihn an, sein Gesicht war bleich, doch er nickte langsam und zog die Tür weiter auf. „Komm rein," sagte er, während er zur alten Telefonapparatur auf dem Holztisch eilte. Mit zitternden Fingern drehte er die Wählscheibe und wartete mit angehaltenem Atem, während das Freizeichen ertönte. „Ja, Breitmis… Ja, das Blatter-Haus… Ein Kind, ja, Marie… Beeilen sie sich!"

Sager atmete schwer, seine Hände verkrampft in seinen Manteltaschen. Sommer musterte ihn mit einem Ausdruck, den Sager nicht einordnen konnte – war es Besorgnis oder etwas anderes? Etwas, das tief in den Schatten seiner Vergangenheit lag?

„Sie kommen," sagte Sommer schliesslich, legte den Hörer auf und sah Sager lange an. „Geh zurück zu ihr. Ich... ich werde den Sanitätern den Weg zeigen."

Sager nickte hastig, rannte hinaus und liess den alten Mann in der Tür stehen, dessen Blick ihm noch lange nachhing.

Nachdem die Sanitäter eingetroffen waren und Marie ins Krankenhaus gebracht hatten, zog Sager sich erschöpft zurück. Seine Schritte führten ihn automatisch ins Café von Frau Wyss, dem einzigen Ort, an dem er seine Gedanken ordnen konnte.

Drinnen war es ruhig, nur das leise Klappern von Geschirr war zu hören, als Frau Wyss hinter dem Tresen stand und ihn mit einem prüfenden Blick empfing. Ihr Gesichtsausdruck war angespannt, und ihre Hände umklammerten ein Tuch, das sie mechanisch wrang.

„Herr Sager," sagte sie knapp, als er sich setzte und tief durchatmete. „Was ist passiert?"

„Marie," begann er und spürte die Müdigkeit in seinen Gliedern. „Ich habe sie gefunden. Sie war... im Keller des Blatter-Hauses." Die Worte klangen selbst für ihn unwirklich, als hätte er sie einem Albtraum entrissen.

Frau Wyss' Gesicht versteinerte. Ihre Finger hielten das Tuch noch fester, ihre Knöchel traten weiss hervor. „Im Keller?" wiederholte sie leise, als hätte sie nicht richtig gehört.

Sager nickte langsam, sein Blick ruhte auf ihr. „Ja. Und sie lebt. Die Sanitäter haben sie mitgenommen. Aber wir brauchen eine Spurensicherung. Ich muss Dr. Lüthi benachrichtigen."

Er erhob sich, griff nach dem Telefon an der Wand, doch während er die Nummer wählte, fiel ihm auf, dass Frau Wyss ihn mit flackernden Augen beobachtete. Ihre Lippen pressten sich zu einem dünnen Strich zusammen, und ihr Gesicht verlor jegliche Farbe.

„Nun," murmelte sie schliesslich und zwang sich zu einem schwachen Lächeln. „Wer hätte das gedacht…"

Sager liess den Hörer kurz sinken. „Ja, wer hätte das gedacht." Seine Stimme war ruhig, doch in seinem Inneren regte sich ein unangenehmer Verdacht. Ihre Reaktion war zu auffällig, ihre Nervosität zu greifbar.

„Ich… Ich wusste nicht, dass es dort unten noch etwas gibt," sagte sie hastig, während sie ihre Hände in der Schürze verbarg. „Das Haus war doch immer leer, nicht wahr?"

Sager musterte sie aufmerksam. „Leer, ja… bis auf Marie."

Frau Wyss wich seinem Blick aus, wandte sich abrupt ab und begann, Tassen zu polieren, obwohl ihre Hände zitterten. Sager beobachtete sie noch einen Moment länger, dann kehrte er zu seinem Anruf zurück, doch der Verdacht liess ihn nicht los.

Während er ins Telefon sprach und Dr. Lüthi von dem Fund berichtete, hallten ihre Worte in seinem Kopf nach. „Ich wusste nicht, dass es dort noch etwas gibt." Ein Satz, der sich anfühlte, als hätte sie längst gewusst, was unter der Oberfläche des Blatter-Hauses verborgen lag.

Sager legte den Hörer auf, sein Blick wanderte zurück zu Frau Wyss. Die Schatten des Breitmis waren tief, und er hatte das Gefühl, dass sie gerade erst an der Oberfläche kratzten.

DAS ENDE EINER FLUCHT

15. OKTOBER 1959

Die Dämmerung legte sich schwer über das Breitmis, als Kaspar durch das hohe Gras hinter dem Haus von Frau Wyss streifte. Er wusste, dass er sich nicht hier aufhalten sollte – man hatte es ihm oft genug gesagt. Aber etwas an diesem Teil des Waldes zog ihn immer wieder an, wie ein dunkles Geheimnis, das nur darauf wartete, entdeckt zu werden. Die Bäume standen hier dichter als anderswo, ihre knorrigen Äste formten ein undurchdringliches Netz, das das letzte Licht des Tages verschluckte.

Eine Gestalt trat aus den Schatten. Gross, breit gebaut, mit einer gedrungenen Haltung, als trüge er eine unsichtbare Last auf seinen Schultern. Seine Stimme war leise, aber drängend, als er auf Kaspar zutrat.

„Junge, was machst du hier?" fragte der Mann, seine dunklen Augen ruhten schwer auf Kaspars Gesicht. Er beugte sich leicht vor, sodass sein Schatten den Jungen vollständig einhüllte. „Ich habe dir doch gesagt, du sollst dich hier nicht mehr herumtreiben."

Kaspar spürte, wie ihm die Kehle trocken wurde. Sein Blick huschte nervös umher, als suche er einen Fluchtweg, doch er zwang sich, standhaft zu bleiben. „Ich… ich wollte nur…" Er schluckte hart. „Ich werde es meinen Eltern sagen. Die müssen wissen, dass hier…"

„Nein!" Die Stimme des Mannes klang plötzlich scharf wie ein Messer. „Nein, das wirst du nicht, Kaspar."

Der Junge trat einen Schritt zurück, sein kleiner Körper angespannt. „Doch! Ich werde es Mama sagen! Ich… ich gehe sofort nach Hause!" Kaspar drehte sich um, sein Herz pochte wild in seiner Brust. Er spürte, dass der Mann hinter ihm erstarrte, doch dann hörte er es – schwere Schritte, die ihm folgten.

Panik schoss durch seinen Körper. Ohne weiter nachzudenken, rannte Kaspar los, stolperte über Wurzeln und kämpfte sich durch das Dickicht. Äste peitschten ihm ins Gesicht, und der kalte Wind schnitt ihm in die Lungen, aber er durfte nicht anhalten. Hinter ihm hörte er die hastigen Schritte des Mannes, das angestrengte Keuchen, das näher kam.

„Stehenbleiben, Kaspar!" rief der Mann, seine Stimme klang jetzt rau und fordernd, doch Kaspar dachte nicht daran, anzuhalten. Der Wald schien sich immer weiter vor ihm zu öffnen, als wolle er ihm helfen zu entkommen. Er lief, so schnell ihn seine Beine trugen, seine Füsse traten auf moosigen Boden, auf rutschige Steine. Tränen brannten in seinen Augen, und sein Atem ging stossweise, während er tiefer in den düsteren Wald floh.

Dann tauchte vor ihm ein dunkler Umriss auf – der Bärghof.

Das alte, verlassene Gebäude ragte gespenstisch vor ihm auf, seine zerbrochenen Fenster wie schwarze Löcher, die ihn anstarrten. Kaspar stolperte über den knirschenden Kies und sein Blick fiel auf den alten Brunnen. Er erinnerte sich an die Geschichten, die er gehört hatte – von Dingen, die im Wasser lauerten, von Stimmen, die in der Tiefe riefen. Doch jetzt war er nur ein Versteck, ein Ausweg.

Er trat vorsichtig an den moosüberzogenen Rand des Brunnens, stützte sich auf den kalten Stein und blickte hinab. Die Düsternis im Inneren war undurchdringlich, und ein fauliger Geruch stieg ihm in die Nase. Ein Schauder lief ihm über den Rücken. Was, wenn dort unten wirklich etwas war?

Ein Geräusch hinter ihm liess ihn erstarren.

Der Mann stand plötzlich wieder da, sein Atem schwer und ungleichmässig. Kaspars Herz hämmerte in seiner Brust, und in einem verzweifelten Versuch, sich in Sicherheit zu bringen, wich er zurück. Sein Fuss fand keinen Halt. Ein erschrockener Aufschrei zerriss die Stille, als Kaspars Körper über den Rand des Brunnens kippte. Die Zeit schien in diesem Moment stillzustehen – dann fiel er, verschwand in der Tiefe, sein Schrei wurde von der Dunkelheit verschluckt.

Der Mann hastete nach vorn, seine Hände griffen vergeblich nach Kaspars kleiner Gestalt, doch es war zu spät. Ein dumpfer Aufprall erklang aus der Tiefe, gefolgt von bedrückender Stille.

Schwer atmend starrte er in den Brunnen. „Kaspar…?" Seine Stimme war nur noch ein Flüstern. Nichts rührte sich. Kein Geräusch. Kein Lebenszeichen.

Panik ergriff ihn. „Mein Gott…" Er taumelte zurück, hielt sich an der morschen Holzkonstruktion fest und versuchte, seine Gedanken zu ordnen. Kaspar war tot. Er lag tief unten im Brunnen. Ein Fehler, ein Unfall – aber würde es jemand glauben? Und was, wenn jemand ihn hier gesehen hatte?

Seine Hände zitterten, sein Blick schweifte hektisch umher. Die Mine. Die verdammte Mine. Kaspar hatte sie fast entdeckt. Und nun war er tot.

„Ich… ich muss das begraben," murmelte der Mann zu sich selbst, seine Gedanken überschlugen sich. Rasch rannte er zurück durch den Wald, stolperte durch das Unterholz, bis er sein Haus erreichte. Im Schuppen griff er nach der alten Schaufel, die an einem rostigen Haken hing. Seine Hände zitterten, als er sie vom Haken nahm. „Niemand darf ihn finden… niemals."

Wieder am Brunnen angekommen, leuchtete das fahle Mondlicht auf seine von Erde verschmierten Hände. Mit schwerem Herzen begann er, Erdreich und Steine in den Brunnen zu schaufeln. Jeder Wurf hallte unheimlich nach. Kaspars schmächtiger Körper verschwand langsam unter der schweren, feuchten Erde. Schaufel um Schaufel vergrub er sein dunkles Geheimnis.

Sein Atem wurde schwerer, die Kälte kroch in seine Knochen, doch er hielt nicht inne, bis der Brunnen nicht mehr nur ein Brunnen war, sondern ein Grab.

Als er schliesslich innehielt, blickte er auf das, was er getan hatte. Er wischte sich den Schweiss von der Stirn, seine Hände zitterten, seine Knie fühlten sich schwach an. Er hörte den Wind in den Bäumen rauschen, als würde der Wald selbst ihn verurteilen.

„Niemand darf es je erfahren," flüsterte er, bevor er die Schaufel tief in die Erde stiess und sich auf den Heimweg machte.

Doch tief in seinem Inneren wusste er, dass das Breitmis nichts vergisst.

VERDRÄNGTE WAHRHEITEN

21. NOVEMBER 1988

Matthias Sager und Dr. Lüthi standen in dem stickigen, modrig riechenden Keller unter dem Haus Blatter. Das fahle Licht der alten Glühbirne flackerte unstet und warf geisterhafte Schatten an die feuchten Steinwände. Die Luft war durchzogen von dem Geruch von Schimmel und Verfall, ein stilles Zeugnis der Jahre, die dieser Raum vergessen unter der Erde lag.

Marie war mittlerweile in Sicherheit, auf dem Weg ins Krankenhaus. Doch für Sager war der Fall alles andere als abgeschlossen. Er kniete sich nieder und liess seinen Blick langsam durch den Raum wandern. Staub und Dreck bedeckten den Boden, in einer Ecke lag ein alter Hocker, darauf ein vergilbtes, zerknittertes Tuch. Neben dem kleinen Lager, das offenbar als Maries Bett diente, stand eine abgenutzte Holztruhe, deren rostiges Schloss bereits aufgebrochen war.

„Hier... sehen sie das?" Lüthi trat näher und deutete auf einen Gegenstand, der halb unter einer morschen Decke verborgen lag. Sager zog ihn vorsichtig hervor – ein kleines, zerbrechliches Amulett, eingeschnürt in ein mit Fäden umwickeltes Lederband. Er hielt es ins Licht und betrachtete es nachdenklich.

„Dieses Muster..." murmelte er. Die Linien auf dem Metallstück wirkten vertraut – ein stilisiertes Symbol, das er schon einmal gesehen hatte. Es dauerte einen Moment, bis es ihm dämmerte: Dieses

Symbol hatte er früher im Café von Frau Wyss bemerkt, als eine Gravur auf einem alten Familienerbstück, das hinter der Theke hing.

Er und Lüthi tauschten einen bedeutungsschweren Blick. „Das gehört zu Frau Wyss," sagte Sager, seine Stimme ruhig, aber mit einem harten Unterton. „Ich erinnere mich genau daran."

Lüthi seufzte tief. „Wenn sie involviert ist, dann war sie nicht allein. Jemand hat ihr geholfen, das Mädchen hierherzubringen."

Sager nickte langsam und steckte das Amulett in seine Jackentasche. Es war Zeit, Antworten zu finden.

Sager fuhr direkt ins Dorf, seine Gedanken rasten. Als er vor dem Café von Frau Wyss ankam, fiel ihm sofort das handgeschriebene Schild an der Tür auf:

„Wegen privater Gründe vorübergehend geschlossen."

Sein Blick verfinsterte sich. Die plötzliche Schliessung wirkte nicht zufällig – nicht nach dem, was sie im Keller entdeckt hatten. Er rüttelte an der Tür, doch sie war fest verschlossen. Das Café, einst ein geschäftiges Zentrum für Klatsch und Tratsch, wirkte nun leblos und verlassen.

„Verdammt," murmelte Sager und trat einen Schritt zurück. Die Fenster waren verdunkelt, keine Bewegung war zu erkennen.

Er wusste, dass er anders an Informationen gelangen musste. Eine Spur führte ihn zu Hans Sommer, einem alten Freund seines Vaters. Sager beschloss, dorthin zu gehen – und seine Intuition sollte ihn nicht täuschen.

Sommer wohnte in einem kleinen, von dichten Sträuchern umgebenen Haus am Dorfrand. Als Sager näher kam, bemerkte er gedämpfte Stimmen, die aus dem Inneren drangen. Vorsichtig trat er zur Tür und klopfte kräftig.

Ein Moment der Stille folgte, dann öffnete sich die Tür einen Spalt. Sommer stand da, sein Gesicht bleich, seine Hände zitternd. „Sager," sagte er, seine Stimme rau. „Was wollen sie?"

„Mit ihnen sprechen, Sommer. Lassen sie mich rein."

Sommer zögerte, trat dann aber widerwillig zur Seite. Als Sager eintrat, blieb er abrupt stehen. Im Wohnzimmer sassen Frau Wyss und Bänziger. Beide wirkten angespannt, als ob sie inmitten eines hitzigen Gesprächs unterbrochen worden wären.

„Ich hätte mir denken können, dass ich euch hier finde," sagte Sager ruhig und liess seinen Blick durch den Raum schweifen. Sommer schloss die Tür hinter ihm, seine Hände rangen ineinander.

Frau Wyss' Miene war reglos, doch Sager erkannte das leichte Zittern ihrer Finger, mit denen sie fahrig an ihrer Schürze nestelte. „Sie haben kein Recht, hier reinzuplatzen, Sager," sagte sie schliesslich, ihre Stimme dünn.

„Oh, ich denke doch," entgegnete Sager. „Vor allem, nachdem ich das hier gefunden habe." Er zog das Amulett aus der Tasche und hielt es in die Höhe. „Das lag bei Marie im Keller."

Ein kollektives Einatmen ging durch den Raum. Bänziger wich Sager' Blick aus, während Sommer den Kopf schüttelte und sich an seinen Stuhl klammerte.

„Was soll das beweisen?" versuchte Wyss, ruhig zu klingen, doch ihre Stimme verriet sie. „Das... das könnte von überall her sein."

Sager trat näher, seine Stimme war kalt. „Das ist Ihr Familienerbstück, Frau Wyss. Und es lag neben einem gefesselten, halbtoten Mädchen. Erklären sie mir das."

Sommer rieb sich über das Gesicht. „Verdammt, Sager, wir... wir wollten das alles hinter uns lassen. Warum musst du immer alles aufwühlen?"

„Weil es sich nicht aufhält, Sommer," erwiderte Sager scharf. „Genau wie das, was mit Kaspar Blatter passiert ist."

Bänziger sprang auf, seine Augen weiteten sich vor Angst. „Hör auf damit! Du weisst nicht, wovon du redest."

„Ach, wirklich?" Sager fixierte ihn. „Oder habt ihr einfach Angst, dass die Wahrheit endlich ans Licht kommt?"

Wyss presste die Lippen zusammen, ihr Gesicht war kreidebleich. „Wir wollten das alles nur... vergessen."

„Aber Marie hätte sterben können!" Sagers' Stimme war hart. „Wer weiss, wie lange sie noch durchgehalten hätte! Und Kaspar? Habt ihr ihn auch ,vergessen'?"

Die drei blieben stumm, nur das leise Ticken der alten Wanduhr durchbrach die bedrückende Stille.

Schliesslich war es Bänziger, der brach. „Wir wollten nie, dass jemandem etwas passiert. Wir dachten nur... wir dachten, wenn wir still sind, würde alles vorbei sein."

Sager beobachtete ihn genau. „Aber es ging nicht vorbei, oder? Ihr hattet Angst vor dem, was Kaspar wusste. Und jetzt habt ihr Angst, dass Marie vielleicht dasselbe entdeckt hat."

Wyss' Augen füllten sich mit Tränen, während Sommer nur dumpf nickte. „Wir konnten ihn nicht aufhalten," flüsterte er. „Es war... es war schon zu spät."

Sager atmete tief durch. Sie hatten nicht selbst zugeschlagen – aber sie wussten mehr, als sie je zugeben würden.

„Die Wahrheit kommt immer ans Licht," sagte Sager schliesslich und wandte sich zur Tür. „Und sie werden besser vorbereitet sein, wenn sie es tut."

DAS BÜNDNIS DES SCHWEIGENS

15. OKTOBER 1959

Die Erinnerung war wie ein ständiges Echo in Alois Sagers Gedanken – ein dunkler Schatten, der sich mit den Jahren nicht auflöste, sondern nur tiefer in sein Inneres grub. Der Wald hinter dem Haus von Frau Wyss hatte ihn damals gerufen, in einer Weise, die er nie ganz verstand. Kaspar Blatter hatte dort etwas gesehen, etwas gewusst, das er nicht hätte wissen dürfen. Und nun, so viele Jahre später, lebte die Schuld immer noch in ihm, ein stiller Begleiter in den schlaflosen Nächten.

Es war eine Nacht gewesen, die sich unauslöschlich in seine Seele eingebrannt hatte. Alois erinnerte sich an das Zittern in Kaspars Stimme, an seine aufgerissenen Augen, als er ihm unter dem grauen Himmel begegnet war.

„Du darfst nicht in diesem Teil des Waldes sein, Kaspar," hatte Alois mit seiner gewohnt ruhigen, aber drohenden Stimme gesagt. „Das ist kein Ort für dich."

Der Junge hatte ihn nur trotzig angesehen, das Kinn gereckt, und Alois wusste sofort, dass er zu viel wusste.

„Ich werde es meinen Eltern erzählen," hatte Kaspar plötzlich gesagt, mit einer Entschlossenheit in der Stimme, die Alois kurz das Herz stocken liess.

Diese wenigen Worte hatten etwas in ihm ausgelöst, eine Panik, die er nicht erwartet hatte. Bevor er es verhindern konnte, drehte sich

191

Kaspar um und rannte los – schneller, als es ein Junge wie er eigentlich sollte. Seine Füsse schlugen laut auf die feuchte Erde, Äste knackten unter seinem Gewicht, während er durch das Unterholz hetzte.

Alois war ihm gefolgt, seine Schritte schwerer, doch zielgerichtet. Die Jagd durch den Wald war eine Qual gewesen, jeder Atemzug schien lauter in seinen Ohren zu klingen. Kaspars helle Jacke war das Einzige, das ihm in der Nacht Orientierung gab. Der Junge schlug sich durch das Dickicht, stolperte über Wurzeln, hielt sich aber kaum auf. Er wusste, wohin er lief – der alte Bärghof.

Der Brunnen tauchte plötzlich vor ihnen auf, sein moosbedeckter Rand kaum sichtbar in der Dämmerung. Alois sah, wie Kaspar stehen blieb, sich nach ihm umsah, als würde er überlegen, ob er springen sollte. Doch dann geschah es schneller, als Alois reagieren konnte – ein leiser Aufschrei, das Rutschen von Füssen auf feuchtem Stein, und der Junge verschwand in der Tiefe.

Alois stand regungslos da, sein Atem schwer, sein Herz hämmernd in der Brust. Ein dumpfer Aufprall hallte durch die Dunkelheit, dann war alles still. Er starrte in das schwarze Loch, seine Gedanken rasten.

Panik erfasste ihn – er wusste, was dieser Brunnen barg, was tief unter dem alten Hof verborgen lag. Die Mine, die Geheimnisse des Dorfes, die Dinge, die niemals ans Licht kommen durften. Wenn jemand Kaspar dort unten finden würde…

„Er darf nicht gefunden werden," murmelte er, mehr zu sich selbst als zu jemand anderem. Er lief zurück zum Haus, seine Bewegungen mechanisch. In der alten Scheune fand er eine Schaufel – sie war alt, aber noch stark genug für das, was er tun musste.

Zurück am Brunnen stand er für einen Moment still, der Griff der Schaufel fest in seinen Händen. Er war Polizist. Er war ein Mann des Gesetzes. Und doch begann er, Erde in das dunkle Loch zu werfen, den feuchten Geruch der nassen Erde in seiner Nase. Mit jedem Wurf fühlte er sich schwerer, seine Schultern krümmten sich unter dem Gewicht der Entscheidung, die er getroffen hatte.

Jahre vergingen, und das Leben ging weiter. Doch für Alois war es nie wieder dasselbe. Jedes Mal, wenn er durch den Wald ging, hörte er das Echo von Kaspars Füssen auf dem Waldboden. Jedes Mal, wenn er den Bärghof sah, spürte er das Gewicht der Erde in seinen Händen.

Eines Abends sass er allein in seinem Haus, die verstaubten Akten vor sich ausgebreitet. Seine zitternden Hände strichen über die Seiten, auf denen er sich seine eigenen Fragen und Schuldgeständnisse notiert hatte. "Ein Haus vergisst nie", hatte er einmal zu Sager gesagt. Doch er wusste nun, dass es nicht das Haus war, das nicht vergass. Es war sein eigenes Gewissen.

Schwerfällig erhob er sich, trat vor den alten Spiegel im Flur und sah sich selbst an. Die tiefen Falten auf seiner Stirn, die harten Augen – er erkannte den Mann kaum, der ihm entgegenstarrte. War dies der Preis für die Wahrheit, die er niemals aussprach?

Seine Hand wanderte zum obersten Regal im Schlafzimmer, wo seine Dienstwaffe lag. Sie war kalt in seiner Hand, das Gewicht vertraut und doch furchterregend. Alois schloss die Augen.

"Ich habe versagt."

Ein leises Klicken, dann ein Knall, der das Haus in eine ewige Stille tauchte.

Tage später, als Sager die Nachricht vom Tod seines Vaters erhielt, sass er lange regungslos da. Die Worte hallten in seinem Kopf nach, doch sie ergaben keinen Sinn. "Ihr Vater ist tot. Es war Suizid." Ein Gefühl der Leere breitete sich in ihm aus, eine Kälte, die ihn von innen heraus ergriff. Er wusste nicht, wie er darauf reagieren sollte – Trauer, Wut, Unverständnis? Alles schien sich ineinander zu vermischen. Sein Vater, der stets so stark, so diszipliniert gewirkt hatte, war diesen Weg gegangen?

Er starrte auf den Tisch vor sich. Eine leise Unruhe nagte an ihm. Etwas in ihm sagte ihm, dass es mehr geben musste, mehr als das, was ihm gerade mitgeteilt wurde. Sein Vater hatte ihm nie viel über sich erzählt, war ein Mann der Schweigsamkeit gewesen, der nicht gern über seine Vergangenheit sprach. Doch nun, da Sager an das alte Haus im Breitmis dachte, an die stummen Räume, in denen sein Vater sich so oft zurückgezogen hatte, erschien ihm vieles in einem anderen Licht.

War es Einsamkeit gewesen? War es eine Bürde, die Alois all die Jahre mit sich getragen hatte? Sager konnte es nicht wissen. Alles, was er wusste, war, dass er Antworten brauchte – und dass das Bild seines Vaters, das er sich all die Jahre gemacht hatte, plötzlich zu bröckeln begann.

Das Bündnis des Schweigens hatte Alois Sager nicht retten können. Und nun lag es an Sager, die Wahrheit ans Licht zu bringen.

DIE MASKEN FALLEN

21 NOVEMBER 1988

Der Raum lag in einer bedrückenden Stille, die schwerer wog als jede Drohung. Das einzige Geräusch, das die drückende Atmosphäre durchbrach, war das gelegentliche Knacken und Knistern des alten Holzofens in der Ecke des Zimmers. Doch selbst dieses vertraute Geräusch klang heute unwirklich, fast wie ein Echo, das aus einer anderen Zeit zu stammen schien. Es war kein beruhigendes Knistern, sondern ein gedämpftes, dumpfes Mahnen, als würde das Haus selbst die Anspannung im Raum spüren.

Matthias Sager sass mit unbewegtem Gesichtsausdruck am massiven, abgenutzten Holztisch im Wohnzimmer von Hans Sommer. Der Tisch war schwer und grob geschnitzt, übersät mit Scharten und Kratzern – stillen Zeugen von Jahrzehnten des Gebrauchs. Sager hatte seine Hände flach auf die Tischplatte gelegt, doch seine Finger spannten sich immer wieder an und ballten sich unbewusst zu Fäusten. Es war ein Reflex, den er nicht kontrollieren konnte. Die Last der Situation war ihm ins Gesicht geschrieben. Seine Augen, hart und unerbittlich, beobachteten die Menschen, die ihm gegenübersassen, ohne zu blinzeln.

Hans Sommer, Walter Bänziger und Johanna Wyss schienen wie Schatten ihres früheren Selbst. Ihre Gesichter waren müde und hager, gezeichnet von Jahren der Verdrängung, Angst und Schuld. Besonders in ihren Augen spiegelte sich eine tiefe innere Zerrissenheit wider. Sie schienen zu wissen, dass sie dem nicht mehr entkommen konnten. Die Wahrheit war unausweichlich. Doch keiner wollte der Erste sein, der das Schweigen brach. Die Luft im Raum schien sich mit jedem Moment dichter zu ziehen, bis sie beinahe greifbar wurde. Es war die Art von Stille, die ein erfahrener Polizist wie Sager genau kannte – die Art von Stille, die einsetzt, wenn Schuldige sich am Rand eines Geständnisses bewegen und nach einem letzten Ausweg suchen.

Sager beobachtete jeden von ihnen genau. Seine Geduld war über Wochen hinweg getestet worden, aber nun hatte sie ihre Grenze erreicht. Er würde keine Ausflüchte mehr dulden. Heute war der Tag, an dem die letzten Geheimnisse ans Licht gezerrt werden mussten – die Wahrheit über die Entführung von Marie und das Verbrechen, das vor Jahrzehnten alles ins Rollen gebracht hatte. Es ging um Kaspar Blatter, den Jungen, dessen Verschwinden sich wie ein dunkler Schatten über das Dorf gelegt hatte. Ein Schatten, der auch jetzt noch jede Handlung dieser drei Menschen beeinflusste.

Hans Sommer sass schräg auf seinem Stuhl, als könne er nicht lange ruhig bleiben. Seine Hände spielten nervös mit einem zerknitterten Stofftaschentuch, das er immer wieder auf- und zusammenfaltete. Sein Blick wanderte rastlos durch den Raum, blieb an den Wänden hängen, an den Regalen, an der knisternden Glut im Ofen – nur nicht an Sager. Er wirkte wie ein Tier, das in die Enge getrieben worden war und nun verzweifelt nach einem Fluchtweg suchte. Doch es gab keinen Fluchtweg mehr.

Walter Bänziger hingegen sass wie eingefroren auf seinem Platz. Seine Schultern waren nach vorn gesackt, seine Hände ruhten reglos auf den Knien. Sein Gesicht war blass, die Augen tief in ihren Höhlen verborgen. Er sah aus, als sei er um Jahre gealtert, als trage er die Schwere all der unausgesprochenen Wahrheiten auf seinen

Schultern. Er wagte es nicht, den Blick zu heben. Die Stille schien ihm in die Knochen zu fahren, als würde sie ihn lähmen.

Johanna Wyss war die Einzige, die noch einen Anschein von Widerstand aufrechtzuerhalten versuchte. Sie sass aufrecht, ihre Arme vor der Brust verschränkt, als wollte sie sich vor Sagers unerbittlichem Blick schützen. Doch ihre Augen verrieten sie. Sie zuckten unruhig durch den Raum, als suchten sie nach einer Fluchtmöglichkeit, nach einem Halt, der nicht existierte. Ihre Lippen waren zu einem schmalen Strich zusammengepresst, und ihre Kiefermuskeln arbeiteten sichtbar. Sie wollte etwas sagen, kämpfte jedoch innerlich darum, die Kontrolle zu bewahren.

Sager liess seinen Blick langsam von einem zum anderen wandern. Die Zeit schien in dieser dichten Atmosphäre stillzustehen, und die Spannung im Raum drohte zu zerbersten. Keiner der drei wagte es, sich zu bewegen oder ein Wort zu sagen. Die Schuld lag schwer auf ihnen, und Sager konnte sie beinahe körperlich spüren – eine unsichtbare Last, die den Raum erfüllte.

Seit dem Fund von Marie war das Schweigen, das das Dorf jahrzehntelang wie eine Mauer umgeben hatte, langsam aufgebrochen. Es war wie eine faulende Wunde, die immer tiefer eitert, bis der Schmerz unausweichlich wird. Die Lügen und Vertuschungen, die das Breitmis über so viele Jahre hinweg geprägt hatten, konnten nicht länger verdrängt werden. Sager hatte gewusst, dass es nur eine Frage der Zeit war, bis die Wahrheit sich ihren Weg bahnte. Die Wahrheit war unerbittlich, sie verlangte nach Offenlegung, nach Rechenschaft.

Er dachte an die schlaflosen Nächte, die er in den letzten Tagen verbracht hatte. Immer wieder waren ihm die Bilder durch den Kopf gegangen: das Mädchen in dem dunklen Keller, die Spuren am Brunnen. Alles führte zurück zu diesem einen Jungen, dessen Schicksal niemals aufgeklärt worden war. Sager wusste, dass diese drei Menschen mehr wussten, als sie je zugegeben hatten. Sie hatten geschwiegen und gehofft, dass die Vergangenheit sich niemals erheben würde. Doch diese Hoffnung war nun endgültig zerbrochen.

Er lehnte sich leicht vor, seine Stimme ruhig, aber durchdringend: „Sie alle wissen, warum ich hier bin. Seit dem Tag, an dem wir Marie gefunden haben, ist klar, dass es keine weiteren Ausreden mehr gibt. Es geht nicht nur um ihre Entführung. Es geht um das, was vor Jahrzehnten geschehen ist – um Kaspar Blatter."

Frau Wyss zuckte leicht zusammen, als er den Namen aussprach. Bänziger schloss die Augen, als wollte er sich vor der Realität abschirmen. Sommer presste die Lippen zusammen und hielt die Luft an, bevor er schliesslich langsam und schwer ausatmete.

„Wir sind jetzt an dem Punkt angelangt, an dem die Wahrheit nicht mehr aufzuhalten ist," fuhr Sager fort. „Und es liegt an ihnen, wie Sie damit umgehen wollen." Seine Augen blieben fest auf Sommer gerichtet. „Sie können weiterhin schweigen und leugnen, oder sie können endlich zugeben, was sie wissen."

Die Worte hingen wie ein unaufhaltsames Echo in der Luft. Jeder von ihnen wusste, dass es kein Zurück mehr gab. Die Zeit des Schweigens war vorbei.

Der Stuhl von Sommer kratzte laut über den Boden, als er ihn zurückschob. Die plötzliche Bewegung durchbrach die bedrückende Stille des Raumes wie ein Donnerschlag. Seine Augen funkelten vor Anspannung, und seine Hände zitterten leicht, als er sich mit fahrigen Bewegungen über die Stirn wischte. Es war kein einfacher Schweiss, der ihn überkam, sondern die Last einer Wahrheit, die er nicht länger verdrängen konnte. Sein Blick wanderte für einen Moment zu Matthias Sager und verharrte dort, als ob er ihn herausfordern wollte, doch dahinter lag keine echte Entschlossenheit. Es war eher die verzweifelte Haltung eines Mannes, der fühlte, dass ihm die Kontrolle entglitt.

„Also gut, Sager," begann Sommer und versuchte, seiner Stimme mehr Autorität zu verleihen, als er tatsächlich aufbringen konnte. „Wir wissen, warum sie hier sind." Er sprach die Worte mit einer Mischung aus Wut und Abwehr, die seine innere Zerrissenheit nur noch deutlicher machte. „Aber wir lassen uns nicht in eine Ecke drängen."

Sager sass weiterhin reglos da. Er beobachtete Sommer mit einer fast schon unheimlichen Ruhe, die den Raum zusätzlich erdrückte. Der Wachtmeister hatte keine Absicht, sich von der aufgesetzten Aggression Sommers beeindrucken zu lassen. Sein Blick blieb fest und durchdringend. Jedes Detail der Körpersprache seines Gegenübers nahm er genau wahr: die fahrigen Handbewegungen, das unstete Wandern der Augen und das nervöse Lecken über die Lippen. Sager wusste, dass Sommer versuchte, die Oberhand zu gewinnen – und ebenso wusste er, dass dies bereits gescheitert war.

Mit ruhiger, aber unnachgiebiger Stimme erwiderte Sager: „Es geht nicht darum, jemanden in eine Ecke zu drängen, Herr Sommer. Es geht darum, die Wahrheit zu erfahren. Marie wurde in einem Keller eingesperrt – allein, ohne Nahrung oder Hilfe. Der Zugang zu diesem Keller war gut verborgen, fast so, als sollte niemand sie jemals finden." Er lehnte sich ein Stück vor und liess seine Worte bewusst im Raum hängen, bevor er weitersprach. „Und ich glaube kaum, dass das ein Zufall war."

Sommer wich seinem Blick aus, seine Augen suchten verzweifelt nach etwas – vielleicht nach einer Ausrede, vielleicht nach Unterstützung bei den anderen. Seine Hände, die er vor sich gefaltet hatte, begannen sich zu reiben, während seine Finger unruhig zuckten. Er schien zu spüren, wie sich die unsichtbaren Fäden der Wahrheit enger um ihn und die anderen zogen. Die Stille kehrte für einen Moment zurück, schwer und erdrückend wie Blei.

Frau Wyss, die bisher stumm auf ihrem Platz gesessen hatte, regte sich endlich. Sie verschränkte die Arme fest vor der Brust und presste die Lippen aufeinander, bis sie fast weiss wurden. Ihre Augen huschten nervös durch den Raum, als suche sie eine Möglichkeit zur Flucht. Doch es gab kein Entkommen. Nicht jetzt, nicht mehr. Die Wahrheit, die sie und die anderen über so viele Jahre verborgen gehalten hatten, begann sich aufzudrängen, wie eine unsichtbare Macht, die jede Ausflucht unmöglich machte.

Plötzlich brach es aus ihr heraus, als könne sie den Druck nicht länger ertragen: „Ich habe mit dem Mädchen nichts zu tun!" Ihre Stimme klang schrill, fast hysterisch, und das Zittern darin verriet mehr, als sie preisgeben wollte. Sie hob das Kinn, eine stumme Geste des Widerstands, doch Sager konnte sehen, wie ihr Inneres vor Panik und Unsicherheit bebte. „Ich... ich habe nichts getan!" fügte sie hastig hinzu, als ob sie die Wahrheit mit Lautstärke begraben könnte.

Sager betrachtete sie einen Moment schweigend, liess die Worte auf sich wirken, bevor er sie mit eiskalter Präzision zerschlug. Er lehnte sich leicht nach vorne, seine Augen verengten sich, während er ruhig und mit fast klinischer Sachlichkeit sprach: „Das Artefakt, das wir in Maries Versteck gefunden haben, stammt eindeutig aus Ihrem Besitz, Frau Wyss."

Die Wirkung dieser Worte war unmittelbar. Frau Wyss riss die Augen weit auf und erstarrte, als ob Sager sie körperlich getroffen hätte. Ihre Hände, die bis eben noch verschränkt auf ihrer Brust ruhten, lösten sich langsam, und ihre Finger begannen leicht zu zittern. Ihr Blick wurde glasig, und für einen Moment schien es, als würde sie nach einer Antwort suchen – einer Erklärung, die sie aus der Schlinge ziehen könnte. Doch es gab keine.

Sager fuhr unbeirrt fort, seine Stimme blieb ruhig, fast sanft, doch die Schärfe seiner Worte hallte durch den kleinen Raum wie Donner. „Sie können versuchen zu leugnen, was sie wollen, Frau Wyss. Aber es ist nur eine Frage der Zeit, bis wir Ihre genaue Rolle in diesem Fall klären."

Sommer, der während dieser Konfrontation zwischen Sager und Frau Wyss wie eingefroren wirkte, schüttelte nun langsam den Kopf. Seine Gesichtszüge verrieten Erschöpfung, und er liess sich schwer auf seinen Stuhl zurückfallen. „Verdammt...", murmelte er leise und rieb sich die Schläfen, als wollte er die Situation aus seinem Kopf vertreiben. „Das hier... läuft aus dem Ruder..."

Frau Wyss schien für einen Moment unfähig zu sprechen. Ihre Brust hob und senkte sich hektisch, und in ihren Augen spiegelte sich die Erkenntnis wider, dass das Spiel vorbei war. „Es... es ist nicht so, wie sie denken!" stammelte sie schliesslich und schüttelte erneut den Kopf. „Das... das war doch nie meine Absicht. Ich wollte nicht, dass es so weit kommt..."

Sager liess sie nicht aus den Augen. „Aber es ist so weit gekommen," sagte er scharf. „Und sie waren ein Teil davon. Genau wie Sommer. Genau wie Bänziger."

Bei der Erwähnung seines Namens hob Walter Bänziger endlich den Kopf. Sein Gesicht war fahl, und die dunklen Ringe unter seinen Augen zeugten von schlaflosen Nächten. Seine Stimme war kaum mehr als ein Flüstern, als er leise sagte: „Wir... wir dachten, wir könnten das unter Kontrolle halten. Dass es nie so weit kommen würde."

„Aber es kam so weit," erwiderte Sager bitter. „Und jetzt gibt es kein Zurück mehr."

Die Luft im Raum schien sich zu verdichten, als ob die erdrückende Last der unausgesprochenen Schuld und der lang verborgenen Geheimnisse sie schwerer machte. Das Knistern des Holzofens, das zuvor kaum aufgefallen war, klang nun übermässig laut – beinahe wie ein drohendes Flüstern, das aus den Ecken des Zimmers kam. Matthias Sager sass reglos am Tisch. Seine Augen, wachsam und unerbittlich, durchbohrten die drei Personen, die ihm gegenüber sassen: Hans Sommer, Johanna Wyss und Walter Bänziger.

Die Gesichter der drei waren blass und angespannt. Johanna Wyss strich fahrig mit den Fingern über den Rand ihres Schals, als suche sie Halt. Walter Bänziger sass mit gekrümmtem Rücken, seine Schultern eingefallen wie unter einer unsichtbaren Last. Und Hans Sommer, der äusserlich den Schein der Kontrolle zu wahren versuchte, zeigte erste Risse in seiner Fassade. Seine zitternden Hände verrieten die innere Unruhe, die in ihm tobte.

Sager hatte die Geduld verloren. Der Fund von Marie, gefangen und allein in einem versteckten Keller, hatte alles ins Rollen gebracht. Doch hier, in diesem Raum, hatte sich ein tieferer Knoten aus Schuld und Verantwortung gebildet – einer, der seit Jahrzehnten im Dorf schwelte und dessen Auslöser das ungesühnte Schicksal von Kaspar Blatter war.

Die Stille im Raum war quälend. Niemand wagte es, den ersten Schritt zu machen, doch Sager wusste, dass die Wahrheit nur durch Konfrontation zutage treten würde.

Mit einer plötzlichen Bewegung stiess Hans Sommer seinen Stuhl zurück, der mit einem lauten Quietschen über den Holzboden kratzte. Seine Augen waren weit geöffnet, der Blick unruhig und flackernd. Er schlug mit der Faust auf den Tisch, das Holz erzitterte unter dem Aufprall. „Verdammt, Sager!" brüllte er. „Sie tun ja so, als ob wir Monster wären! Keiner von uns wollte, dass das hier passiert!"

Seine Stimme hallte im Raum nach, doch niemand reagierte sofort. Sommer liess sich wieder auf den Stuhl fallen und atmete schwer. Die Wut, die er zu zeigen versuchte, war nicht echt – das erkannte Sager sofort. Es war nichts weiter als ein verzweifelter Versuch, die Angst zu übertönen, die tief in ihm brodelte. Die Angst vor der Wahrheit, die sie alle zu lange verleugnet hatten.

Sager fixierte ihn mit einem durchdringenden Blick. Er liess die Worte wirken, sagte jedoch nichts. Sommer begann fahrig mit den Fingern auf die Tischplatte zu trommeln, als würde die Stille ihn langsam erdrücken. Schliesslich hielt er inne und wich dem Blick von Sager aus. Das Schweigen übernahm erneut die Kontrolle über den Raum.

Walter Bänziger, der bisher geschwiegen hatte, bewegte sich nun zum ersten Mal. Er hob langsam den Kopf, seine Augen waren glasig und rot gerändert. Es war offensichtlich, dass er seit Tagen nicht mehr richtig geschlafen hatte. Seine Lippen zitterten leicht, als er endlich sprach. Seine Stimme war kaum mehr als ein Flüstern, brüchig und voller Reue.

„Aber es ist passiert..." murmelte er und senkte wieder den Blick. „Und wir... wir haben es geschehen lassen."

Die Worte trafen die anderen wie ein Keulenschlag. Sager spürte, wie Frau Wyss leicht zusammenzuckte, während Sommer nervös seine Stirn rieb. Es war das Eingeständnis, das alle fürchteten – das Eingeständnis, dass ihre Schuld nicht mehr zu leugnen war.

Sager lehnte sich nach vorne, seine Stimme war ruhig, doch seine Worte schienen in den Köpfen der Anwesenden widerzuhallen. „Sie alle wussten, was dort vor sich geht. Sie wussten von der Mine. Sie wussten, was dort versteckt wurde. Und sie wussten von Kaspar Blatter." Er liess den Namen mit Absicht lange im Raum stehen, beobachtete genau, wie jeder Einzelne darauf reagierte.

Frau Wyss schnappte hörbar nach Luft, als ob Sager eine alte Wunde aufgerissen hätte. Ihre Augen weiteten sich, und sie schien für einen Moment etwas sagen zu wollen. Doch die Worte blieben ihr im Hals stecken. Ihre Hände krampften sich am Rand des Tisches fest.

Schliesslich brachte sie ein Flüstern hervor: „Es... es war nicht meine Schuld."

Sager zog eine Augenbraue hoch. „Nicht Ihre Schuld?" Seine Stimme war ruhig, fast gefährlich leise. „Dann erklären sie mir, warum Kaspar damals verschwunden ist und warum Marie eingesperrt wurde. Sie wissen mehr, Frau Wyss. Sagen sie mir endlich die Wahrheit."

Frau Wyss begann heftig den Kopf zu schütteln. „Er hat... er hat sich nicht an die Regeln gehalten! Kaspar hat Dinge gesehen, die er nicht hätte sehen sollen! Er... er war immer anders, wissen sie das nicht?" Ihre Stimme wurde schriller, während sie in einem verzweifelten Versuch, sich zu rechtfertigen, fortfuhr. „Er hätte uns alle in Gefahr gebracht!"

Sommer trat vor, seine Bewegungen fahrig und unsicher. „Er war nur ein Kind, verdammt nochmal!" rief er, seine Stimme bebend vor unterdrückter Wut und Schuld. „Ein Kind! Und wir... wir haben zugesehen..."

Sager unterbrach ihn mit kalter Stimme. „Nicht nur zugesehen," sagte er scharf. „Sie haben vertuscht. Sie haben geschwiegen. Mein Vater wusste es. Und sie alle auch."

Bänziger hob langsam den Kopf, Tränen standen ihm in den Augen. „Alois wollte es begraben," murmelte er fast mechanisch. „Er sagte, manche Dinge müsse man ruhen lassen... um das Dorf zu schützen. Er wollte das Richtige tun... und wir haben ihm geglaubt."

Sager stand langsam auf, liess seinen Blick über die drei wandern. Seine Worte waren endgültig und unerbittlich: „Aber es wurde nicht begraben. Die Wahrheit hat ihren Weg gefunden. Marie ist der lebende Beweis dafür. Ihre Angst und Ihre Lügen haben nur zu noch mehr Leid geführt."

Frau Wyss begann zu weinen. Die Tränen liefen unkontrolliert über ihre Wangen, während sie in sich zusammensank. „Ich... ich hatte solche Angst," flüsterte sie zwischen ihren Schluchzern. „Ich dachte, wenn ich Marie verstecke, dann würde sie schweigen. Ich wollte nicht, dass alles wieder hochkommt. Ich... ich wusste nicht, was ich tun sollte!"

Sommer sah sie fassungslos an. „Du hast... du hast das Mädchen versteckt?" Seine Stimme klang gebrochen.

Wyss nickte zitternd. „Ja... ich wusste nicht, was ich tun sollte. Ich wollte nur Zeit gewinnen..."

Sager schloss die Augen und atmete tief durch. Als er wieder sprach, war seine Stimme kalt und unerbittlich. „Ihre Angst hat andere zerstört, Frau Wyss. Jetzt müssen sie sich den Konsequenzen stellen."

Sommer wich zurück, seine Hände zitterten unkontrolliert. „Und... was passiert jetzt?" fragte er leise.

Sager sah ihn direkt an. „Jetzt sorgen wir dafür, dass Gerechtigkeit geschieht. Frau Wyss wird wegen der Entführung von Marie verhaftet. Und sie beide – Sommer und Bänziger – sie werden ebenfalls zur Verantwortung gezogen."

Bänziger nickte langsam, als hätte er sich innerlich ergeben. „Es ist wohl an der Zeit, die Wahrheit zu sagen," flüsterte er leise.

Die Stille, die danach folgte, war schwer und endgültig.

DIE SCHATTEN DER WAHRHEIT

21. NOVEMBER 1988

Die Atmosphäre im Wohnzimmer von Sommer war zum Zerreissen gespannt. Matthias Sager sass mit unbewegtem Gesicht am Tisch, sein Blick fest auf die drei Personen gerichtet, die ihm gegenüber sassen. Hans Sommer lehnte in seinem Sessel, die Hände um das Glas Schnaps geschlungen, als könnte der Alkohol ihm Halt geben. Frau Wyss sass kerzengerade auf dem Sofa, ihr Gesicht maskenhaft starr, doch ihre zitternden Hände verrieten ihre innere Unruhe. Bänziger hingegen schien in sich zusammengesunken, seine Augen waren auf einen Punkt auf dem Tisch fixiert, als wolle er sich der Realität entziehen.

„Ich denke, wir alle wissen, warum wir hier sitzen", begann Sager mit ruhiger, doch unnachgiebiger Stimme. „Es geht nicht nur um Marie. Es geht um Kaspar Blatter. Um das, was vor all den Jahren wirklich passiert ist. Und es geht um sie alle."

Sommer schnaubte leise, nahm einen hastigen Schluck aus seinem Glas und lehnte sich zurück. „Sie glauben, wir haben noch nicht genug gesagt? Dass wir noch mehr gestehen müssen?" Seine Stimme war trotzig, aber das Zittern darin war nicht zu überhören.

„Sie haben mir gesagt, dass Kaspar ein eigenartiger Junge war", fuhr Sager fort und ignorierte das provokante Lächeln Sommers. „Sie sagten, er habe Dinge gesehen, die er nicht hätte sehen sollen. Er hat über die Mine gesprochen, nicht wahr? Über das, was dahintersteckt."

Ein unmerkliches Zucken durchfuhr Frau Wyss' Gesicht. Ihre Lippen pressten sich zusammen, und sie schüttelte kaum merklich den Kopf. „Er hat Unsinn geredet", sagte sie leise. „Kindliche Fantasien. Aber... er war hartnäckig."

„Zu hartnäckig", ergänzte Bänziger mit belegter Stimme. „Er wollte es seinen Eltern erzählen. Und wir... wir konnten das nicht zulassen." Seine Stimme brach fast, als er sich mit den Fingern über die Schläfen fuhr.

Sager spürte, wie sich der Kloss in seinem Hals verhärtete. „Was genau konnten sie nicht zulassen, Herr Bänziger?" Seine Worte fielen langsam, mit der Präzision eines Messers, das tiefer in die Wahrheit schnitt.

Bänziger atmete schwer aus und rang sichtlich mit sich selbst. Dann hob er den Blick. „Die Mine... war unser aller Fluch und unser Segen. Jahrzehntelang hat das Dorf von ihr profitiert, und dann... dann wurde sie zu einem Problem." Seine Stimme war kaum mehr als ein Flüstern.

„Giftige Abfälle", fügte Sommer mit düsterem Ausdruck hinzu. „Von der Klinik Barmelweid. Die Mine war der perfekte Ort, um sie loszuwerden. Niemand sollte davon erfahren. Aber Kaspar..." Er lachte bitter. „Dieser verdammte Junge..."

Sager lehnte sich nach vorne. „Kaspar hat herausgefunden, was sie alle vertuscht haben. Und als er drohte, es seinen Eltern zu erzählen, musste er verschwinden."

„Nein!" platzte es aus Frau Wyss heraus. „Wir haben ihn nicht getötet! Das... war ein Unfall. Er rannte weg. Alois folgte ihm. Wir... wir hätten nie gewollt, dass er stirbt."

Ein schweres Schweigen legte sich über den Raum. Das Knistern des Holzofens schien lauter zu werden, fast ohrenbetäubend in der gespannten Atmosphäre. Matthias Sager starrte Frau Wyss an. Ihre zittrige Stimme hallte in seinem Kopf wider. Ihr Versuch, die

Verantwortung von sich zu weisen, war kläglich, doch das Zittern in ihren Augen war nicht gespielt. Sager liess die Worte auf sich wirken, während er das Gesicht seines Vaters vor seinem inneren Auge auftauchen sah – hart, unnachgiebig, diszipliniert. Ein Mann, der niemals Fehler machte. Doch diese Vorstellung begann nun unter der Last der Wahrheit zu zerbröckeln.

Hans Sommer schluckte schwer, seine Hände zitterten leicht, während er mit leerem Blick auf den Tisch starrte. Seine Stimme, als er schliesslich sprach, war kaum mehr als ein raues Flüstern. „Wir dachten... wir dachten, er wäre tot. Alois hat es uns gesagt. Er war sich sicher."

„Alois..." Sager wiederholte den Namen seines Vaters langsam und mechanisch, als ob er versuchen würde, ihn mit dieser neuen Wahrheit zu verbinden. „Mein Vater hat das gesagt?"

Sommer nickte und schloss kurz die Augen. „Ja. Er kam zurück, nass bis auf die Knochen. Er sagte, Kaspar sei... gefallen. Dass es vorbei sei." Die Worte schienen Sommer mit jeder Silbe schwerer zu fallen, als würde die Erinnerung an jene Nacht ihn erdrücken.

Sager fühlte, wie ihm der Boden unter den Füssen wegzubrechen schien. Sein Atem stockte für einen Moment. Sein Vater, der Mann, dessen Integrität immer unangetastet gewesen war, hatte gelogen. Er hatte behauptet, dass Kaspar tot sei, und mit dieser Lüge hatte er das Schweigen der anderen besiegelt. Sager rang nach Luft, als sich die Erinnerungen aus seiner Kindheit in seinem Geist überschlugen.

Sager war noch ein kleiner Junge gewesen. Er erinnerte sich daran, wie er schlaflos im Bett lag und draussen Stimmen hörte. Er war leise ans Fenster geschlichen und hatte hinausgesehen. Dort, am Rand des Waldes, stand sein Vater. Neben ihm ein Junge, den Sager sofort erkannte: Kaspar Blatter. Die beiden redeten miteinander, doch Sager konnte die Worte nicht verstehen. Kaspar hatte nervös auf der Stelle gewippt, sein schmächtiger Körper zitterte. Sein Vater hatte ihn fest an der Schulter gepackt, als wollte er verhindern, dass Kaspar einfach davonlief. Sager hatte diese Szene nie ganz verstanden und später nie mehr darüber nachgedacht – bis jetzt.

„Es war diese Nacht..." murmelte Sager leise zu sich selbst und starrte ins Leere. Die Erinnerung fühlte sich jetzt klaustrophobisch nah an. Es war die Nacht, in der alles seinen Anfang genommen hatte. Die Nacht, in der Kaspar verschwand. Sein Vater hatte gewusst, was geschah. Alois Sager war Teil dieses Schweigens gewesen – ein Schweigen, das nun, Jahrzehnte später, erneut ans Tageslicht gezerrt wurde.

Bänziger starrte mit leerem Blick auf die alten Holzdielen, als versuche er, der Schwere ihrer Worte zu entkommen. Sommer hingegen sass starr in seinem Sessel, die Kiefer aufeinandergepresst, während seine Finger unruhig auf der Armlehne trommelten.

„Was hätten wir tun sollen?" fragte Walter Bänziger plötzlich mit brüchiger Stimme. Er fuhr sich fahrig mit den Händen über die Schläfen, als wolle er die Gedanken wegwischen. „Alois sagte, es wäre das Beste für alle, wenn wir schweigen. Niemand hätte uns geglaubt, dass es ein Unfall war. Wir... wir hatten Angst. Um das Dorf. Um unsere Zukunft."

„Angst..." Sager spie die Worte beinahe aus. Er blickte Bänziger mit eisigen Augen an. „Sie hatten also Angst um sich selbst, nicht um Kaspar."

„Wir... wir waren nicht die Einzigen, die profitiert haben!" rief Sommer plötzlich und sprang auf. Seine Stimme bebte, seine Wut wirkte verzweifelt. „Die Mine war einst das Herzstück dieses Dorfes. Jeder wusste davon. Und ja, sie war ein Problem – aber wir hatten keine Wahl!"

Sager schüttelte den Kopf und lachte bitter auf. „Keine Wahl? Das sagen Menschen immer, wenn sie sich von ihrer Verantwortung drücken wollen. Aber das hier war ein Kind, Sommer. Kaspar hat sie alle in die Enge getrieben, und sie haben ihn sterben lassen."

„Wir dachten, er sei tot!" schrie Sommer zurück und trat einen Schritt auf Sager zu. „Alois sagte, er habe es gesehen! Wir hatten keine Möglichkeit mehr, die Sache zu ändern. Er hat uns... er hat uns gezwungen zu schweigen."

Sager hielt dem intensiven Blick Sommers stand, doch in seinem Inneren tobte ein Sturm. Die Erkenntnis, dass sein Vater nicht der Mann war, für den er ihn immer gehalten hatte, traf ihn härter als jede Faust. Alois Sager – der ehrenhafte Polizist, der seine Pflicht über alles stellte – war verantwortlich für den Tod von Kaspar Blatter. Oder zumindest für das Schweigen, das darauf folgte. Sager fühlte sich, als hätte ihm jemand den Boden unter den Füssen weggerissen. Sein Kopf schmerzte, und seine Hände verkrampften sich, während er verzweifelt versuchte, die Flut von Emotionen unter Kontrolle zu bringen.

„Er hat mich also mein ganzes Leben lang angelogen," flüsterte Sager und liess sich langsam auf den Stuhl zurücksinken. „Er hat euch allen eine Geschichte aufgetischt... und dann einfach weitergelebt. Als wäre nichts passiert."

Bänziger nickte langsam, Tränen liefen über seine blassen Wangen. „Wir haben versucht, es zu vergessen... aber das kann man nicht. Es hat uns alle zerstört, Stück für Stück."

„Vergessen..." Sager lachte bitter und schüttelte den Kopf. „Ihr habt nicht vergessen. Ihr habt einfach gehofft, dass es niemand je erfährt. Aber die Vergangenheit kommt immer zurück. Immer."

Matthias Sager liess seine Worte für einen Moment in der drückenden Stille des Raumes hängen. Dann sagte er leise, fast beschwörend: „Aber er ist gestorben, oder nicht?"

Frau Wyss schluckte schwer, ihr Blick irrte umher, suchte Halt in den dunklen Ecken des Raumes, bevor sie ihn wieder auf Sager richtete. „Alois... er kam zurück... sein Gesicht... so bleich, wie ich ihn nie zuvor gesehen hatte. Er sagte nur... 'Es ist vorbei. Kaspar ist tot.'"

Sager spürte, wie sich seine Kehle zuschnürte. „Und sie haben ihm geglaubt? Einfach so?"

„Was hätten wir tun sollen?" rief Bänziger plötzlich, seine Stimme klang brüchig, als würde er sich zum ersten Mal selbst eingestehen, was geschehen war. „Alois war überzeugt! Er stand vor uns, klatschnass, die Hände zittrig... er hat ihn gesehen, er hat ihn begraben! Was hätten wir tun sollen?"

Sommer atmete schwer aus, rieb sich das Gesicht und murmelte: „Er sagte uns, wir sollten schweigen. Niemand würde uns glauben, wenn wir erzählten, dass es ein Unfall war. Die Leute hätten uns verantwortlich gemacht, uns beschuldigt, dass wir ihn in die Enge getrieben haben. Und vielleicht... vielleicht hatten sie recht."

Sager ' Stimme war schneidend. „Sie haben ihn im Stich gelassen."

Frau Wyss' Augen füllten sich mit Tränen, während sie heiser flüsterte: „Wir waren alle verängstigt. Die Mine... das, was darunter liegt... Wenn jemand zu graben angefangen hätte... Sie müssen verstehen, Herr Sager, es ging nicht nur um Kaspar. Es ging um das ganze Dorf."

Sager ballte die Fäuste, sein Atem ging schwer. „Und was ist mit Alois? Wie hat er damit leben können?"

Sommer lachte bitter. „Hat er das denn? Sehen sie sich um, Sager. Keiner von uns hat jemals wieder richtig gelebt. Wir dachten, wir könnten es vergessen. Aber wir haben uns geirrt."

Sager stand auf, blickte in die Runde, liess seine Worte mit eiskalter Entschlossenheit fallen: „Die Vergangenheit bleibt nicht begraben, Frau Wyss. Sie kommt immer wieder ans Licht."

Frau Wyss sah ihn flehend an, doch er wandte sich ab.

Matthias Sager stand noch immer in Sommers Haus, die drückende Stille im Raum lastete schwer auf seinen Schultern. Die Luft war stickig, angefüllt mit unausgesprochenen Worten und längst verdrängten Schuldgefühlen. Sommer, Frau Wyss und Bänziger sassen ihm gegenüber, jeder von ihnen ein Relikt aus einer Vergangenheit, die sich nicht länger leugnen liess. Sagers Blick wanderte von einem zum anderen, während die Sekunden in bedrückender Langsamkeit verstrichen.

Dann, plötzlich, durchbrach das schrille Klingeln des alten Haustelefons die angespannte Atmosphäre. Alle zuckten zusammen, als hätte das Geräusch die düsteren Gedanken im Raum zerrissen. Sommer war der Erste, der sich fing. Mit einer fahrigen Bewegung griff er zum Telefon, zögerte einen Moment, bevor er es an sein Ohr hob.

„Sommer?" fragte er rau, seine Stimme angespannt.

Sommer nickte langsam, dann streckte er das Telefon an Sager aus. „Für sie," murmelte er. „Dr. Lüthi."

Sager nahm das Telefon mit einem unguten Gefühl in der Magengrube. „Sager," meldete er sich knapp, seine Stimme fester, als er sich fühlte.

„Sager, endlich! Ich habe sie überall gesucht," begann Lüthi hastig am anderen Ende der Leitung. „Ich wusste, dass sie bei Sommer sind. Niemand hat sie sonst im Dorf gesehen, und nachdem, was wir im Brunnen gefunden haben, musste ich sie dringend erreichen."

Sager fühlte, wie seine Kehle trocken wurde. „Was haben sie gefunden?" fragte er, obwohl er sich der Antwort bereits sicher war.

„Wir haben Kaspars Knochen gefunden," sagte Lüthi mit einer Ruhe, die das Grauen seiner Worte nur verstärkte. Für einen Moment erstarrte Sager. Die Worte hallten in seinem Kopf wider, während er sich auf einen Stuhl sinken liess. „Sind sie sicher?" fragte er, obwohl er die Antwort bereits kannte. „Absolut. Und das ist nicht alles. Wir haben eine Inschrift entdeckt. An der Brunnenwand, unter den Erdschichten. Mit zittriger Hand eingeritzt: ‚ICH WAR HIER – KB.'"

Lüthi schwieg kurz, dann fügte er hinzu: „Kaspar hat überlebt, Sager. Er hat noch gelebt, als er da unten war."

Ein eisiger Schauer lief Sager über den Rücken. Sagers Hände verkrampften sich um das Telefon. Kaspar hatte überlebt. Er war nicht sofort gestorben. Ein stechender Schmerz durchfuhr ihn, während er sich die grausame Wahrheit vor Augen führte – Kaspar war da unten gewesen, gefangen, lebendig, verzweifelt. Er hatte versucht, sich bemerkbar zu machen, versucht, sich in die Welt zu ritzen, die ihn längst vergessen hatte. Er blickte in die Runde – Sommer, dessen Gesicht schlagartig jegliche Farbe verloren hatte; Frau Wyss, die ihre Hände umklammerte, als wolle sie sich an ihnen festhalten; und Bänziger, der mit weit aufgerissenen Augen ins Nichts starrte.

„Sie wussten es," flüsterte Sager, während seine Gedanken rasten. Er hörte Lüthi weiterreden, doch die Worte verschwammen in seinem Kopf. Kaspar war lebendig gewesen. Allein, verlassen, vergessen. Und die Menschen in diesem Raum hatten sich entschieden zu schweigen.

Matthias Sager stand noch immer mit dem Hörer in der Hand, sein Blick haftete auf dem alten Telefon, als könnte er die Worte, die er gerade gehört hatte, noch einmal hören, sie vielleicht in einen anderen Kontext setzen, sie umdeuten. Doch die Wahrheit war klar und unausweichlich: Kaspar hatte überlebt. Er war im Abgrund gefangen, verzweifelt, allein. Und er hatte versucht, der Welt zu sagen, dass er noch da war – mit zittrigen Händen, eingekratzt in den Stein.

Sommer, Frau Wyss und Bänziger sassen regungslos da. Ihre Blicke hafteten auf Sager, als wüssten sie genau, was jetzt geschehen würde, als wären sie innerlich bereits in Handschellen gelegt. Keiner von ihnen wagte es zu sprechen.

Sager hob langsam den Hörer wieder ans Ohr. Seine Stimme war fest, als er Dr. Lüthi mit einer Bitte konfrontierte, die den unausweichlichen Schlusspunkt unter die Jahrzehnte während Vertuschung setzen würde.

„Lüthi," sagte er mit kühler Entschlossenheit, „ich brauche die Polizei hier im Breitmis. Schicken sie sie sofort zum Haus von Hans Sommer. Ich habe drei Verdächtige, die in Gewahrsam genommen werden müssen."

Es entstand eine kurze Pause am anderen Ende der Leitung. Dann antwortete Lüthi: „Ich verstehe, Sager. Wir haben genug Beweise. Ich rufe sie sofort. Bleiben sie vorsichtig."

Er legte langsam auf, hob den Blick und blickte in die Gesichter der drei Verschwörer. Sommer rieb sich fahrig über das Gesicht, als versuche er, sich die Jahre der Schuld abzuwaschen. Frau Wyss schüttelte langsam den Kopf, ihre Lippen bebten, als würde sie gleich sprechen, doch kein Wort kam über sie. Bänziger, der ohnehin blass war, sah aus, als würde er jeden Moment zusammenbrechen.

Sager stand auf, zog sein Jackett zurecht und legte die Hände fest auf den Tisch. Dann richtete er seinen Blick fest auf die drei vor ihm. „Die Polizei ist unterwegs," sagte Sager ruhig, seine Stimme jedoch hart wie Stein. „Es ist vorbei. Endgültig." „Kaspar hat gelebt, bis er in diesem Brunnen gestorben ist. Ihr habt ihn nicht nur weggeschickt, ihr habt ihn lebendig begraben."

Sommer schluckte schwer, seine Finger spielten nervös mit der Kante des Tischs. „Das kann nicht sein... wir dachten... Alois sagte, er sei tot. Er... er war sich sicher."

„Sicher?" Sager lachte bitter auf. „Sicher? Ihr wart euch alle sicher, weil ihr es sein wolltet! Weil ihr euch eingeredet habt, dass er da unten nicht mehr atmete. Aber er hat geatmet! Und er hat versucht, sich bemerkbar zu machen!" Seine Stimme wurde lauter, fester. „Und sie alle haben ihn im Stich gelassen."

Bänziger vergrub sein Gesicht in den Händen. „Ich... ich habe immer wieder daran gedacht. Gott ist mein Zeuge, ich wollte... ich wollte die Wahrheit sagen, aber es war zu spät. Es war immer zu spät."

„Er ist gestorben, weil wir Angst hatten," flüsterte Frau Wyss mit erstickter Stimme. „Ich habe versucht, das Mädchen zu retten. Ich wollte nicht, dass es noch einmal passiert! Ich dachte, wenn ich sie verstecke, könnte ich verhindern, dass..." Ihre Stimme brach, und sie schüttelte heftig den Kopf, als könne sie die Realität von sich abwenden.

Sager ging ein paar Schritte durch den Raum, seine Gedanken waren klarer als je zuvor. „Angst? Sie hatten keine Angst um Kaspar. Sie hatten nur Angst um sich selbst." Er drehte sich zu Frau Wyss um, die stumm ins Leere starrte. „Und Marie? War das auch Angst? Was haben sie gedacht, Frau Wyss?" fragte Sager kalt. „Dass sie die Vergangenheit ungeschehen machen könnten? Dass ein neues Opfer Ihre Schuld lindert?"

Sommer sprang plötzlich auf, sein Gesicht rot vor Wut. „Sie verstehen es nicht, Sager! Sie haben keine Ahnung, was es bedeutet, in einem Dorf zu leben, das auf Lügen gebaut ist! Kaspar war nicht nur ein Junge, er war eine Bedrohung! Er wusste zu viel! Er hat Fragen gestellt, die keiner beantworten wollte! Wir mussten ihn zum Schweigen bringen!"

„Er war ein Kind, Sommer!" donnerte Sager. „Ein verdammtes Kind! Und sie haben ihn sterben lassen."

Sommer sank in sich zusammen, seine Schultern bebten. Bänziger starrte auf die Wand, als könne er den Blick auf die grausame Realität nicht ertragen. Frau Wyss schien in sich zusammenzufallen, ihre Schultern zitterten, während sie ein leises „Es tut mir leid" murmelte, das zu spät kam – Jahrzehnte zu spät.

Sager trat einen Schritt zurück, sah sie alle an. „Sie alle sind schuldig. Aber der grösste Schuldige von allen ist nicht mehr hier. Mein Vater. Er hat ihnen das Schweigen auferlegt, nicht wahr?"

Bänziger nickte langsam. „Alois… er sagte, dass wir es für das Dorf tun müssen. Er sagte, es würde nie jemand erfahren. Und wir haben ihm geglaubt."

„Nun," sagte Sager mit eisiger Stimme, „jetzt weiss es jeder." Sager fühlte einen kalten Stich in seiner Brust. „Die Wahrheit kommt immer ans Licht. Immer."

Er griff nach seiner Jacke und ging zur Tür. „ Und dann werden sie alle endlich die Verantwortung übernehmen, die sie so lange vermieden haben."

Sommer rieb sich über das Gesicht und murmelte: „Und was wird dann aus dem Dorf?"

Sager hielt inne, drehte sich um und sagte kühl: „Das ist nicht mehr mein Problem. "

Draussen erklangen in der Ferne Autotüren, gedämpfte Stimmen – die Polizei war eingetroffen. Sager spürte die Schwere des Moments, als er die Tür öffnete und die Beamten eintraten. Ihr Anblick brachte eine endgültige Realität mit sich, der sich keiner mehr entziehen konnte.

„Hans Sommer, Walter Bänziger, Johanna Wyss," sagte der leitende Beamte mit ruhiger Autorität, während er auf die drei zeigte. „Sie stehen unter dem dringenden Verdacht der Mittäterschaft und Vertuschung eines Verbrechens."

Die Hände von Frau Wyss fielen schlaff in ihren Schoss. Sommer senkte den Kopf, während Bänziger wie ein Mann wirkte, der jeden Moment zusammenbrechen würde.

Sager trat zurück, liess die Polizisten ihre Arbeit machen. Er beobachtete, wie Handschellen klickten, wie die drei nacheinander abgeführt wurden, während die Stille des Breitmis sie umschloss. Er wusste, dass diese Stille nie mehr dieselbe sein würde.

Matthias Sager stand allein vor Sommers Haus, während die Polizeiautos langsam die schmale Strasse hinunterfuhren und in der

Ferne verschwanden. Das Geräusch der Motoren verhallte und liess eine seltsame Stille zurück – doch es war nicht mehr die drückende, bedrückende Stille, die so lange über dem Breitmis gelegen hatte. Nein, diesmal war sie anders. Leichter. Befreiter.

Er hob den Blick und bemerkte, wie der Nebel, der das Dorf seit Tagen in seinen kalten Armen gehalten hatte, begann, sich langsam aufzulösen. Die ersten Sonnenstrahlen brachen durch das dichte Grau, liessen die Felder und die kahlen Bäume in einem sanften, fast vergessenen Licht erscheinen. Die Konturen des Bärghofs, des alten Hauses und der umliegenden Wälder wurden klarer, als würde der Schleier der Vergangenheit endlich gelüftet.

Sager spürte, wie sich seine Brust mit einem tiefen Atemzug füllte. Zum ersten Mal seit langer Zeit hatte er das Gefühl, wirklich atmen zu können. Die Wahrheit, die so lange verborgen lag, war ans Licht gekommen – in all ihrer dunklen, schmerzhaften Realität. Und nun konnte das Dorf, konnten die Menschen, ja sogar er selbst, endlich weitergehen.

Er sah zurück zu dem Haus, in dem sich all die Schatten versammelt hatten. Sommer, Wyss, Bänziger – sie alle waren Teil eines Netzes aus Angst, Schuld und Schweigen gewesen. Doch nun, da die Lügen zerschlagen waren, war es an der Zeit, eine neue Geschichte zu schreiben. Eine, die nicht auf Geheimnissen, sondern auf Wahrheit gründete.

Mit langsamen Schritten ging Sager den schmalen Pfad hinunter, der zum Dorfplatz führte. Er konnte das leise Leben hören, das sich langsam wieder regte – das leise Klappern von Geschirr in einem geöffneten Fenster, das entfernte Lachen von Kindern, das lange im Nebel verborgen geblieben war. Die Dorfbewohner würden Zeit brauchen, um die Wahrheit zu verdauen, doch sie hatten die Chance, neu anzufangen.

Sager hielt inne und blickte in die Richtung des alten Brunnens, wo Kaspars Geschichte so tragisch geendet hatte. Er stellte sich vor, wie sich der Junge dort unten befand, allein, im Dunkeln – und doch stark genug, um eine letzte Spur zu hinterlassen. Die krakelige Inschrift *„Ich war hier – KB"* würde für immer in Stein gemeisselt bleiben, ein stummer Zeuge für all das, was geschehen war.

Ein sanfter Wind strich über die Felder und liess die Nebelfetzen tanzen. Der Nebel hatte sich über das Breitmis gelegt, als wollte er all das Geschehene wieder verbergen. Doch diesmal würde die Wahrheit nicht mehr begraben werden. Sager wusste, dass der Schatten seines Vaters immer über ihm liegen würde, dass die Schuld und die Entscheidungen der Vergangenheit nicht einfach ausgelöscht werden konnten. Doch sie mussten auch nicht länger eine Last sein, die ihn erdrückte.

Mit einem letzten Blick auf das Dorf setzte er sich in Bewegung. Der Breitmis hatte sich verändert – und er mit ihm.

DER LANGE SCHATTEN DES BREITMIS

30. NOVEMBER 1988

Die Wahrheit hatte sich wie ein Sturm über das Breitmis gelegt, ein unaufhaltsamer, alles erschütternder Sturm, der Mauern der Verdrängung niedergerissen und längst vergessene Schrecken ans Licht gezerrt hatte. Doch anders als in den Erzählungen, in denen die Wahrheit eine Art von Katharsis versprach, blieb hier nur ein dumpfer Schmerz zurück. Die Erleichterung, die viele erwartet hatten, blieb aus. Stattdessen klaffte eine offene Wunde – tief, roh und blutend – in den Herzen derer, die mit den Ereignissen verbunden waren. Es war eine Wunde, die keiner der Beteiligten so leicht heilen konnte: nicht für die Opfer, nicht für die Täter und auch nicht für Matthias Sager, der tiefer in das Dunkel seiner eigenen Geschichte gezogen worden war, als er je für möglich gehalten hätte.

Der Wiler Breitmis, welcher so viele Jahre lang geschwiegen hatte, begann sich langsam zu wandeln. Doch dieser Wandel war kein befreiender Neuanfang. Er war schleppend, begleitet von Schuld, Scham und Misstrauen. Die Dorfbewohner sahen einander nun mit anderen Augen. Jeder trug das Bewusstsein in sich, dass die Geheimnisse des Breitmis schon immer da gewesen waren – als unheimliche Schatten in den Geschichten, als warnendes Flüstern zwischen den Zeilen ihrer Leben. Der Fund von Kaspar Blatters Überresten, die Enthüllung der Täuschungen und die Erkenntnis, wie viele daran beteiligt gewesen waren, hatten eine kollektive Erschütterung verursacht.

Auf dem Dorfplatz herrschte eine eigentümliche Atmosphäre. Früher war er ein Ort gewesen, an dem die Menschen miteinander lachten, feierten und ein Gefühl der Gemeinschaft teilten. Jetzt jedoch schien er wie versteinert. Gespräche wurden leiser geführt, und Blicke, die man sich zuwarf, hielten zu lange an – voller unausgesprochener Fragen und Vorwürfe. Wer hatte was gewusst? Wer hatte weggesehen? Wer hatte geschwiegen? Es gab keinen klaren Schuldigen, keine einfachen Antworten. Das Wissen, dass Menschen wie Sommer, Bänziger und Frau Wyss – einst angesehene Mitglieder der Dorfgemeinschaft – an der Tragödie beteiligt gewesen waren, veränderte die Dynamik des Zusammenlebens auf fundamentale Weise.

Matthias Sager selbst fühlte sich zerrissen zwischen der Pflicht, die Wahrheit ans Licht gebracht zu haben, und dem Erkennen, dass diese Wahrheit keinen Frieden brachte. Er hatte gehofft, dass die Aufdeckung der Geschehnisse eine Art von Abschluss bieten würde – für das Dorf, für die Familien der Opfer und für ihn selbst. Doch stattdessen fand er sich in einem Netz aus Trauer, Verzweiflung und moralischen Dilemmata wieder. Die Erkenntnis, dass auch sein Vater eine zentrale Rolle in dieser Geschichte gespielt hatte, verfolgte ihn wie ein bedrückender Schatten. Das Haus im Breitmis, einst nur ein Ort voller Geschichten und Gerüchte, war für ihn nun zum Symbol für die Verstrickungen und Abgründe der menschlichen Seele geworden.

Die Tage vergingen, und das Dorf begann zögerlich, sich zu verändern. Eines kühlen Morgens, als der Nebel sich noch träge durch die engen Gassen des Dorfs zog, begannen die Bagger mit ihrer Arbeit. Der Brunnen, der so viele Jahre die dunklen Geheimnisse des Breitmis bewahrt hatte, wurde Stein für Stein abgetragen. Die Dorfbewohner standen schweigend in respektvollem Abstand, einige mit gesenktem Kopf, andere mit verschränkten Armen, als wollten sie sich vor den unweigerlichen Erinnerungen schützen.

Matthias Sager beobachtete die Szene von einem kleinen Hügel aus, seine Gedanken schweiften ab. Bevor die letzte Schicht Erde in die Tiefe des Brunnens fiel, hatte er das eingeritzte Zeichen von Kaspar fotografieren lassen. *„Ich war hier - KB."* Ein Beweis, dass Kaspar nicht vergessen werden durfte. Ein Mahnmal gegen das Schweigen, gegen das Vergessen.

Anstelle des Brunnens sollte ein kleines Denkmal errichtet werden – ein Mahnmal für Kaspar Blatter und all jene, deren Stimmen im Lauf der Geschichte nicht gehört worden waren. Es war ein Schritt in Richtung Erinnerung, aber auch eine symbolische Geste, die aufzeigen sollte, dass das Dorf sich seiner Vergangenheit endlich stellen wollte. Die Dorfbewohner trafen die Entscheidung, das Gelände rund um das Haus im Breitmis neu zu gestalten. Wo einst die Schatten der alten Geschichten regiert hatten, sollte ein kleiner Ort der Besinnung, aber auch der Hoffnung entstehen.

Eine Gedenktafel wurde aufgestellt. In schlichten, aber eindringlichen Worten stand darauf geschrieben:

„Erinnert euch an Kaspar Blatter. Sein Schweigen spricht für alle, die gehört werden wollten."

Der kleine Platz wurde zu einem Ort des Erinnerns und Nachdenkens, ein Zeichen der Reue und der Hoffnung. Doch selbst dieses Denkmal konnte die seelischen Narben nicht heilen. Die Wunden, die die Enthüllungen geschlagen hatten, waren tief und würden Zeit brauchen – vielleicht mehr Zeit, als die Dorfbewohner je bereit gewesen waren, sich einzugestehen. Für manche bedeutete die Wahrheit den endgültigen Zusammenbruch ihrer Lebenslügen.

Die Enthüllungen über Frau Wyss, Sommer und Bänziger erschütterten das Dorf bis ins Mark. Frau Wyss wurde wegen der Entführung von Marie verhaftet und später in einem aufsehenerregenden Prozess zu einer langen Haftstrafe in einer psychiatrischen Einrichtung verurteilt. Ihre einstige Stellung als respektierte Dorfbewohnerin zerfiel in Scherben. Sie begann, in ihrer Zelle ein Tagebuch zu führen, in dem sie sich selbst als Retterin Kaspars darstellte, als eine Art Mutterfigur, die nur das Beste gewollt hatte. Doch ihre Worte waren voller Widersprüche, ein Spiegel ihrer verzerrten Realität.

Hans Sommer, einst ein rationaler, gesetzestreuer Mann, der geglaubt hatte, sich über die moralischen Grauzonen des Dorfes stellen zu können, zog sich völlig zurück. Die Last seiner Schuld erdrückte ihn. Wenige Wochen später wurde er tot in seinem Haus gefunden – ein Abschiedsbrief auf seinem Schreibtisch liess keinen Zweifel daran, dass er die Wahrheit nicht länger ertragen konnte.

Walter Bänziger hingegen, dessen Nerven schon immer schwach gewesen waren, verschwand eines Nachts aus dem Dorf. Niemand wusste genau, wohin er gegangen war. Später erreichte die Nachricht das Breitmis, dass er in einer fernen Stadt anonym verstorben war – ein gebrochener Mann, der mit den Schatten seiner Vergangenheit nie hatte fertigwerden können.

Obwohl die Taten um Kaspar juristisch verjährt waren, liess das moralische Urteil der Dorfgemeinschaft keinen Raum für Vergebung. Sommer, Bänziger und Wyss wurden zu Geistern des Dorfes, ungesühnte Figuren eines kollektiven Mythos, der als Mahnung diente: "Die Wahrheit kommt immer ans Licht, auch wenn das Gesetz sie nicht bestrafen kann."

Für Matthias Sager bedeutete das Ende der Ermittlungen keinen Triumph. Vielmehr stand er vor der Erkenntnis, dass Gerechtigkeit nicht immer im juristischen Sinne möglich war. Manche Verbrechen verjährten nicht nur auf dem Papier, sondern in den Köpfen derer, die sie begangen oder miterlebt hatten. Doch die Wahrheit, so schmerzhaft sie auch war, hatte eine andere Form von Macht. Sie zwang das Dorf, sich seiner Verantwortung zu stellen. Sie entzog den Schatten ihre Tarnung und machte sichtbar, was so lange im Verborgenen geblieben war. Sager verbrachte seine letzten Tage im Breitmis damit, mit der Vergangenheit seines Vaters ins Reine zu kommen. Die Entdeckung, dass Alois Sager in Kaspars Verschwinden verwickelt war, lastete schwer auf ihm. In den ruhigen Stunden, wenn der Wind durch das alte Haus wehte, stellte er sich die Frage: Hätte sein Vater eine andere Wahl gehabt?

Er fand Trost in der Gedenkstätte und in der Anerkennung, dass er Kaspar zumindest seine Stimme zurückgegeben hatte. Doch er wusste, dass Gerechtigkeit nicht immer durch das Gesetz geschaffen wird – manchmal lebt sie nur im Erinnern, in den Narben derer, die zur Wahrheit stehen.

Als Sager eines frühen Morgens seine Tasche packte, war es mit einem Gefühl von Abschied und Erleichterung zugleich. Er wusste, dass er das Dorf verlassen musste, um seinen eigenen Frieden zu finden.

Bevor er ging, stand er am Dorfrand und betrachtete das Breitmis ein letztes Mal. Die Sonne kämpfte sich durch die letzten Nebelschwaden, als wollte sie das Dorf in ein neues Licht tauchen.

Dann ein Geräusch.

Zunächst kaum wahrnehmbar, das leise Knirschen von Kies unter schweren Schritten. Sager drehte sich langsam um. Am Rand des Nebels, wo das fahle Sonnenlicht aufhörte, stand eine Gestalt. Gross, hager, die Konturen im Dunst verzerrt. Der Fremde trug einen langen, dunklen Mantel, dessen Kragen tief ins Gesicht gezogen war. Der Hut, tief ins Gesicht gedrückt, liess nur schemenhaft etwas erkennen – ein Kinn, eine blasse Wange, Augen, die im Schatten verborgen lagen.

„Sie suchen nach Antworten, Sager." Die Stimme war rau, abgehackt, als sei das Sprechen eine Anstrengung.

Sager musterte den Fremden misstrauisch. „Wer sind sie?"

Die Gestalt bewegte sich nicht, blieb regungslos stehen, wie eine Statue, die nur durch Zufall das Atmen nicht vergessen hatte.

„Sie waren lange fort," fuhr Sager fort, sein Ton schneidend, prüfend. „Aber das hier lässt sie nicht los, oder?"

Ein leises Lachen, trocken wie altes Papier. „Niemand entkommt dem Breitmis, Sager. Auch sie nicht."

Sagers Herz schlug schneller. Die Stimme war bekannt und doch fremd, wie eine Melodie, die man einmal gehört, aber nie richtig verstanden hatte.

„Sie haben Frau Wyss und die anderen beobachtet," sagte er langsam, die Worte abwägend. „Sie wussten, dass sie mich nicht erkennen würden."

Der Fremde zog eine Hand aus der Manteltasche und hielt Sager ein altes, vergilbtes Foto hin. Es zeigte ein Kind – Kaspar. Auf der Rückseite stand eine krakelige Handschrift, alt und verblasst: *Ich war hier.*

„Warum sind sie hier?" fragte Sager mit heiserer Stimme.

Die Gestalt machte einen Schritt nach vorn. „Weil das hier nie enden wird, Sager. Weil Kaspar niemals verschwinden wird. Sie können den Brunnen abreissen, sie können das Dorf neu errichten. Aber er... bleibt."

Sager trat unwillkürlich einen Schritt zurück. „Wer sind sie?" wiederholte er mit einer Mischung aus Wut und Furcht.

Ein weiterer Schritt, und für einen Moment fiel das Licht der Sonne auf das Gesicht des Fremden. Ein kantiges Kinn, von der Zeit gezeichnete Züge, eine Narbe, die von der Wange bis zum Hals verlief. Die Augen waren müde, aber wachsam – und doch lag in ihnen ein Wissen, das über Jahre hinweg getragen worden war.

„Ich war hier, Sager," sagte der Mann leise. „Ich war immer hier."

Dann wandte er sich ab, trat zurück in den Nebel, seine Schritte so leise, dass sie kaum die Oberfläche des Kieses berührten.

Sager blieb stehen, das Foto in der Hand. Seine Finger zitterten. Er starrte auf die Worte auf der Rückseite, während sich der Nebel langsam lichtete und das Dorf unter der blassen Morgensonne erschien.

Leise murmelte Sager: "Das Gesetz kann nicht alles richten. Aber die Wahrheit... die kann niemand vertuschen."

Der Wind trug seine Worte hinweg, und mit einem letzten Blick auf das Dorf machte er sich auf den Weg. Die Vergangenheit blieb zurück, aber ihre Schatten würden immer ein Teil von ihm sein.

Mit der Zeit begann das Dorf, sich langsam zu erneuern. Neue Familien zogen ein, das ehemalige Haus von Frau Wyss wurde abgerissen, und ein kleiner Park wurde an seiner Stelle errichtet. Die Menschen begannen, ihre Vergangenheit nicht mehr zu verbergen, sondern sie als Mahnung zu begreifen.

Der Breitmis war noch immer von der Tragödie gezeichnet, doch er bot auch die Hoffnung auf einen Neuanfang.

Sager hinterliess das Dorf mit dem Wissen, dass manche Geschichten niemals ganz enden – sie leben in Erinnerungen, in den Narben, in den Lektionen, die man aus ihnen zieht.

Und der Nebel lichtete sich.